魔瞳

8

The Devil's Eye

邦拿 作品

第七十七章——戰火綿綿（下）

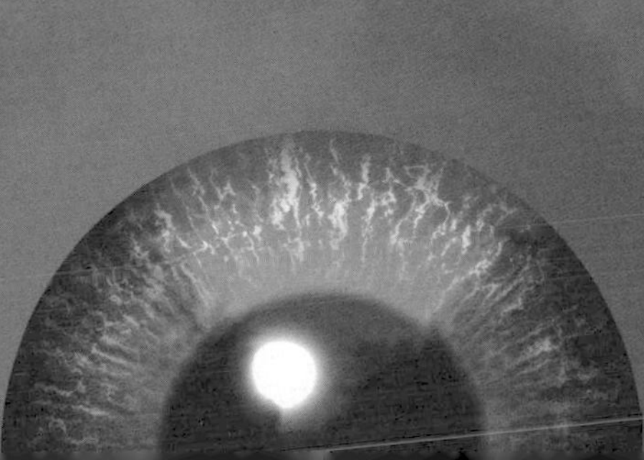

第七十七章 戰火綿綿（下）

「這女的竟是魔鬼？」眾戰士同時大驚。

一眾殺神戰士只是凡人，自然感受不到魔氣，但就在謝霏青闔眼的一剎，他們身上的魔氣探測儀立時發出警號。

十三人皆是沙場老手，這兩年間時常和魔鬼戰鬥，在這裡遇上魔鬼本不是甚麼驚奇之事。

他們之所以如此詫異，乃是因為撒旦教的魔氣探測儀在這兩年大幅改良，即便沒有打開魔瞳，但儀器仍能探測魔鬼身體表面殘餘的微量魔氣。

他們進來甚久，儀器卻一直沒有反應，證明謝霏青至少數年沒打開過魔瞳！

不過，他們畢竟是從血與槍火中活下來的戰士，驚訝之餘，身體反射性的提槍瞄準謝霏青。

可是，他們還未扣下機板，雙目依然緊閉的謝霏青，忽然淡淡問道：「房內有多少死屍？」

一語方畢，眾戰士的手指終於按到機板。

但在無數子彈脫離槍管的同時，一眾殺神戰士赫然發現，謝霏青竟在原地消失不見！

子彈落空，盡數擊在桌子。

殺神戰士見狀立時停火，同時提高警戒，找尋消失了的謝霏青。

噗。

頭頂傳來一聲幾不可聞的聲響。

「天花！」矮子感觀最為敏銳，立時喝道！

一眾殺神戰士對矮子極之信任，頭沒抬，手先舉，齊齊朝天開火！

他們訓練有素，殺魔無數，對這情況早有應對之法，但見銀彈築成一個緊密圓圈，由外至內，不斷收縮。

魔鬼身手靈活，常常東閃西竄，此法正好把敵人活動範圍困在圈內，讓他們進退無路。

矮子這隊人馬憑此招製造過不少魔鬼蜂窩，正以為這次也能把謝霏青擊斃時，預期的血雨卻沒自頭頂灑下。

此時眾人剛好抬頭，赫然發現謝霏青並不在火力圈內！

「去了哪兒？」眾戰士心中同時浮現疑惑。

他們對火力圈和子彈的速度很有信心，沒有魔鬼能夠在這種景況底下全身而退，除非那魔鬼能夠憑空消失。

或者，是火力圈出現缺口！

「梧桐！」火力圈右邊一面殺神戰士忽地大叫。

梧桐是其中一位殺神戰士，眾人卻聽不到他的回應。

他們只是留意到，佈滿彈洞的天花，獨有一片完好無缺。

那片位置底下，該是梧桐所站之處。

眾人低頭，卻見梧桐歪頭死倒在地。

他的脖子上，有一支毫不起眼的鋼筆，透徹的貫穿其中！

「見鬼！她是甚麼時候出手的？」矮子心下駭然。

先是憑空消失，及後無聲無息的擊斃一人，矮子只覺得謝霏青的身法快如鬼魅，是交手過的魔鬼之中，最迅速一人！

梧桐之死令眾人攻勢稍頓，謝霏青趁此空隙，從容衝出辦公室。

一眾殺神小隊二話不說，立馬追上。

其實他們不知謝霏青是殲魔協會的人，還是只是一名隱世魔鬼，碰巧在此出現。

「但為了梧桐，以及我們的行蹤，絕不能放過她！」矮子在通話器中沉聲說道。

「看看，是誰不放過誰。」

謝霏青冰冷的聲音自眾人腦海中直接響起，竟是用上「傳音入密」！

說罷，只見謝霏青矮身橫移，閃進一列列辦公桌子中，消失於眾人視線之中。

殺神小隊立時向她所竄避的位置掃射，可是一輪火花閃過，那邊依然沒有半點血跡。

「又消失了？」其中一名殺神戰士，小聲喃喃。

眾人心下正感疑惑，一道破風之聲倏起，矮子身旁一名殺神戰士沙啞的慘叫一聲，倒地不起。

只見那人喉頭，又被一支筆插穿。

眾人知道，這就是謝霏青的答案。

十五名殺神戰士，轉眼間剩下死掉兩人。

「啟動『鐵臂』！」矮子厲聲吩咐眾人。

只見同一時間，十三人背後都有一條安裝了長槍的機械手臂昇起。

不用等待殺神戰士的吩咐，十三條鐵臂立時鎖定場中唯一散發魔氣的謝霏青。

啟動鐵臂以後，撒旦教一方的火力頓時提升一倍，加上鐵臂又能追蹤魔氣，教一直東竄西躲的謝霏青立時手忙腳亂，險些中彈。

先前矮子沒有亮出鐵臂，一來為了節省彈藥，二來雙槍同發，後座力倍增，他們得藉著身上的外骨骼機械支架撐地，才能站穩。

如此一來，攻力增加，靈活性便相對削減。

不過，辦公室的出口和左右兩旁的窗戶也盡數在火力掩蓋範圍之內，要逼得謝霏青現身，只是早晚之事。

「喂，要是你投降，立下『血契』歸依我教，我們可以放你一命。」矮子大聲喊道。

雖然他想替梧桐報仇，但魔鬼實在是戰爭中最厲害的兵力，不可輕易放過。

「投降？嘿，你們憑甚麼？」謝霏青的聲音在矮子腦中響起。她用上「傳音入密」，顯然是不想被殺神小隊發現所在位置。

「難道你認為能逃出這兒嗎？剛才你在瞬間躲過攻擊，閃到天花板，又殺死了梧桐，顯然是用上魔瞳能力。」矮子說到這兒，忽冷笑一聲，「不過，明顯你的能力，並不能連續使用。」

謝霏青沒有回話，只是沉默地閃避數以千計的子彈。

「要是你能持續使用魔瞳異能，那麼你早就把我們一舉殲滅，可是你沒有。你也沒有立時從窗口逃去，反逗留在此，足見你還可以使用異能，還希望反擊。」矮子語氣肯定的說：「依我看來，每次使用異能後，都會有一段冷卻期。」

謝霏青依舊沉默，卻為矮子的細心，暗讚一聲。

殺神小隊經常要對付魔鬼，但不是每一次都會事先得知，因此必須在戰鬥之間，儘快摸清對方的能力。

矮子說得自信，但其實心裡沒有一個底，因為他只知謝霏青的魔瞳異能有冷卻期，不知其暫緩長度，更莫說她魔瞳能力。

要是謝霏青再次使用能力，也許就能把他們一舉殺光。

不過，矮子沒有其他選擇，要是停火逃走，以魔鬼的速度轉眼便能追上。

矮子唯一可行的路，就是在冷卻期完結前，把還未能反擊的謝霏青殺死。

這是一場賭博，但矮子和其他十二人，不得不以生命作注。

「那麼，你能猜到我的能力嗎？」謝霏青的聲音再次從矮子腦中響起。十三人交織的子彈網顯然未能施加真正的壓力。

「先前你突然消失，在天花出現，又無聲無息地殺人，我有一剎認為你的異能擁有『瞬間轉移』之類的效果。」矮子槍火不斷，臉色平和的笑道：「不過，當我看到你原先站著的位置，地面微陷，便知道你只是以自身腿力，躍到樓底之中。」

「觀察力不錯。」謝霏青再次讚道，語氣卻輕鬆得讓一眾戰士咬牙切齒。

「有一點很奇怪，就是你殺死梧桐，我們毫不察覺。雖然你以筆支殺人，出手能無聲無色，但梧桐倒地，總會惹來一些聲響，但我們完全沒有聽到半點聲音。」矮子繼續說道：「如此一來，只有一個可能，就是在那刻我們十多人突然全部聽覺失效。」

「看來，你該猜到我的能力效果了。」謝霏青說道，語氣依舊輕鬆。

「嘿，加上你先前消失一事，顯然我們有一瞬間，失去了聽覺和視覺。」矮子冷笑一聲，道：「若然我推測不錯，你的能力就是讓令人失去瞬間的知覺！」

矮子體型不出眾，但心思非常慎密，因此才能一直活到此刻。

他不斷放話，除了提醒其他人謝霏青的能力，還希望藉此打亂謝霏青的節奏。

此時，辦公室裡的每一個角落都佈滿焦黑的彈孔，獨有一處，仍未被他們攻擊過。

一眾殺神戰士見狀便知，謝霏青鐵定是藏身該處，幾乎在同一時間，瞄準發射！

可是，當他們正要開槍，三團黑物突然從那處，分別向左右上三方飛出來。

眾人一愕，但手下不慢，默契十足的分成三股火力，各自射向那三團黑物。

他們原以為其中一團事物必定是謝霏青，但一陣火光亮向，他們卻發現那些竟只是三張大型的桌子！

矮子是當中最為冷靜一人，槍口由始至終都沒移動半分，當他確認那三物皆不是謝霏青時，手指猛地扣下！

一串子彈射進鐵桌之內，只聽得裡頭傳來一聲女人的呼痛，然後一陣血霧從中濺散！

「射中了！」矮子心下大喜。

此時，一團黑物突然從桌後奔走出來，往左方狂跑，這次眾卻看得清楚那是謝霏青！

謝霏青半身染血，神情痛苦，腳下不停，似乎要一股作氣衝出窗外。

「別讓她逃！」矮子大喝一聲。他沒有擔心太多，因為他知道任何魔鬼中了銀彈，身手必定減慢下來，而且現在謝霏青已再沒掩護，定然難以閃避十三人的子彈網。

不過，正當他以為這場賭局即將完結之際，奇變陡生。

他們本來一字排開，面向謝霏青，當謝霏青往左方衝去時，戰士們自然得轉身，按照慣常情況，左邊的六人都會在此時蹲下，以免擋住後頭的戰士開火。

但這一次，左方的戰士沒有如常急蹲，而是直挺挺的站在原地，任由後方子彈射在己身！

與魔鬼之間的戰鬥，只在分秒，右方的矮子等七人察覺不妥，子彈已然射出槍管，左邊的六人，竟就此被他們全數擊斃！

就在眾人愕然萬分之間，本已衝到窗邊的謝霏青突然停下腳步，回身揚手。

但見早緊扣在她五指間的鋼筆，挾著不遜子彈的勁道，猛然插進還生存的六人咽喉之中！

霎時間，十二人絕氣倒地。

涼風自破碎的窗戶中吹進，捲起漫天紙張。

凌亂的辦公室中，只剩下不知所措的矮子，和神情冰冷的謝霏青。

「你很聰明，猜到我的能力。」謝霏青按住手臂血流不止的傷口，說道：「可是你卻猜不到魔瞳異能的發動條件。」

「甚麼發動條件？」矮子問道。他沒有反抗，因為他知道自己的身手再厲害，也難以在單打獨鬥中勝過魔鬼。

「我的魔瞳名喚『盤算之瞳』，能力如你所猜一般，會令對方失去意識。不過，要令對方昏迷，先決條件有二。」說著，謝霏青忽舉起沒受傷的左手，伸出食中兩指，「一，就是在發動能力前，雙眼需闔上和對方將會昏迷的同等時間。」

「所以剛才你發難前，曾經閉眼十五秒？」矮子回想，問道。

「不錯。」謝霏青點點頭，續道：「至於另一個，也是最為重要的條件，就是需要用問題為引子，引導對方去『盤算』。」

「盤算？」矮子一臉疑惑。

「不錯，就是簡單的算數目。」謝霏青說道：「你還記得我消失前，曾說過一句話嗎？」

矮子回想半晌，恍然道：「你曾問過我們，辦公室內有多少具屍體，這就是你說的『引子』！」

「對。當時室內有一具屍體，你們在心中算到了，便緊接昏迷一秒。剛剛我以『傳音入密』，向那六人問辦公室有多少女性，他們算到了，所以僵硬一秒。」謝霏青閉上雙眼，解釋道：「當然，你們得數算正確，魔瞳才能發揮效用，而且我也需要知道答案，方可發動此異能。」

「真是麻煩的條件。」矮子笑道。

「一點也不麻煩，我試給你看吧。」謝霏青說著，忽然舉起五指，問道：「我現在舉起了多少根手指？」

矮子還未來得及反應，謝霏青已然發問。

他身為殺神小隊隊員，觀察力和分析力遠高常人，瞬間把所見一切盡記腦海，所以當問題一完，矮子腦中自然而然想到答案是「五」。

念頭一起，矮子眼前環境倏地異變，稍微定神，他只見自己竟已身處洗手間內，上身正半掛在其中一所洗手盆上！

矮子並沒感到意識模糊混亂，只覺眼前景象在一瞬間詭異地轉換。

驚愕之間，他留意到謝霏青的臉容，慢慢浮現在面前的鏡子中。

「你的手腳真快，短短五秒，竟已把我拖進洗手間內。」矮子看著身後女子笑道。

「五秒時間，不長也不短。」謝霏青不苟言笑，只淡淡的道：「不過，我可以作的不止這些。」

矮子聞言，正想再問，四肢關節忽傳來無比劇痛，他低頭一看，只見自己的手腳肘位，竟全被人以重手法捏碎！

矮子此時已痛得冷汗直冒，但他強忍痛楚，臉色不改，強笑道：「你真是殘忍。」

「真虧了你，這種情況還能笑得出來。」謝霏青忍不住讚了一聲，道：「說句實話，你們這群人的實力，確是出我的意料。剛才我施盡計謀，還是得犧牲一條手臂，才能滅掉你們。」

「若然我沒猜錯，剛才你只對我們其中六人，而非全部人使用異能，應是因為我們火力網太過緊逼。要是你閉目十多秒，定然會被射成蜂窩吧？」矮子忍痛推測道：「你首先把三具傢具拋出，引開其他人的火力，再趁這段空檔，閉目六秒，然後故作逃走，好借我們的槍，射死自己同伴。」

「猜得一點也不錯。」謝霏青點點頭，又淡淡笑道：「你這人心思遠比外表看來幼細得多。要是今天不是遇上我，也許你真能熬得過這場戰爭。」

「哈哈哈，熬過不熬過，又有甚麼分別？」矮子勉力仰天，放聲豪笑，「生亦何歡？死亦何苦？更何況剛剛與你的辯論，最後還是由我勝出，實在是死而無憾！」

「你勝出了？剛剛你明明說是力強者說的就是道理。」謝霏青踏前一步，神色微怒，「你說，眼下是誰的力量強？」

「自然是你。」矮子笑道，完全是一副天不怕地不怕的樣子。

「那怎麼你還說是你勝出？」謝霏青不解。

「因為你在做的事，完全與你剛才說的話，背道而馳啊。」矮子笑道：「你犧牲了我們的性命，才能繼續生存。你說，你有甚麼資格談勝利？」

「那是因為你們動手殺人在先！」謝霏青踏前一步，魔瞳紅光大作，怒道：「我只是以其人之道，還施彼身！」

「那不就是麼？你在行我的道啊。我殺人雖是意外，但不違原則，可是你眼下所作的一切，卻和先前所說完全相反！」矮子勉力地笑道：「你說，到底是誰勝誰負？」

矮子四肢被折，但言辭鋒利，逼得謝霏青心下有愧，不懂如何反駁。

矮子見她啞口無言，笑了笑，繼續說道：「不過，就算你沒殺人，你也沒資格談甚麼環保。」

「為甚麼？」謝霏青皺眉。

「因為你是魔鬼啊！」

矮子稍微昂首，一臉無懼的瞪著鏡中女子，嘲笑道：「你如此慣用異能，為魔年歲定然不淺。你雖然數年未曾動過魔氣，但你活到今天，難道沒吸取過他人半點壽命嗎？」

矮子的話，一針見血，直說得謝霏青無地自容。

謝霏青由天使墮落成魔，在人間打滾萬年，參加環保行動不過十數年。在這之前，死在她手上的人類不計其數，她自信這一組殺神小隊這些年所殺的人，絕對不會比她多。

一直到三十年前，謝霏青認識了作為人類的丈夫，才收起沾血的手。不過，成了人妻人母後，謝霏青縱然沒再直接殺人，為了維持生命，她還是或騙或誘，吸食不少生命能量。

謝霏青起初從事環保行動，其實只想洗脫自己過往的血腥，以及為兒子未來盡一點力。

一直到近年，因為接觸多了，感受深了，謝霏青這才真正全心投入，但矮子這番話，令她不禁憶起一直想要淡忘的過去。

「手上的鮮紅，也許為會因為時間而褪色。不過內心的血腥，並不會因成了歷史而磨滅掉。」

矮子小聲補上一句，這一句卻不知是否只對謝霏青一人所說。

謝霏青神色沉下來，思緒如潮。

過了半晌，她一言不發的走到矮子身旁，扭開水龍頭，讓洗手盆盛滿冷水。

矮子還未猜透她的意思，謝霏青突然抓住矮子的右手，然後硬生生把他手掌扯斷！

忽然之間，血腥味充斥整個洗手間，鮮血不斷自矮子的手腕斷口處湧出，瞬間把洗手盆染紅！

「這場辯論，的確是由你勝出。說到底，我也許只是一個虛偽的人。」謝霏青一邊漠然地說，一邊把矮子的斷手放在水盆中，「不過，不折磨一下你，難洩我心頭恨。」

矮子手腕傷口沾水，血流速度加劇，頓時令他感到一陣眩暈，身體冰冷起來。

雖然言詞上咄咄進逼，但矮子從沒奢想過謝霏青會放過他，因此他臉上笑容，沒減半點。

「你真的毫不怕死。」謝霏青看著比血水沾污的矮子，冷冷說道。

她本以為慢性消耗矮子生命，會令他情緒崩潰，可是宗教的魔力，令矮子精神堅韌非常，倒教她大感失望。

「呵呵呵……我不是魔鬼，不用承受『天劫』。」矮子得意的看著張霏青，虛弱笑道：「死對我來說，並不算太過痛苦。」

謝霏青見矮子始終沒半分動搖，便冷哼一聲，沒再理會他，逕自轉身走出洗手間。

此時矮子關節盡數被碎，動彈不得，遲早會失血過多而死。

可是，當謝霏青走到半途，身後矮子忽地把她喊停，「我可以問你三個問題嗎？」

謝霏青沒有回答，只是停下腳步。

「你……是不是殲魔協會的人？」矮子勉強側頭問道。

「不是。」

「那麼你是撒旦教的敵人嗎？」矮子又問。

「不是。」

「明白了……那麼最後一個問題，」矮子疲倦的闔上眼皮，笑問：「你覺得『含笑而逝』的人與『有憾而活』的人，哪一個才是最後勝利者？」

謝霏青聽得一頭霧水，正想追問之際，矮子忽然詭異地歪頭，把自己的脖子壓斷。

轟！

謝霏青還未反應過來，矮子猛然自爆！

突如其來的烈火，瞬間把陰暗的洗手間炙成焦黑，強勁的爆風如怒濤狂湧，直把謝霏青逼破厚牆，飛出百米高空之中！

謝霏青身在半空，渾身是火，雖然又驚又怒，但她畢竟歷練過人，很快鎮定下來。

混亂之間，謝霏青急運魔氣，在空中猛地翻滾，以風勁撲熄身上火焰。

「碰！」一聲沉響，地面微陷，謝霏青安全著陸。

稍微站穩後，謝霏青並沒理會傷勢，反而焦急的翻閱背包。

不過，她雖在半空時已迅速滅火，但她剛才背對矮子，矮子自爆時背包自然首當其衝。

現在，謝霏青僅能抓住背包的帶，任由內裡的燒焦物，隨風飄散。

看著半空中的灰燼，謝霏青只感一陣心痛。

她心痛的不是背包，而是背包中一直珍而重之的東西，此刻在空中飄散的，正是那些與亡夫和兒子的照片。

直到現在，謝霏青終於明白矮子最後那句話的意思。

謝霏青這兩年一直隱藏身份，苟延安活，只求有朝能再與兒子相見，怎料還未等到二人相遇，這些珍貴的記錄便被逼化成無形的回憶。

「不！還有一張！」謝霏青忽地想起剛剛在辦公室取回的照片。那張照片她沒來得及放在背包，只是一直藏在懷中。

謝霏青大是緊張，連忙從破爛的衣服中掏出照片來。

她一看之下，赫見合照完好無缺，這才鬆一口氣。

雖然謝霏青的容貌與相片中的自己幾乎一樣，但是這張照片其實已有十多年的歷史，當時的小孩，此刻該是二十多歲的青年。

謝霏青的丈夫多年前因為意外去世，縱然兒子並非親生，但她仍想獨力照顧兒子成人，無奈自己因是魔鬼，容貌永遠不衰。

因此在兒子十六歲時，謝霏青便狠下心腸，稍然離開。

這些年來，她一直都有留意兒子的消息，她知道兒子成年以後，當上警察，更娶了一名日本女子為妻。

可是，直到兩年前某天，她兒子忽然音訊全無，消失無蹤。

她多番打探，卻始終找不到半點消息，但憑藉天生感覺，她始終覺得，兒子仍然在生。

看著照片上，那名天真的小孩，謝霏青的心靈暫時得到一絲平和安寧。

「子誠，你究竟此刻身在何處？」

謝霏青用指頭輕輕撥走照片上的灰塵，柔聲自語。

第七十八章

屠魔七刃

第七十八章　屠魔七刃

月黑風高，夜卻難靜。

預示死亡的槍聲以誇張的不斷響起，菲爾身前的大卡車彈孔越來越多，教他身子不得不緊縮起來，以免中槍。

附近十幾名殲魔戰士也各自以車子作掩護，可是對方火力數倍於己，他們根本連頭也不敢胡亂抬起來。

「殲魔協會的傢伙，剛剛你們不是很威風，怎麼現在當起烏龜來了？」公路的盡頭一名殺神戰士大聲嘲諷，另外百多名撒旦教徒聽見，亦放聲齊笑。

和菲爾躲在同一輛卡車的中年老戰士，聽到撒旦教徒的冷嘲，按捺不住，怒吼一聲想要衝出去和對火一併，可是他的頭才伸才半點，三顆子彈已經把他的頭腦射個開花！

熱騰騰的血水和腦漿濺得菲爾滿臉皆是，教這位初出茅廬的戰士，一時呆在當場。

「冷靜！」遠處一名男性戰士，驚見同伴被殺，再次大聲呼喊，「四目將早已派出支援，很快便來！」

眾人聽到他的話，心下卻是半信半疑，因為他們被困在此，足足有半個小時。

呼喊者名叫鍾斯，是菲爾的哥哥，也是這一隊殲魔軍的領軍人。先前他與四目將項羽一起殺進香港，後來項羽留在港口接應，便派他帶著三撥人馬，追殺逃走的十數名殺神戰士。

他們知道目標當中有一名魔鬼，於是便依循魔氣，一路緊緊追隨。

來到關口，赫見那十多名殲魔戰士進了中國邊境，三隊人馬連忙全速前進。

可是，首兩隊殲魔戰士才越過邊境，兩地之間的橋突然爆炸斷開，近百名殺神戰士，突然從出入境大樓各處殺出，頓時把殲魔大軍從中截斷成半！

鍾斯和菲爾皆在尾隊，遇上埋伏後，連同二十多人邊戰邊退，但一直退到公路時，後方發生巨大爆炸，卻是先前十多名殺神戰士路經時埋下的炸藥，被遙控引爆。

前後無路，鍾斯等人只能以車輛作障，等待救援。

刺耳的槍聲不絕，不斷折磨著眾人意志，滿臉血水的菲爾，則仍是呆若木雞。

鍾斯眼見弟弟如此狀況，猛聲大喝：「菲爾，別走神！」

菲爾聞言一震，連忙抹走臉上血污，重新握緊手中機槍，「哥……援軍還未來嗎？」

「很快便會來。」鍾斯大聲喝道，語氣堅定。菲爾聽到哥哥的話，卻臉露猜疑。

從小到大，鍾斯總是出類拔萃，聰慧過人，而且對信仰堅定不移，因此年紀輕輕已是殲魔協會中最高級別的「殲魔師」。反觀只比他年輕數載的菲爾，至今也不過是名「狙魔士」。

不過，菲爾從小到大，不知何故總不肯相信哥哥的話，縱然這二十多年的相處中，鍾斯的判斷大多正確，但每一次菲爾在心底都會有一絲疑惑。

菲爾知道自己不是妒忌、也不是討厭優秀的哥哥，他只是純粹不信任理應和他最親近的兄弟。

至於箇中原因，菲爾自己也說不上，總之他總是對兄弟的每一句話，都產生質疑。

這次也不例外，菲爾聽到鍾斯的話，心裡再次感到疑惑，無奈前方槍火不絕，後頭去路又毀。

菲爾此刻唯一想到可做的，就是禱告。

霎時之間，菲爾腦海一片澄明，只想低頭合什，尋求心靈平安。

他才閉上眼，背後那些震耳欲聾的槍火，似乎同時消失。

「不，真的停火了！」

菲爾驚然睜眼，發現槍聲果已停頓下來。

正當他以為神蹟降臨時，一小團黑物突然拋進了遠處一名殲魔戰士的藏身之處。

那小東西滴溜溜的打了幾轉才停下來，菲爾藉著火光一看。

原來，是一枚手榴彈。

轟！

烈火爆風把周遭的殲魔戰士統統炸開，本就不穩的防線，頓時崩潰！

原本用以掩護的車輛被炸飛，數名殲魔戰士不得不提槍反擊。

可是，他們才射出不過十多發子彈，盡頭的殺神小隊便以百倍之數奉還，把他們一下子轟成蜂窩了！

其餘沒被波及的殲魔戰士見狀大駭，卻只能繼續緊縮在車子後。

菲爾看到數人身上瞬間被射出無數血肉彈孔，心下一涼。

「那些殺神小隊的手榴彈該早已用盡，不然他們早就把我統統炸掉。」菲爾看著那片炸碎的地面，心道：「投彈者定是援軍，如此說來，我們另外兩隊已被全滅！」

暫時無恙的鍾斯也想到這一點，神情頓變黯然。

他帶著近百人追殺至此，生還者卻只剩下十分一，心下自責不已。

「哥，真的有救援來嗎？」菲爾再次開口問。

「有的，一定會有！」鍾斯抬頭看著弟弟，心裡還是如此堅定，「神，一定會保佑祂的子女！」

菲爾沒有作聲，只是再次低垂下頭。

就在兩兄弟各懷心思時，公路另一端的殺神部隊決定再次發動攻擊。

「縮頭烏龜，你們的同伴都已經統統戰死了！」剛才大聲叫囂的那名殺神戰士，一躍到一輛房車頂上，放聲吆喝：「你們還要縮在那些龜殼，不在死前顯示一些榮耀嗎？」

他和其他殺神戰士連喊幾聲，見始終沒有回應，便大聲咒罵。

「讓老子把你們統統炸熟！」他戴上熱能探測器，剛好察看到鍾斯兩兄弟的位置，便取過一枚手榴彈，拉開保險絲，想要擲向二人所在之處。

可是，就在手榴彈脫手之際，一顆小銀彈忽自極遠處，旋飛而至，並極精準的射中了手榴彈。

銀彈穿透手榴彈。

接著，自然又是一記爆炸！

轟！

烈火爆出，擲彈者首當其衝，上半身立馬炸成肉碎！

「發生甚麼事？」其他殺神戰士驚覺異變，無不錯愕當場，一時忘記攻擊。

遠處的菲爾和鍾斯也聽到敵方陣中發生爆炸，他倆雖好奇，但不敢胡亂探頭去看。

「是援軍來了嗎？」菲爾問道。

鍾斯心中正有同一疑問時，前方一陣沉重的腳步聲，引起他的注意。

鍾斯兄弟隱約看見一條修長身影，正在緩緩踏步走近。

「嗶嗶嗶……」細微的聲響自鍾斯頭盔中的魔氣探測儀響起，但頻率細長緩慢，不像一般遇到魔鬼時急促。

這種特別的聲響，代表散發魔氣的屬於殲魔協會一方。

與此同時，鍾斯的防護眼罩屏幕下方，標示了一個「7」字。

「是『七刃』？」菲爾也看到注意到自己屏幕上的數字。

殲魔協會擁有魔鬼戰鬥力已不是甚麼秘密，為免戰鬥時誤傷同伴，因此他們特別改裝儀器，紀錄了殲魔協會旗下的魔鬼魔氣，並各配上編號。

當中五位目將及會長塞伯拉斯，分別以自身擁有的魔瞳數目作為編號，至於獲配「7」字編號的，就是「七刃」。

鍾斯入會近十年，卻從未見過「七刃」。他只知「七刃」在一年前才獲配號碼，據聞是七名魔鬼組成的組合。

這一年來「七刃」殺敵之多，堪比其他目將，名聲早傳遍會內。

此時來者走近，二人藉著周遭火光一看，卻見是名高壯男子。男子身穿貼身灰黑裝甲，留著絡腮鬍子，看起來神情有點頹靡，但一雙眼睛目光殺氣騰騰，教人不寒而悚。

鍾斯此時已明白，剛才撒旦陣營的騷動，該是「七刃」引起。但鍾斯左顧右盼，只看到一人，別即問道：「另外六位呢？」

「甚麼另外六位？」「七刃」皺眉，沉聲問道。

「你是『七刃』吧？你們不是七人一組的戰鬥團嗎？」鍾斯奇道。

「我從來只是孤軍作戰。」「七刃」拍了拍腰，說道：「『七刃』，指的是它們。」

鍾斯和菲爾聞聲一看，發現原來「七刃」腰間左右，分別懸掛了一柄西洋劍，一長一短日本太刀，腰環了一束軟劍，背後更負了人高的寬闊巨劍！

直到此時，他兄弟倆才明白「七刃」這外號的由來。

不過，他們發覺「七刃」身上的刀劍，握柄處全都不見，只有一個凸出的勾扣，狀甚奇怪，菲爾默默點算，更發覺他身上只掛了五柄，不足「七刃」之數。

菲爾還沒開口，「七刃」似乎已看穿他的心意，忽然雙手一抖，抖出一直縛在前臂上的手槍。

二人還未明白他的意思，「七刃」雙手一振，手中的槍槍管突地挺直。

但見槍管閃著刃光，搖身一變竟成了一雙短劍，加上身上另外五具，正好有七柄兵刃！

「吩咐其他人，繼續躲在車後別出來。」

沒理會二人的驚愕，「七刃」沉著聲線拋下這句話後，便握著兩柄「刃槍」，化成一團黑影，衝進敵陣之中！

鍾斯和菲爾聽從吩咐，躲縮在車後。他們只聽得「七刃」離開不久，撒旦教陣營立時傳來一陣喝叱，無數槍聲同時響起。

但過了半晌，二人只聽得刺耳的槍聲漸漸減少，呼喝也統統變為驚叫；又過一會兒，他們再聽不到半點呼聲，只餘下慌亂的槍聲。

槍聲逐漸零碎，到了最後，另一邊終於完全寂默下來。

「完了？」

一直躲在車後的殲魔戰士不敢抬頭，只是側耳傾聽。

那邊再沒呼喝，再沒槍聲，只剩下沉重、緩慢的腳步聲。

「完了。」眾人還在猶豫，「七刃」忽然再次出現在眾人之前，「你們不用再躲。」

眾人探頭一看，只見另一邊盡是半身分離的屍體，場面極盡血腥。

「人……都是你殺的？」菲爾詫異地問道。

「七刃」淡淡地點頭，沒再理會他，只是雙手一揮，把短刃變回手槍，插回臂上束套。

其實「七刃」正是鄭子誠。

兩年前畢永諾在耶路撒冷潛修後，他便跟隨殲魔協會的大軍東征西討。憑著一顆復仇的心和不凡天資，他在槍火血肉之中快速成長，力量突飛猛進。

某天，他感到猶大所授的「槍刃術」似乎威力有限，便苦思增強之法，又跟另外幾名目將不停切磋。有一次，子誠跟隨宮本武藏對戰練習時，見他憑一雙大小太刀，輕易便能殺入千人大軍，忽有所感，便跟對方習起日本劍道來。

後來，子誠更向蘭斯洛特學習西洋劍術，又另外閱讀協會的古卷秘籍，修習巨劍、軟劍等不同劍法，使自己的攻擊模式更為多元。

如此修練一年有餘，子誠終於把不同劍法，融會貫通，實力再次邁進，雖然威力尚不及千年修為的四位目將，但其招式變化之多，又稍勝四人，使他在複雜多變的戰場上，更能靈活作戰。

經過多番激戰，屠魔無數的子誠終得到了「七刃」這一稱號。

「只剩下你們？」子誠環看一眼，只見鍾斯一組人不過十七人，眉頭不禁微皺起來。

「其他弟兄都光榮犧牲了。」鍾斯低頭說道，語帶慚愧。他畢竟是這次討伐隊伍的頭兒，二百多人死了大多數，難免自責起來。

子誠卻沒理會內疚的鍾斯，只是遙看邊境的另一頭，「剛才我來這兒前，曾感受到附近有傳出一陣魔氣。」

「對！這組殺神小隊因為有魔鬼幫助，先前才能在巷口中突圍而出。」菲爾連忙說道。

「嗯，就不知對方走了沒有。」子誠喃喃自語。

說罷，子誠從後背包中掏出一道十字架型，約半臂長的工具，然後倒插在地上。

十字工具以金屬製造，看起來像是某種儀器。

十字架直臂上佈有十三枚按鈕，橫臂兩端則是整條的電子螢幕柱，顯示著一堆複雜的數字。

鍾斯和菲爾一眼便認得，這十字架正是長距離的魔力探測器。殲魔戰士一般安嵌在頭盔內的探測器雖然精密，但有效範圍只得百米，而這種十字探測器則能有效探測近十公里的範圍，不過所需時間亦較長。

二人看到子誠把十字架逆插在地，心裡暗覺不妥，但礙於身份，最終沒有作聲。

子誠按下其中一個按鈕後，十字儀的短臂突然急速轉動起來，過了好一陣子，儀器忽然閃了一點紅光，短臂的運轉倏地緩慢。

悠然轉動良久，短臂終於停下。

但見短臂其中一頭，閃著暗紅燈光，電子螢幕柱顯示羅馬數字「I」，接著又有一連串數據。

鍾斯二人抬頭一看，但見短臂所指處，正是邊境另一頭一座雙子大樓。

「只有一頭魔鬼，事情應該不會太難辦。」子誠看到結果，便即把十字儀收回，轉頭跟鍾斯說道：「你們先在這兒整頓，等待援軍。」

「不行，我隨你去。」鍾斯斷言拒絕，他覺得自己需為那百多條人命負責。

「隨便。」子誠淡然說道，把十字儀放進背包後，轉身便走。

鍾斯正想跟隨上去，他弟弟菲爾忽然一把拉住他。

「你在幹甚麼？」鍾斯皺眉說道。

「哥，別跟上去吧。」

「不，我也要一起去，我得去那邊，看看弟兄們最後的英容。」鍾斯堅定的說罷，轉跟菲爾道：「倒是你千萬不要跟隨。你只是名狙魔士，還沒能力對付魔鬼。」

菲爾本打算留下，但聽到鍾斯的話，心中忽然有氣，冷哼一聲，竟轉身往邊境方向走去。

鍾斯見狀，連忙攔了下來，但菲爾沒有理會他，逕自追上子誠。鍾斯雖然心急，但見子誠越走越遠，只得容許菲爾伴隨。

此地為兩岸交接處，由於戰火頻繁，所以早沒平民居住。

三人一路走來，但見四處荒蕪，倒是遍地彈孔，死屍處處。鍾斯見到當中有些屍體，是同行的殲魔隊員，心下悔疚，忍不住要走上前把他們的雙眼闔上。

反觀子誠一直沒看過腳下屍首一眼，只是抬著頭，遙看不遠處的雙子大樓，腳步沒緩下半分。

三人快要接近雙子樓時，鍾斯和菲爾頭盔中的魔氣探測儀突然發出訊號，訊號來源是大樓東翼。

二人看到訊息，正想抬頭察看之際，子誠忽然猛喝一聲：「別抬頭！」二人聞聲一震，正想揚起的頭，連忙壓下。

「對方正散著微約的魔氣，該是開了魔瞳，你們和他目光接觸，隨時著了道兒。」子誠沉聲解釋罷，忽抬起手，遙指西翼大樓：「你們看看。」

二人轉頭一看，只見八十多層樓高的西翼大樓高處，突兀地橫插了十多條粗大鐵支。不過，子誠要他倆看的，並不鐵支，而是懸掛在鐵支上的十數具殲魔戰士的屍首！

「為……為甚麼要這樣糟蹋他們的？」鍾斯一眼便認出同伴，忍不住激動的說。

大樓上懸掛的死者，統統都是鍾斯的親近下屬，雖然他不能仔細看清楚其死狀，但如此被掛在半空，已教鍾斯怒不可遏。

「也許他在耀武揚威，但也許只是他發動能力後的效果。」子誠瞇眼看著那十多具屍體，「你們沒有發現嗎？那些屍體所在，和敵人的位置在同一水平。」

二人聞言查看儀器，發現東翼散發魔氣的地方，果然和那十多具屍體成一條橫直線。

「樓上那人，是不是先前在維港把敵軍救走的魔鬼？」子誠問道。

鍾斯按了按儀器後，搖頭說道：「不，魔氣的頻率不相同，這是另一頭魔鬼。」

「嗯？竟然派了兩名以上魔鬼？這撒旦教在打甚麼主意？」子誠低頭沉吟。

「長官，我們現在該強攻上去嗎？」菲爾小聲問道。

「先了解一下對方的能力吧。」子誠看了菲爾一眼。

「但……我們從未和他交手，其餘弟兄悉數被滅，怎樣才知其異能？」鍾斯不解地問。

「『看一看』就一清二楚了。」子誠淡然答道。

說罷，子誠忽然閉上左目，再打開時，瞳孔已變成如血般鮮紅！

強大的魔氣自他身上湧現，教站鍾斯兄弟心頭感到一陣惡寒，忍不住後退數步。

打開了「追憶之瞳」的子誠沒再理會二人，逕自仰首，凝神看著西翼牆上其中一條掛屍。

雖然距離遙遠，但經過兩年來的訓練，子誠實力已今非昔比。

他的目光才接觸到其中一具屍首那了無生氣的眼睛，一段清晰的記憶立時湧入他的腦海之中。

在記憶之中，子誠只見死者和另外十多名黑衣隊員，正手提著槍，穿過一條長長的走廊。

走廊盡頭，有一扇高身木門，戰鬥隊神態慎重，腳步輕柔的走到門前，然後輕輕貼在牆身。

眾人透過頭盔儀器，確認門後敵人位置後，領行者向其他人作一個手勢，十多名黑衣人便同時衝進大門。

可是，就在下一剎那，子誠只見景象一轉，十多名殲魔戰士竟已身處在西翼大樓牆外，身體各處皆被鐵支貫穿，詭異地掛在半空上！

十多名士兵懸掛樓外，大半立時斃命，餘下的要害重創，也是命不久矣。

子誠所觀看的記憶所屬者，一時未死，但痛楚已使他幾乎要昏厥過去。

他勉強抬頭，藉著街道餘光看東翼大樓那名魔鬼。

最後，他只見到東翼大樓某層，有一名穿著暗紅西裝、胸插白花的男子，站在一道以血塗滿眼睛圖案的落地玻璃窗前，若有深意地看著十多名殲魔戰士。

記憶就此中斷，子誠帶著疑惑，回到現實。

「嗯，有點棘手。」他喃喃自語，眉頭輕皺。

子誠心下不解，接著又移了幾步，看看另外幾名掛在半空的屍體記憶，但每一名死者也是在踏入大門的一瞬間，便突然被轉移到另一座大樓上。

到了最後，子誠還是找不出對方的能力。

唯一令他覺得有關聯的，就是玻璃窗上那些血紅眼睛圖案。

「看來，我們還是得親自上去一趟確認。」子誠對著二人說了一句，轉身便朝東翼大樓走去。

叮。

東翼大樓唯一一座升降機，在第八十八層也就是頂樓，打開了鐵門。

大門一開，一段悠和的交響樂頓時傳入三人耳中，替即將到來的戰鬥，添了一絲怪異感覺。

三人只見面前是一條燈火通明的長走廊，兩側掛滿油畫，氣派不凡。

走廊盡頭有一扇四米高的木門，也是這一層唯一一間房間，鍾斯二人看到這種格局佈置，推測到這裡本是某位機構高層的辦公室。

鍾斯和菲爾神情戒備，小心翼翼的走出升降機，因為他們知道那名魔鬼，就在木門之後。

子誠倒是一臉淡然，也不見他拔出任何武器，只是不徐不疾地走到大木門前。

咯，咯。

出乎鍾斯和菲爾的意料，子誠沒有強攻，沒有施計，竟只單純的叩門，然後問道：「有人在嗎？」

室內的魔鬼似乎也預料不到子誠會有此一著，過了半晌，才傳來一道沉厚的聲音：「沒有人，只有魔鬼。」

「真巧，我也是。」子誠又問：「我可以進來嗎？」

「可以。」那道聲音回答：「不過，我想你們已經看過西翼牆身上的同伴吧？」

「你想說，只要我一踏進這門，就會落得和他們一樣的下場？」子誠反問。

「對。」

「可是你知道，我不得不進來。」子誠嘆了一聲。

「我知道。」室內那魔鬼頓了一頓，續道：「似乎你也是個沒有選擇的人。」

「選擇？」子誠忽然失笑，「當然沒有，打從撒旦教殺死我妻子後，我的路只剩下復仇一道。」

室內魔鬼語先是「啊」的一聲，接著語氣真誠地說：「對不起，令你想起傷心事。」

魔鬼的態度讓子誠略感意外，不過想起亡妻，子誠心情不禁憂鬱起來。

「雖然我不能代表撒旦教。」室內魔鬼說道：「但我實在替你的遭遇感到難過。」

「嘿，不用惺惺作態。」子誠冷笑道。

「你應該感受到我的情緒。」

子誠一時沉默，因為他知道對方確實心存歉意。

「我和你一樣，也是一個因撒旦教而變得沒有選擇的人，只不過我是打從出生那一刻起就注定了往後的路。」室內魔鬼笑道：「你有聽過『七罪』中的『傲』吧？」

「自然聽過。」子誠說道：「我也知道他就是楚漢時期的韓信。」

「不錯，就是他。」室內魔鬼笑道：「而我，則是他的幼子。」

聽到室內魔鬼自表身份，子誠微感驚訝，接著只聽得對方繼續說道：「我爹早在我出生之前已成魔鬼。那時，他娶了一名人類妻子，有了幾名孩子，我則是最年幼的一個。」

「但在我三歲那年，劉邦因為害怕我爹反叛，設計殺害。他被擒下後，所有家人悉數被誅，幸好在危急之時，薩麥爾大人派人出手相救，把爹的頭顱保住，而我則被薩麥爾安插在爹身邊的所謂門生，暗中藏起來。」室內魔鬼嘆道：「我成了家族中唯一一個子孫，爹以防再有事端，便求薩麥爾大人賜我一顆魔瞳，因此我還未懂事，已然入教，到了弱冠，便即成魔。」

「你的命是薩麥爾所救，因此你便得一世效忠。」子誠聽罷，問道：「這是你沒有選擇的意思？」

「不。那一場危機在我還是幼兒時發生及結束，因此我對薩麥爾大人其實只是心存感激。」室內魔鬼長嘆一聲，道：「我指的選擇，是血緣、親人。我是韓信的兒子，這是改變不了的事實。」

「你不喜歡你父親？」子誠奇道。

「不喜歡。」室內魔鬼沉聲說道：「他是一個城府極深，喜歡計算、操控一切的人，他覺得只有他所說的，才是正確。我自小便得活在他的監控下，一言一語，都不能逆他旨意。」

「那你沒有嘗試過離開他？」

「怎會沒有？我跟隨他大概兩百年後，有一次終於忍不住逃了出去。我找了一座無人荒島，與世隔絕的生活不知多少時日，才回到人世間。」室內魔鬼笑道：「我重踏大陸時，原來人世已過了千年，那時撒旦已死，殲魔協會和撒旦教兩雄分立。我小心翼翼，不露聲息的繼續生活，如此又平安的過了一千年。」

子誠默言不語，因為他知道故事還未完結。

「這些年我一直在歐美等地裝作是普通人那般生活，從未使用過魔瞳一次。我在一個地方生活不到十年，便會藉故離開，因為我不想有人發現我的容貌一直不會衰老。」說到這兒，室內魔鬼忽然語氣一柔，「一直到十多年前，我在加拿大識認到某位女孩，我才有了安定下來的想法。」

「那女孩子是一位加籍華人，她為人爽朗活潑，但我之所以對她著迷，只因她長得和我在漢朝時的結髮妻子一模一樣。」室內魔鬼笑道：「我知道，這世界縱然有相似之人，但決不可能會性格愛好也相同。那時我便想，那女孩很可能就是我自己的後代，但我卻沒有因此抗拒，只是如常交往。」

子誠聽到這兒不禁皺眉。雖然他也是魔鬼，但這種離經背道的事，聽起來略感怪異。

「那女孩實在太像我的妻子，我和她一見如故，發展迅速，很快便到了談婚論嫁的階段。一直到她說要帶我見她的父親時，我才知道，一切並非如我所想。」室內魔鬼不知子誠的反應，只是繼續說道：「那一天，她帶我到她家裡，大門一開，我就見到我父，坐在火爐之前。我還記得他那張高深莫測的臉，被火光照得格外陰沉。」

子誠對這結果沒有意外，只是追問道：「那女孩的父親，就是韓信？」

「那只是爹騙女孩的話。事實上，女孩不是我的後代，而是貨真價實，我在漢朝時迎娶的妻子。」室內魔鬼忽然笑道：「只是她並非真身，而是我妻子的複製人。」

「但，她總算是你的妻子。」室內魔鬼雖然笑著道出這答案，但子誠卻聽得出對方心中無奈與悲痛，「所以你便得重新被韓信控制？」

「不錯。那時，父親給我兩個選擇。」室內魔鬼應道：「要麼打敗他，帶走女孩；要麼加入撒旦教，保女孩平安。」

「最後你選擇了後者。」

「不，這根本不是一個選擇！」室內魔鬼語氣激動起來，「父親明知我不是他的對手，這根本只是一種虛偽的問題！我根本無從選擇！」

「你說得對。世上許多事，都被人故意包裝得彷彿能給我們選擇。」子誠嘆道：「但說到底，我們根本沒有抉擇的權利。」

室內魔鬼默言不語，好半晌才淡然說道：「所以，我明白你的苦楚，但我為了她，我不得不犧牲你們的性命！」

經過短短交談，子誠知道室內人並非凶惡之徒，但他為了亡妻，也不會亂生同情。

「你的魔瞳叫甚麼名字？」子誠忽然問道。

「『洞悉之瞳』。」

「很好，我會記住這魔瞳的名字，以及它主人的經歷。」

子誠說罷，忽然閉上眼睛，伸腳把大門踢開，手中早已上膛的槍子同時連珠炮發！

大量銀彈激射而出，一時間辦公室內物件盡毀，但子誠知道，對方不是一般魔鬼，定能躲過這一波攻擊。

不過，子誠的目標並不是他，而是辦公室盡頭的玻璃窗！

嘭！嘭！嘭！嘭！

清脆的破裂聲混集刺耳的槍聲，表示整堵玻璃窗已然粉碎，散落街上。

彈藥耗盡，子誠依舊閉著雙目，同時矮身藏在門前的沙發後，迅速換彈。

他凝聚魔氣，側耳一聽，聽不到室內有半點心跳或呼吸聲，也無半點血腥氣味。

子誠知道，剛才對方已把子彈悉數避過，並隱藏氣息起來。

「想不到你的氣息能藏得這麼好，一直到開槍一刻，身上沒散發半點殺意，教我險些著了道兒。」室內魔鬼的聲音在子誠腦內響起，顯然是用上「傳音入密」。

「你也不賴，反應如此迅速，在這小小房間之中也能閃避自如。」子誠也以「傳音入密」回應對方。

他稍稍睜眼，看到辦公室大門外空無一人，相信鍾斯和菲爾已經躲在兩側。

「留在原地。」子誠向二人發出訊息後，繼續屏息戒備。

先前那批殲魔戰士，全在進屋一刻，沒有和那魔鬼對視，便已統統轉移到屋企，因此子誠便想，對方以血塗在玻璃窗上的眼睛，才是引發魔瞳異能的關鍵。

「若然我推測不錯，你能力發動條件，就是必需背對對方，然後以血眼代替本眼，只要對方目光和血眼相接，便會頓時轉移到遠方。」子誠以「傳音入密」說道。

「你說得一點也不錯。你剛才已將所有玻璃窗打破了，那麼，」對方回應，語氣輕鬆，「你還躲在那邊等甚麼？」

剛剛那一波攻擊，子誠已經肯定把玻璃窗全部擊碎，只是他肯定對方除了玻璃窗外，定必在其他地方，塗上血眼。

而且，子誠對於對方能力，還有一點未弄清楚，一時間不敢胡亂動彈。

思前想後，子誠最後只想到一個方法來解開疑惑。

「你們二人誰不怕死，就現身走到門前吧。」子誠以「傳音入密」，向二人吩咐。

雙方無聲無息，原地僵持，室外兩名殲魔戰士早緊張得連大氣也不敢亂喘，忽聽到子誠的話，心中一跳，二人神情複雜的互視起來。

鍾斯和菲爾都知道，只要他們一往房間看去，就會落得和先前那些同伴一樣的下場。死，誰不怕？縱然經過了兩年的戰火磨練，死亡也不是一件容易接受的事。

「我來。」鍾斯看著菲爾，以唇語說道。

「不行！你會死的！」菲爾瞪大了眼，以唇語應道。

「對，會死的。」鍾斯笑著說道：「但要是我不現身，你願意走出來嗎？」

菲爾看到兄長的話，一時無語。

「好好照顧自己。」

鍾斯沒再理會菲爾，他咬一咬牙，提槍轉身便往辦公室衝去！

鍾斯希望能在觸發技能前，能稍微射傷對方。

可是，他才剛現身，還未完全面向房間，便一下子消失不見！

「哥！」菲爾看到兄長突然消失眼前，忍不住嚎呼起來！

「謝謝你，我已經能看得一清二楚了。」子誠看著空無一人的門口，心下暗道。

幾乎在鍾斯消失同一剎那，子誠渾身魔氣爆發，轉身便衝離沙發。

這一次，他沒有閉上眼睛，只因他已有信心破解對方魔瞳異能。

子誠一站起來，便看到不遠處站了一名紅色西裝男子，背對自己，雙手卻高舉過頂。

紅衣魔鬼雙掌向後，掌心正中，則塗了一對血眼！

子誠才看到血眼，只覺眼前一黑，呼吸困難，再回復過來時，竟已身在半空之中，掛著十數屍首的鐵支群則近在眼前！

鐵支以極速接近，但子誠毫不慌亂，連閃避的意思也沒有。

因為，早在從沙發走出來之前，子誠已把背後巨劍，移到胸前！

碰！

沉實的撞擊聲響起，子誠已然帶著十數具屍體，陷進西翼大樓的瓦礫之中！

有了巨劍擋下鐵支，子誠安然無損，遠方的紅衣魔鬼看到也是大吃一驚，因為他萬萬沒料到子誠有這種招數擋下攻擊。

其實先前子誠吩咐鍾斯身先士卒，就是想確認紅衣魔鬼轉移受術者的方法，究竟是「空間移動」還是「高速移動」。

萬一是「空間移動」，那子誠無論如何防護，都不可能避免被鐵支貫體。縱然子誠不會因此便死，但身體受傷，行動有礙，定必令對方有機可乘。

不過，幸得鍾斯捨身試探，子誠才能從他消失瞬間，肯定「洞悉之瞳」的能力，只是單單把受術者高速移動到另一水平點。

「這次，到我反擊！」

躺在泥石之中的子誠沒有急於起來，只是高舉雙槍，瞄準遠方的紅衣魔鬼，連環發射！

可是紅衣魔鬼並非等閒之輩，銀彈雖快，但二人畢竟相距甚遠，紅衣魔鬼看準子誠雙槍位置，捉摸到子彈軌跡，恰能閃避過去。

子誠槍火不絕，但終究沒一顆銀彈能打中對方，紅衣魔鬼東閃西躲，看起來雖然狼狽，但他始終氣定神閒。

紅衣魔鬼沒有焦急，因為他知道子誠的雙槍雖然厲害，但彈藥終會耗盡。

他等的，就是那個空檔。

只要趁著子誠更換彈藥，紅衣魔鬼便能再次發動能力，把子誠拉回來。

就在閃躲了差不多一分鍾、辦公室快沒有一片完好地方之際，子誠終於把子彈射光！

紅衣魔鬼沒有多想，連忙轉身，雙手高舉，他知道子誠的手腳再快，也沒可能快過目光交接。

不過，紅衣魔鬼沒料到，子誠身上除了慣常的雙槍，此刻還多了一柄槍。

一柄殲魔戰士攀爬用的鉤爪槍。

紅衣魔鬼也沒料到，早在子誠被他轉移到西翼大樓前，他故意遺下一把武器在原地。

一柄他常用的小太刀。

紅衣魔鬼自然也沒料到，剛剛子誠還未把子彈用盡，便已換上了鉤爪槍，而子誠最後射出的一發，不是子彈，而是一枚鐵爪。

鐵爪佯作攻擊，紅衣魔鬼如常閃躲，鐵爪最終便擊中了真正目標，亦即是小太刀。

彈藥用盡後，子誠並沒有急於換彈，而是用力拉扯鋼絲。

所以，當紅衣魔鬼剛轉身，雙手反舉之際，小太刀已經帶勁橫砍胸前！

切。

紅衣魔鬼一臉驚訝，連魔氣也來不及催動護身，小太刀已斬了一個俐落清脆，把他上半身和雙手都切斷！

紅衣魔鬼錯愕倒地，鮮血把原本已是鮮紅色的西裝染得更為血腥。

忽然一陣腳步在身邊響起，卻是子誠藉著鐵索，躍回辦公室內。

「抱歉，勝負已分。」子誠沒有直視對方，只是揮手一振，化槍成刃後，直插進大小太刀刀身上的空檔位置。

短刃一插即自動扣上，搖身一變成了刀柄。

紅衣魔鬼浴身血池，驚訝的看著子誠提刀走近。

子誠一臉淡然，沒有露出任何情緒起伏。

然後手起，刀落。

小太刀瞬間把紅衣魔鬼的頭分成數段，他錯愕的表情永遠停留。

沒有讓對方說遺言，或逼問軍情，因為這些資訊子誠可以透過「追憶之瞳」直接得到。

縱然同情紅衣魔鬼的遭遇，只是經歷過這兩年的戰爭，子誠知道對敵人唯一的仁慈，就是盡快讓他們脫離這人間煉獄。

因此，他沒有太多廢話，只是單單用手中槍刃作結。

「安息吧。」子誠以布拭淨雙刀，喃喃說道。

把武器收好後，子誠便挖出紅衣魔鬼的兩顆眼球，貼身收藏起來。

這時，門外的菲爾聽到戰鬥已完，便即衝了進來，急問：「七……七刃大人！哥哥他怎麼樣？」

「未死。」子誠看著遠方的西翼大樓，「但也救不了。」

菲爾聞言大急，想要下樓走到對面，此時子誠一把抓住他手臂，運氣於腿，然後一躍過了西翼大樓破洞處。

剛才子誠被紅衣魔鬼拋到大樓，背後巨劍把牆身撞出個大洞，那些被鐵支掛著的屍首也都統統撞到瓦礫之中。

子誠閉目凝神半晌，忽然指著一疊瓦處，道：「他在這兒。」

菲爾聞言，立時走了過去，把瓦礫撥開，不過多久，便看到身上插滿鐵支、奄奄一息的鍾斯。

鍾斯雙眼半開，氣若游絲，口中不斷湧出血泡。

他看到弟弟無恙，先是一喜，又看到子誠站在不遠處，便問道：「大人……收拾了那頭……魔鬼了？」子誠點點頭。

菲爾看到哥哥這個模樣，心中悲痛，雙眼早已通紅，嗚咽的道：「哥，先別說話，我們這就把你送去醫治。」

「嘿……算……算吧，我知道的……我這狀況，怎可能熬到回去？」鍾斯苦笑道。

「不！一定可以的！哥你不能放棄！」菲爾激動的道。

「別……別勉強啊……」鍾斯搖搖頭，正想再說甚麼時，突然「哇」的一聲，吐出一口血來。

菲爾見狀，心下也是涼了一片。

「不，你弟說得沒錯，你可以不死。」

就在二人都心灰意冷之際，一直在旁默不作聲的子誠，忽然插話。

縱然相處不久，但二人對子誠的能力毫不懷疑，聽到他的話後，彷彿見到一線生機，都靜了下來，等子誠續話。

此時，子誠卻再沒說甚麼，只是從懷中掏出一件事物。

那就是，紅衣魔鬼的「洞悉之瞳」。

二人看到子誠手中眼球，皆感意外。

「把這魔瞳安上，你的傷口就可以復原。」子誠將眼球放在掌中，遞向鍾斯。

殲魔協會現在雖有魔鬼作戰力編制，但畢竟自古以來，協會皆與魔為敵，所以會內凡人對魔鬼皆有一種難以消除的隔膜，而兄弟二人本身是虔誠的教徒，對魔鬼一向懷有不少恨意。

只是，為了生存，看到眼前的魔瞳，鍾斯和菲爾的心，不禁動搖。

「哥，你要是留下命，還能繼續為神除害，神會原諒你的。」菲爾擔心哥哥會心硬，開始游說起來。

鍾斯看著子誠手掌裡的眼珠，沒有理會菲爾，只是虛弱的問道：「你……你天生……就是魔鬼嗎？」

「不，我入魔不足三年。」子誠淡然答道。

「那……成……為魔鬼以後……你，慣不慣……」

「嘿，怎會習慣？許多時候，當魔鬼比人類還要痛苦。」子誠淡然一笑，「人死易，魔殞難。」

鍾斯兄弟默不作聲，只是在想這話中意思。

「不過，死後世界，未必比活著的好。」子誠再次說道，打斷二人思緒，「所以，成不成魔，你自己想想吧。」

鍾斯看著那顆血淋淋的眼珠，一時心思如潮翻湧。

在聖經裡，魔鬼從來都是「罪」的代名詞，每次出場，都是和上帝作對。或是誘惑，或是欺詐。

縱然這兩年，曾和不少魔鬼站在同一陣線作戰，但自小耳濡目染下，鍾斯內心始終覺得，魔鬼是黑暗邪物，罪的化身。

「他們的血與罪，真的能輕易洗刷掉？」

想念及此，鍾斯決定閉上雙眼。

「看來你哥哥有了決定。」子誠看到鍾斯的模樣，便把魔瞳收起。

菲爾見狀大急，連忙問道：「哥，你連命都不要嗎？」

鍾斯沒有回答，只是微微一笑。

「七刃，他只是一時想不通，求你把魔瞳給他吧！」菲爾焦急的向子誠求道。

「這是他的決定，我會尊重。」子誠看了看菲爾，又看著地上快要斷氣的鍾斯，「選擇死亡，不是一件容易的事。」

「那麼我看著我哥死在眼前便容易嗎？」菲爾激動的道：「明明有方法可以治好身上的傷，但偏偏視而不見！哥，難道這樣的行為神會贊同嗎？」

鍾斯很想反駁他的話，但他一提氣，便忍不住吐出一口鮮血。

「哥！」菲爾抱住滿身污血的鍾斯，嗚咽起來。

子誠冷眼看著二人，忽然問菲爾道：「如果他不是你的哥哥，你還會這般傷心嗎？」

「你……你在胡說甚麼啊？」菲爾先是一愕，旋即憤然道。

「我的問題很簡單。如果他不是你的兄弟，只是一名普通的殲魔士，你還會如此激動嗎？」子誠淡淡的問。

菲爾心下茫然，渾不知子誠的問題用意何在。

他正想追問，子誠忽然說道：「收起你的眼淚吧。」

「你這是甚麼意思？難道他就不是我哥哥嗎？」菲爾怒道。

子誠沒有說話，只是淡然一笑。

接著，往後一翻，跳離大廈！

菲爾兄弟二人看到子誠突然離開，也是意想不到，但過了半晌，子誠忽再次自地面跳回瓦礫之中。

此時，子誠正橫抱著一名女子。

女子容貌慈祥秀麗，膚色微黑，眼睛充滿靈動之氣，身上只穿簡潔粗布，散發著獨特的氣質。鍾斯早已失血過多，頭昏眼花，但菲爾定神一看，驚覺來者正是聖母瑪利亞！

「聖母！」菲爾一臉難以置信，拜伏在地。瑪利亞微笑點頭，伸手扶起了他。

「看來，神還不想你們兄弟分離。」子誠淡淡說道。

眾所週知，瑪利亞擁有治癒之能，她的出現，意味鍾斯不用成魔，也能痊癒。

瑪利亞扶起菲爾後，便赤足走到奄奄一息的鍾斯身旁。

此時，鍾斯早已氣若游絲，但他知道聖母來了，還是想動身行禮。

「你先別動。」瑪利亞柔聲微笑，伸手輕輕按住鍾斯，然後又閉上雙眼，皺眉用功。

接著，鍾斯只感到一股沁涼，自瑪利亞手掌傳至自身，而涼快掠過之處，皆有一陣麻癢，他凝神一看，發現自己的傷口正以肉眼可見的速度在癒合！

不消一會，鍾斯身上傷口已經全部痊癒，皮膚只剩下一塊塊粉紅色的疤痕。

死裡逃生，鍾斯心頭頓時一鬆，竟就此昏睡過去。

「萬福母后！」菲爾見到哥哥無恙，跪在地上，朝瑪利亞感激的道。

瑪利亞運功良久，氣息有點混亂，沒有說話，只是強顏笑了笑，示意他起來。

「幸好你來了，才能救回他一命。」子誠扶住瑪利亞。

瑪利亞搖搖頭，道：「要是我能早一點能就能把其他人也救回。」說著，她看向其他掛插在鐵支上的殲魔士。

「別太自責，戰爭裡犧牲的人太多了。」子誠也看了看那些殉戰的戰士，道：「就讓我們盡早結束戰火，好等事情能告一段落吧。」

「事情，真的能告一段落嗎？」瑪利亞小聲喃喃。

子誠沒有回話，只是抬頭，看著高空的明月。

此時，各人身上的傳訊器發出訊息，卻是殲魔協會的後援軍隊到了。

先前在維多利亞港救走撒旦教徒的是另一頭魔鬼，因此他們還需要繼續追蹤下去。

鍾斯現在已失去戰鬥力，菲爾抱起哥哥，想把他帶到軍醫處稍作休息。

踏出殘破的辦公室前，菲爾忽然回頭，看著子誠，問道：「對了，七刃大人，剛才你的問題，是純粹假設，還是真有其事？」

「你指你們二人的關係？」

「對。」菲爾點點頭。

子誠看著二人，默言半晌，才淡淡的道：「你應該知道，我們魔鬼的鼻子遠比凡人靈敏，能嗅得出許多種層次的味道，當中對血液最為敏感。」

菲爾沒有說話，只是繼續聆聽。

「每一個人的血液都會有一種獨特的氣味，但畢竟血液源於基因，所以要是有血緣關係的人，尤其是近親，血液裡都會有某些共通之處。」子誠說到這兒，忽然打住。

「你的意思是，我和哥哥的血液，絲毫沒有相同之處？」菲爾沉聲問道。

「嗯。」子誠稍微點頭。

菲爾聽後，看著正橫抱在手的鍾斯，神情忽然變得複雜起來。

但只是過了片刻，他一雙藍眼，倏地回復澄明。

然後，菲爾微微一笑。

「其實我早就有這一種感覺，無論他提出甚麼，幹些甚麼，我都總要駁斥，總要反對。我早在想，究竟我倆是不是親兄弟。聽到了你的話，倒是我釋疑。」菲爾看著熟睡中的鍾斯，笑道：「不過，我打從有記憶，便和他混在一起。是不是真正的兄弟，根本不重要。」

「是真是假，真的不重要？」

子誠默默看著二人，低頭沉吟。

半晌，子誠忽然轉身，向破洞走去。

「誠，你要去哪？」坐在地上調息的瑪利亞見狀問道。

「你先去大隊回去。」子誠站在洞前，看著天上圓月，「我要探望一個人。」

說罷，縱身躍走！

第七十九章

脫胎換骨

第七十九章 脫胎換骨

清晨的鳥鳴，分外清脆入耳。

司徒真睜眼睛，映入眼簾的是雪白天花。

司徒真坐直了身子，看看四周。

他刻正身處一個小房間。房間是一個小方形，四面牆身雪白，西面安了一座書櫃，書櫃上放滿了小說。他凝神一看，似乎作品統統屬於一名筆名「金庸」的作家。

睡房的東面是司徒真正坐著的睡牀，北面則有一扇小窗。

此刻窗外陽光正盛，窗外不遠處的花園，栽種著一株小樹，樹上一隻紅色小鳥正在鳴叫。

「對，正是牠剛才把我弄醒。」司徒真看著窗外景象，心中想道。

此時，房門被人打開，一名有點老態的中年婦人走了進來。

她看到司徒真，便即溫柔笑道：「小真，你醒了，出來吃早餐吧。」

司徒真隨著婦人來到大廳，只見大廳的餐桌上，盛了一大鍋白粥，而桌子旁早坐了一名中年男人。

男人看到司徒真走了出來，也是溫和一笑，「早啊，小真。」

「爸。」司徒真朝男子靦腆說罷，便坐下來，取過一小碗正冒熱的粥，低頭慢吃。

兩老分坐司徒真的兩方，一同吃粥，但充滿暖意的目光始終留在司徒真的面龐。

大廳被陽光照得一片通明，令司徒真覺得周遭一切都充滿溫暖。

但他始終覺得眼前父母，桌上白粥很是陌生。

縱然，他已經過了這種日子整整兩年。

司徒真本來是名撒旦教徒，因為過人功績，年紀輕輕便被派駐在日本青木原基地，負責當中保安。一直到兩年前，基地發生神秘爆炸，司徒真受了重傷，失去戰鬥能力，才被送回香港的老家休養。

當然，這些事情都是父母告訴他，因為在大爆炸中，司徒真腦袋受震，喪失記憶。

縱然在牆上，看到自己的畢業照，在書桌上，看到和父母的合照，但司徒真無論如何都喚不起半點記憶。

陌生感，一直佔據著他的情緒。

不過，他父母卻沒有絲毫急著要他回復記憶，一直嚷著不要緊。

他們的表現甚至令司徒真覺得，他倆比較喜歡失憶的自己。

司徒真曾問父母，失憶前他是一個怎樣的人。

但他們沒有正面回答，只是含笑搖頭，道：「既然撒旦要你忘記，你又何必強行記起呢？」

自此，司徒真也沒再去問，只把疑惑藏在心中。

吃完早飯，司徒真正打算到出外散步，司徒老爸卻說：「小真，不要去了，昨天市區那邊火光大作，我看殲魔協會可能已經攻進維多利亞港。」

「別擔心，我只是到海邊走走。」司徒真笑道。兩老對他關懷備至，司徒真也對二人的溫情大為感動，可是煩思亂緒一直纏繞心頭，司徒真需要一些空間思考。

司徒老爸知道說他不過，只是搖搖頭，說道：「小心一點，盡早回來吧。」

「我理會得。」司徒真點點頭。

司徒真轉身便打開大門，但本應猛烈的陽光沒有照到他的臉上，司徒真反感到眼前一片異常黑暗。

他稍微定神，驚覺門前原來站了十數名彪形大漢，把陽光統統擋住。

「進屋。」

站在最前首，一名獨眼的大漢冷聲說道。

他晃了晃手上槍子，沒有再說其他話。

司徒真連忙後退，屋內兩老還以為兒子回心轉意，但看到十數名黑衣人迅速湧入，立時嚇呆，噤若寒蟬。

「別作聲。」獨眼漢吩咐，餘人以熟練的隊形，輕柔的腳步，一下子進佔房子的每一個防禦角落。

有幾人靠近窗邊，不時往外視察，似乎這群黑衣人正在被誰追殺。

這十名黑衣人一臉戒備，如影子般潛伏屋內，寂靜不語。司徒一家被他們氣勢所嚇，也不敢發出丁點聲響。

良久，聽得屋外沒有絲毫動靜，為首那獨眼漢才說道：「似乎暫時沒追上來。」

「但我們還是不宜家在這兒久留，得趕快回去大隊。」另一名黑衣人說道，獨眼漢聞言微微點頭。

這些黑衣人，左手手臂皆纏了黑布，包住了底下的徽章，教司徒真看不透他們屬於哪方勢力。

「你們是這兒的居民吧？」為首的獨眼漢看了看司徒真，淡淡問道。

「是……」司徒老爸恭敬的答道：「我們只是普通的家庭……」

「普通家庭？」獨眼漢冷笑一聲，道：「我可是因為儀器感應到這兒有撒旦教武器所發的訊息，才會找到這裡啊。」

司徒老爸聞言一驚，一時不懂如何接話。兩年前司徒真被撒旦教送回來時，的確帶上一些撒旦教的武器，但兩老不想多生事端，一直把武器藏在地下密室，想不到原來這些武器竟會散發訊息。

「到底你們是撒旦教的，還是殲魔協會的？」獨眼漢冷冷的道：「說謊話，就得死。」

語畢，其餘的黑衣人全都掏出裝有滅聲器的手槍，瞄準三人。

三口子不敢胡亂作答，萬一對方是殲魔協會的人，三人定必瞬間遭滅口；但若然不作實，又怕他們真的動手。

司徒老爸知道，三人無論如何也不可能逃出去，因此總得交出一個答案。

「爸……」司徒真看著爸爸一臉慎重，忍不住喊了一聲，司徒老爸聽到，忽感窩心，朝他溫柔一笑。

互相對望，最後司徒老爸稍微定神，看著獨眼漢道：「我們，是撒旦的子民。」

「很好。」

獨眼漢笑了笑，拉下手臂上的布。

只見黑衣上，繡了一個血紅色的倒五芒星。

三人看到那倒逆的五角星形，頓時舒一口氣。

但在此時，他們三人身後的黑衣人，突然朝他們胸口和腦袋開槍！

啾。啾。啾。

三道被壓低的槍聲響起，司徒家三人應聲倒地！

「很好，手腳快一點，殲魔協會的人應該很快就會找到附近。」獨眼漢看了看地上的三具屍體，重新把黑布包回臂上。

倒斃地上的司徒老爸，臉上始終掛住笑容。

這十多名黑衣人，其實是貨真價實的殺神小隊。

昨夜殲魔大軍殺進維多利亞港，把原本駐守在港灣的撒旦軍衝散，獨眼漢這隊人馬自是其一。

他們邊戰邊撤，打算退到東部海岸邊與接應部隊，回到日本的大本營，可是沿路上實在有太多殲魔部隊伏擊。

他們火力不夠，人數又不斷減少，被逼繞道而行，最終來到了位於東南海旁的司徒家。

「本來，我沒打算殺死你們三人，只是不製造點餌，我們定然躲不過那些混蛋的追殺。」獨眼漢看著躺在地上的屍首，小聲說道。

此時，只見其中三名撒旦教徒，從背腰到雙腳間的位置，脫下了一些金屬物。那些金屬物以條狀組成，卻是殺神小隊常用的機械骨架。

這些機械骨架除了替殺神戰士承受部分負重重量，加快他們行走速度外，骨架更設有一些額外的持槍機械肢。

這些機械肢由微型電腦控制，在殺神戰士開火時，能成為額外的火力，而且機械肢的角度刁鑽，令戰士攻擊威力倍增。兩年前畢永諾在香港撒旦分舵時，便曾吃過這些機構骨架的苦頭。

至於獨眼漢的主意，其實是想把機械臂套進司徒一家的屍體，再啟動「自動行走」模式，朝他們目的地的反方向而行。

雖然，由機械臂作唯一行走動力，速度必慢，但只要能稍微引開殲魔軍的注意，獨眼漢一行人成功存活的機會便會大增。

輸入好指令後，數名殺神戰士正打算一同把機械骨架套在三具屍體身上。

但在此時，一名一直在旁觀看的殺神戰士，忽然沉聲急道：「慢著，這……屍體有點詭異！」

「甚麼事？」獨眼漢皺眉看著那戰士。

「隊長，你看看……中間這一具屍體……絲毫沒有滲血！」那戰士用槍指住中央那屍首。

眾人聞言一驚，手中武器同時指住躺在地上的屍體，細心一看，果見躺在父母間的司徒真，被槍擊後，身上完全沒流出半點鮮血！

「開火。」獨眼龍當機立斷，沉聲吩咐。

一語剛休，槍火立生！

十多名殺神戰士頓時扣下機板，捲起一陣煙火，他們現在已顧不得槍聲會引起敵人注意，因為在戰場上死命訓練出來的觸覺，令他們感覺到眼前的危機比面對一百名殲魔師還要嚴重。

一輪集中的掃射後，十名黑衣人同時停火。

煙硝微薄，只見司徒真身上的衣服，已被射得破爛不堪。

可是，他所橫臥的地方，依然只有焦黑的彈孔，沒有半點鮮紅。

獨眼漢和一眾黑衣人見勢色不對，沒有猶豫，立時想要再次開火。

可是，他們的手指才觸碰到機板，便再也按不下去。

無論他們怎樣用力，指頭就像被鐵鑄實一般，紋風不動。

「有魔鬼！」眾人心裡同時浮起這個念頭，而就在此時，地上的司徒真有了動靜！

只見他徐徐站起，神情有點複雜，有點疑惑。

不過，最重要的一點，是他此刻左眼，正散發著殷紅的光！

司徒真先掃視了一眾殺神戰士，眼神有點呆板，但當他看到地上兩具屍首先，眼瞳倏地收縮。

司徒真默言不語，凝視地上的父母，這時一眾黑衣人的耳窩裡，皆發出幾不可聞的響聲。

那是殺神小隊用以探測到魔氣的訊號，他們早已見怪不怪，但聽著訊號的頻率，殺神戰士們發現魔氣來源，是屬於撒旦教一方。

不過，最教他們感到驚訝的，不是對方所屬勢力，而是魔鬼的身份。

如同殲魔協會一樣，撒旦教會把旗下魔鬼的魔氣加入探測器之中。

而此刻在一眾黑衣人耳中響著的，是五短一長的頻率。

五短，代表五角，一長，則代表渾圓。

倒五芒星，配以魔瞳。

能以教徽代表魔氣的，全教上下只有一人。

此時散發魔氣的，正是他們失蹤整整兩年的撒旦教主龐拿！

「教主……是你嗎？」獨眼漢有點難以置信地問。

獨眼漢在兩年前曾經見過龐拿一面，眼前的男人樣貌平凡，顯然和那時的龐拿不同。

可是，探測器卻不會錯，眼前的人所散發的魔氣，確實屬於龐拿。

司徒真沒有回話，目光只是依舊放在浴血的兩屍之中。

獨眼漢還想再問，他卻發現自己的嘴巴也一般動彈不得，只能勉強從喉頭發出嗚咽的聲音。

這時，司徒真終於抬頭。

他看著獨眼漢，淡淡的道：「殺人，很容易吧？」

獨眼漢不知何如回答，事實上他也回答不了，因為他的嘴依然不能動。

但在此時，獨眼漢的手動了。

不單是他，所有黑衣人的手也在同一時間舉起。握搶的手。

而每一人此刻手中槍，皆瞄準身旁另一人的腦袋。

十二人眼神驚惶，但他們渾身現在唯一能控制到的，就只有眼眶淚線。

連咬舌自盡也不能。

最為冷靜的獨眼漢留意到，司徒真也和他們擺出一樣的動作，只是舉起的手空捏，並沒有槍。

獨眼漢知道，只是司徒真的手指一扣下，他們十二人的腦袋定會同時開花。

而在此時，他看到司徒真的手指。

扣下。

沒有預想到的槍火。十二名殺神戰士還未殞命。

正當他們半喜半憂，還在猜想自己是否逃過一命之際，司徒真忽然冷笑一聲，道：「一槍擊斃，便宜了你們。」

語畢，所有殺神戰士手中武器皆對準獨眼漢的身體各處，獨眼漢自己手上的槍，也轉瞄了自己的大腿。

十二處，偏偏無一是要害。

獨眼漢還未來得及反應，霎時間火光大作！

獨眼漢瞬間變身中數十槍，但一時未斃，槍火持續好一陣子，他才抵受不住，痛苦死去。

獨眼漢才一倒下，卻又眼神空洞的瞬間站回起來，因為變成屍體的他，還未能休息。

不過片刻，十二名殺神戰士經歷了同一極刑而亡。

當一整隊人馬皆成死屍，他們才得以無力的躺在地上死去。

原本安寧的小房子，此刻佈滿了屍體、彈孔和鮮血。

還有，思緒混亂的司徒真。

四周回復安靜，司徒真再次看著地上兩位父母的屍體。

他呆立原地好一陣子，終於把二人抱起，走到屋外花園。

花園有一片空地，司徒真把二人好好放在地上，又從倉庫拿了支鐵鏟，然後開始在空地挖墓。

司徒真沒有打開魔瞳，他只是單純用自己的氣力去挖洞。

揮汗好一段時間，司徒真終於挖出一個足以安放二人的地洞。

他回到屋內，取出父母一套乾淨衣服，細心替二人換上，又把二人的傷口略略洗好，才將他們安放在洞中。

司徒真沒有立時把墳墓埋上，他佇足墳前，眼著安靜長眠的父母片刻。

接著，他忽然催動魔氣，不過這一次散發紅光的，不是他的左眼，而是右腰側。

此時，司徒真的表面忽有些異樣，只見他皮膚一下子變得鬆弛，然後開始慢慢脫落。
那些皮膚不是完全的脫下，而是詭異地，像沒有實體一般，「穿透」而下。
當那一層皮膚完全「剝落」後，只見司徒真的面部，架了一副森白的頭骨。
這時，他用手把頭骨，像頭盔般脫下，露出本來面目。
而這副真正的面貌，自然是撒旦教教主，龐拿！

兩年前，青木原撒旦教地下基地。
塞伯拉斯等一眾殲魔協會的魔鬼，連同畢永諾等人，一起殺進青木原基地，打算營救拉哈伯，可是他們來遲一步，拉哈伯已被龐拿的「傀儡之瞳」徹底操控，向眾人展開瘋狂攻擊。
在危急之際，畢永諾受拉哈伯一絲清醒的神智指示，引發體內潛質，變成「獸」的型態。
可是，畢永諾始終未來控制到那股無匹魔力，在「獸化」的瞬間，失去理智，把拉哈伯殺死。
接著，畢永諾憑著天生的直覺，漠視實驗室裡的眾人，只瞪著不遠處的龐拿。
縱然失去理智，但他還是知道這人，才是他的最大敵人。
至於龐拿，卻始終氣定神閒，對畢永諾的滔天殺氣，沒有感到絲毫懼意。
反之，他滿懷信心，同時黑暗化，因為他打算將畢永諾徹底打敗。
可是，就在龐拿也變成「獸」不久，頭底遠方，忽然傳來一聲沉沉的「轟隆」爆炸聲。
顯然，有人入侵基地！

「難道殲魔協會還有後援？」龐拿心中暗想，但他看到塞伯拉斯等人也是神情疑惑，便知來者該不是他們的人馬。

在爆炸響後瞬間，所有觀感敏銳的魔鬼同時察覺到，四周的溫度急劇上升。

暴走的畢永諾，也被頭上的異樣拉開注意，一時未有行動，只是蹲在地上，朝天沉聲吼叫。

就在眾人皆感疑惑之際，爆炸聲忽又響起，但這一次的爆炸距離，只是在眾人頭頂之上！

轟隆！

一聲巨響，隨著暴震，十多米厚的鋼板層一下子破出一個大洞！

接著，整個實驗室溫室突然變得炙熱之極，破洞內更爆發出萬分刺眼的火光，教眾人都不得不瞇起雙眼。

龐拿竭力抬頭，凝視天花板的破洞，此時卻見到一團火球，緩緩下降。

不，縱然視力有礙，但龐拿看到那不是火球，那是一個火焰人形！

火人徐徐下降，彷彿懂得凌空飛行似的。

他渾身吞吐著比一般火焰金黃的耀目之火，甚至面目都被這種金火掩蓋，教龐拿看不到他的樣子。

龐拿還未弄清楚狀況，此時他身邊的薩麥爾忽然詫異的呼了一聲：「這……是神器【火鳥】！」

除了龐拿，在場所有魔鬼聞言，心下也是大吃一驚。

此人不屬雙方勢力，但以如此高傲的姿態出現，定非善類；火人突然出現，令原本戰意極濃的兩隊人馬，頓時停下動作，靜觀異況。

不過，在場卻有一人，失去理智，沒了那份耐心。

「吼！」

暴走了的畢永諾漠視頭頂火人，突然爆發如潮魔氣，雙手成爪，化成一團黑影，挾勁向龐拿衝殺而去！

龐拿雖然一直注視不速之客，但沒絲毫鬆懈，畢永諾動靜一起，便也瞬速提升魔氣，準備接招。

可是，畢永諾飛奔到半途之時，天上火人忽然伸出右手，朝地面虛空一推。

接著，本正在極速疾走的畢永諾，像是被一道無勁巨力自頭頂壓下，「轟」的一聲，停在原地，他腳下地面也立時崩裂出一個不小的坑！

畢永諾放聲嘶吼，但無論他怎麼叫嚷，身體也被火人無形的念力壓住，依舊不能再前進半分！

在場眾魔，不論敵我，見狀皆感駭然。

他們遇敵無數，但從沒見過有人能有如斯神技；而最令他們驚訝的，卻是這火人由始至終，沒有散發過半點魔氣，顯然他並非魔鬼！

不是魔鬼，卻有身懷異技，在場所有人心中都不禁猜測火人身份。

但在眾人一頭霧水之時，場中唯有塞伯拉斯，依然一臉鎮定。

只見塞伯拉斯昂首看著火人，粗著嗓子問道：「你是來找誰的麻煩？」

半空中的火人聞言沒有回答，只是將空出來的手，向畢永諾指了一指，接著，又指了指龐拿。

「這樣的話，不如先合力幹掉一個吧！」

塞伯拉斯冷笑一聲，忽然提著手中八十一節長鞭，朝龐拿衝去！

就在塞伯拉斯發難的同時，四名目將也分別催動魔氣，主動散開，攻擊最接近自身的「七罪」！

塞伯拉斯打著的算盤，是想引火人，合力殺掉龐拿，畢竟雙方要是一同反抗，火人定然佔不了便宜，倒不如兵行險著，把撒旦教教主擊斃再說。

火人領會到塞伯拉斯的意思，就在三頭犬發難後，也收回念力，背負雙手。

沒了壓制的畢永諾，頓時如脫牢凶獸，猛吼一聲，再次朝龐拿衝殺過去！

面對左右兩重厲害攻勢，龐拿漆黑的臉龐，仍然掛著那一副氣定神閒。

只見他身子微微下蹲，接著勁力大發，如炮彈般，握拳猛然朝畢永諾衝去！

畢永諾先前被火人念力一阻，再次出招，勁力大不如前，因此在電光火石之際，龐拿決定以攻代守，同樣挾勁出拳，讓畢永諾還未完全加速到極致，便與之交手。

這樣一來，此消彼長，龐拿定然不會吃虧。

至於同樣殺氣騰騰，舞動八十一節長鞭朝龐拿飛殺的塞伯拉斯，龐拿壓根沒有理會，因為……

「三頭犬，別太放肆！」

人未到，聲先至。一道高傲的聲音在塞伯拉斯耳邊響起。

就在塞伯拉斯剛揮出銀鞭之時，一團雪白旋風捲至，在半途把銀鞭擋開！

風雪停下，來者白衣金髮，一雙眼睛殷紅勝血，正是薩麥爾！

龐拿知道薩麥爾定然出手，因此只是全神貫注在畢永諾上。

就在三頭犬的銀鞭被撥開的同時，兩股蘊含撒旦魔勁的黑影，恰好交鋒！

噹。

雙拳相擊，整座實驗室猛地一晃，接著一聲異常低沉、像是金屬扭曲壓縮般的聲音，迴盪四周，教眾人一陣耳目昏眩！

交手過後，只見兩團黑影各朝反方向後飛，卻是雙方力度之大，讓他們不得不後退卸力。

二人幾乎同時著地，仍是一臉暴怒的畢永諾嘶吼一聲，身一展又再發動攻擊。

但這一次，他的目標不是龐拿，而是天上火人！

原來就在剛剛著地一剎，龐拿關上魔瞳，捨棄「獸」態，變回原狀。

龐拿眼看畢永諾失去理智，似乎只是依憑本能攻擊發洩，便兵行險著，屏息渾身魔氣，讓畢永諾把攻擊目標轉移。

要是龐拿估算錯誤，萬一畢永諾再次出招，他再打開魔瞳變身已遲，定然吃虧，但幸好畢永諾再次躍起，對象卻是火人。

火人似乎料不到畢永諾會突然向自己發難，但畢永諾雖然衝勁十足，始終離半空中的火人甚遠，火人驚而不亂，伸掌往下一按，發出一股無形力道阻擋畢永諾上昇的勢頭。

縱然不能完全阻止畢永諾的昇勢力道，但除了無形掌力，畢永諾還得面對地心吸力，他躍到半空，與火人還相差一段不少距離，便不得不向下墜落。

一直與薩麥爾苦戰的塞伯拉斯見狀，不得不得佩服龐拿應變之快，不單能在電光火石間想好抵擋攻擊的方法，還能趁機略施小計，讓自己暫時脫危。

此刻場內各處是戰，卻無一人完全專注自己面前對手，因為他們都知只要火人尚在，變數隨時橫生。

火人以念力制住畢永諾後，便暫無動靜，只是浮游虛空，火掩的面朝著牆邊的龐拿看去。

龐拿氣定神閒的打量這不速之客，冷笑道：「不名來歷的傢伙，想殺我，就得親自動手。」

火人看著龐拿，依舊沒有動作，卻以傳音入密，在龐拿腦海裡說了一句。

「殺你，何需我親自動手？」

話說者，語氣冰冷淡漠，與吐吞正熾的火焰恰恰相反。

就在火人說畢，龐拿還未回應之時，忽然，龐拿右邊肋骨，猛地傳來一陣穿刺的劇痛！

右腰！

龐拿眼光一偏，赫然看到一名瘦削，一臉哀相的男子，拿著一柄狀甚奇特的短劍，刺中了他的右腰！

龐拿一直全神貫注戒備，身後是牆，周遭又無敵無友，但這人卻不知是從何冒出，一直到被刺中那刻，龐拿這才發現了他的存在！

龐拿驚怒萬分，但不失冷靜，他感覺到男子的劍沒有停下來，瞬間便催動魔氣，讓周身皮膚黑化。

獸化了的龐拿，膚堅勝鐵，雖則男子手中短劍也非凡物，卻被強化了的黑色異膚挾住，劍身留在龐拿複間，逼得男子鬆手棄劍。

乘著男子臉現驚愕，龐拿左手一揮，一拳就朝他臉轟去。

可是，龐拿眼看要擊中男子的臉時，那蓄勁的拳竟就此穿過了他的頭顱，打塌了二人身後的鐵牆！

驚訝之間，龐拿看到那男子左瞳如血，便即明白他是魔鬼，能力則是令身體變得虛無。

不過，龐拿還未想出反擊之法，他感覺到一股滔天殺氣，急速向自己逼近。

「還你一擊。」

火人的聲音忽在龐拿腦中響起，接著，龐拿只覺眼前景況被一團黑暗充斥。

是獸化了的畢永諾！

轟！

面對出其不意的突襲，龐拿只能在電光火石間交臂於前，勉力抵擋畢永諾的一擊！

可是暴走了的畢永諾，拳力霸道之極，竟一下子將龐拿轟穿牆壁，飛到牆後的另一所實驗室。

龐拿抵受巨力，直陷進到實驗室的鋼牆內，這才停下。

一眾撒旦教的魔鬼驚見教主被轟到另一邊廂，連忙想上前護駕，可是殲魔協會的目將見狀，紛紛猛然強攻，逼得他們分身不暇，連三頭犬也施盡渾身解數，八十一節長鞭舞成銀龍，拼命拖住薩麥爾的步伐。

畢永諾一擊得手，還想再攻，但身陷鋼牆中的龐拿突然散除魔氣，讓畢永諾的目標再次轉成火人。

「真是難纏。」剛飛進實驗室的火人冷冷說道，以念力一手按住正想跳上來的畢永諾，另一手向前虛空一按，目標卻是牆中的龐拿。

就在火人伸手一推後，龐拿只感到一股無形巨力，壓住整個身體，讓他完全動彈不得。

火人慢慢飄近，看著龐拿，不發一語。龐拿想要說甚麼，但他口一直被念力封住，不能吐一言半語。

此時，他身前有人自地面慢慢浮升，正是剛才偷襲他的哀相男子。

男子一臉頹然，手上，正握著另一柄鋒利短劍。

「了結他吧，普羅米修斯。」火人淡然吩咐。

火人說話時語氣輕淡，但在場的魔鬼耳力異常，聽到他口中所說的名字時，無一不臉露震驚！

那男子卻依舊一臉哀傷，徐徐應了火人一聲後，便即向前急跑幾步，短劍高舉，對準龐拿頭頂就是一揮！

這一刀，卻在刀尖觸髮一刻停了下來。

龐拿依舊被念力壓得牢不可動，但此刻他卻換回一貫的傲然笑臉。

「原來傳說中盜火者所盜的，不是單純的火，而是神器！」龐拿冷傲的聲音，以傳音入密在火人腦中響起，「但這點手段，我還不放在眼內。」

火人還未反應過來，龐拿突然脫離了他念力的壓制，一拳就把面前的普羅米修斯轟得平平飛開！

原來先前龐拿被普羅米修斯刺傷時，處變不驚，在與其眼神接觸的刹那間，打開「傀儡之瞳」，藉著獸化時產生的無匹氣勢，稍削普羅米修斯的意志，從而暗中在他心埋下伏線。

當普羅米修斯再次攻擊他時，龐拿便暗暗發動異能，控制對方的動作，並讓普羅米修斯將自己的魔瞳挖下，然後塞進龐拿右腰間的傷口。

一般魔鬼，當然不可在瞬間熟悉新獲得的魔瞳。

但龐拿不是一般魔鬼，身為撒旦複製人，自然可以在頃刻之間，讓自己變得「虛無」，令火人的念力一時穿透己身。

「怎麼辦？殺我還是要親自動手吧？」龐拿昂首回視，冷然說道。

火人沒有理會被擊傷的普羅米修斯，只是凝視龐拿。

「你說得對。」火人點頭說罷，接著，輕輕說了一句：「『鳳』。」

一語方休，只見一直緊緊包裹著火人的金光火焰，忽地急速撩動，同時向後退卻，露出火人原本赤裸、精壯的身軀。

那些火焰不斷流動，只集中在那人的背、手和面，形成了一雙火翼，一個鳥形面罩，以及一柄火炎巨劍。

整個變動，其實在剎那間便已完成，當龐拿意識到那該是【火鳥】的不同狀態時，他感覺到那人的氣勢一下子變得殺意奔騰！

下一刻，巨大火翅一振，那人便舞著火劍，向龐拿飛斬過來！

龐拿一直自信十足，但當他看到火人挾著神器的衝殺之勢，頓時便知自己定難抵擋這熾烈一擊。

沒有半點猶豫，龐拿一下子把魔氣完全集中腰間剛獲得的魔瞳之中。

就在火人飛殺到半途的時候，龐拿突然間沒入地面，完全消失不見！

火人見狀怒吼一聲，手中火劍猛地向金屬地面一斬，劃出一道焦燒溶化的巨痕！

可是，紅黃色的燒溶裂痕中，卻完全沒有龐拿的蹤影。

火人勃然大怒，炎劍不停向四方八面招呼，可是他直割出十多道焦痕，讓整座實驗室幾乎變成單純的扭曲鋼鐵，仍是尋不著龐拿。

火人沒再揮劍，只是浮在半空，彷彿平伏下來。

不過，平靜的他，卻散發著更懾人的氣勢。

此時，火人輕喊一聲「凰」，火劍火翼頓散，變回原本的模樣，牢牢包住他的身體。

火人被火炎包住後，忽地曲身成球，周身火舌稍稍縮短，晃動漸緩。

此時，室中的空氣也似乎沒先前那般熾熱。

另一邊廂的眾人察覺到狀況有異，邊戰邊留意火人動靜。

但唯獨有兩人，卻完全停下手來。

這兩人正是塞伯拉斯和薩麥爾。

他們之所以停手，只因二人早在天使大戰之時，便見識過【火鳥】的威力。

他們記得，當中有一招，殺傷力極大，但攻擊時不分敵我。

而那一招發動前的姿態，正是此刻火人捲曲的模樣。

捲曲得，像一顆鳥蛋一般。

二人腦裡，同時想起這個招式的名字。

【涅槃】。

幾乎同一時間，原本還在死戰的二人，立時向天上的大洞躍去，其餘魔鬼，除了失去理智的畢永諾，也因收到二人的密音，紛紛往通道撤退。

就在所有人在通道不斷向上跳躍之際，實驗室裡出現了一道奇怪的聲音。

那道聲音，像是一個男人沉聲呢喃，又像一片金屬，被巨力扭曲。

聲音剛起即止，迴音傳蕩四方之時，若球的火人，身上火光忽然一暗。

接著，亮得刺眼若晨！

轟！

熱力無匹的大爆炸，把大半個青木原基地炸毀，地面上，剎那間被炸出一個半公里闊的巨洞！

縱然樹林潮濕，但神器之火，還是迅間把樹木燃起，火勢一下子漫延開去。

原本陰鬱的自殺森林，轉眼間被燒得火光大作，宛若地獄。

一眾魔鬼幸得兩名七君提示，早早回到地面，分逃四方。

畢永諾因為失去理智，一直逗留在爆炸中心點，不過獸化後的他，皮膚堅硬異常，勉強能抵擋住烈火，但強烈的焰爆也把他沖回地面。

至於剛得到新魔瞳的龐拿，其實在沒入地面後，一直在發動穿透能力，於牆壁間游走。

他一邊閃避火人劍擊，打算伺機再攻，可是火人的劍招綿密，威力又霸道過人，龐拿始終接近不了。

後來，龐拿藉著異能，悄悄地退出實驗室，在室外找來一個和自己身形相若的殺神戰士，然後沒入他的身體。

那個戰士，自然是司徒真，在龐拿進入他身體一刻，司徒真的心臟便被龐拿捏碎。

披著司徒真外表的龐拿，本是打算聲東擊西，以這身皮囊引起火人注意，再暗中穿越到另一方向施襲。

可是，龐拿還未走進去，火人便使出【涅槃】。

龐拿事先毫不知情，待到爆焰捲至的瞬間，他本能地發動穿透能力。

但龐拿這右腰間的魔瞳，始終是剛剛安上，千鈞一發所發出的能力，只能讓部分熱浪穿身而過，餘下的震波卻不得不直接抵受。

最終，龐拿渾身被傷，連腦袋也因異常的震源受損，失去記憶。

失憶的龐拿，外表卻依然是司徒真。

後來撒旦教清理現場時，便誤以為他是司徒真本人，直接送了他回香港休養。

由於失憶，龐拿這兩年間都沒有打開魔瞳。

也是直到那些殺神戰士突然開火，激發龐拿的潛意識再次發動穿越能力，連帶觸發魔瞳的自癒功能，修復腦袋的傷痕，這才讓他回復記憶。

「是我害了你們。」龐拿看著墓中屍體說。

話中，鮮有地充滿真誠的情感。

雖然只是相處兩年，但這兩年龐拿與兩老朝夕相對，而且兩老不知實情，把他當作親兒般悉心照顧，這正是龐拿一生完全沒有感受過的情感。

龐拿把頭骨輕輕放在墓中兩老之間，然後又把那層皮膚，披在二人身上，這才以泥把地洞埋好。
龐拿才安葬好司徒一家，他便感覺到，不遠處的樓房之中，有人埋伏。
他知道，定是剛才散發的魔氣和槍聲，把追蹤獨眼漢的殲魔部隊引來。
不過，龐拿早知如此，他是故意讓殲魔部隊尋到此地。
因為此刻他需要一些鮮血來洩憤。

「【火鳥】的主人，我定不會放過你！」龐拿沉聲怒道。
語畢，龐拿閉眼，調氣。
再次睜眼時，雙瞳鮮紅，魔氣狂霸亂散！

遠在太平洋中，某座孤僻小島上，有一座參天高山。
這小島是海底火山爆發時，熔岩冷卻而成，因此小島及高山是光禿禿的，形狀奇特。
此時，山的巔峰，有一男子正在閉目盤膝打坐。
男子渾身赤裸，肩上另有一頭烏鴉。
當遠在千里外的龐拿魔氣爆發時，烏鴉竟似是有感受驚，欲舉翅飛開。
但牠的雙爪才飛離男子的肩，烏鴉便彷彿被某隻無形的手，強行按回肩上。
烏鴉不敢動彈，只是俯首低叫，男子伸手輕撫其羽，微微一笑，道：「有我在，莫慌。」
說罷，他睜開雙眼。

只見男子的左眼正常無異，右眼眼窩空洞無睛。
卻有一小團烏態火焰，棲息其中！

第八十章

攻堅前夕

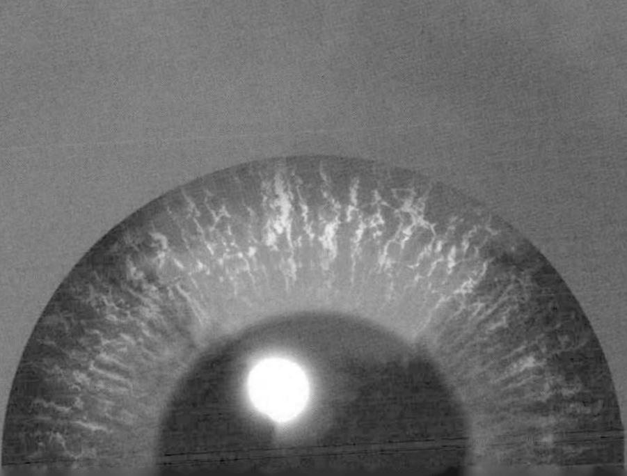

第八十章 攻堅前夕

太平洋西部，琉球群島。

琉球群島位於台灣和日本九洲交界，是一個很重要的軍事據點。在二次大戰時，琉球群島有一段時間更比美國佔據統治，及後日方戰敗，雙方簽下和約後，美方才把群島歸還予日本政府。

自從兩年前，「善惡之戰」展開後，撒旦教便在琉球群島屯下重兵。

這兩年大戰期間，琉球群島上的殺神軍一直沒有出動，但這超過三十萬的兵力，也許要在近日出征。

只因，那些飄揚的六角星旗，越來越近。

琉球群島南方三百公里的海域，此刻風平浪靜，懸掛於空的烈日，照得這片藍洋閃亮刺眼。

在這無邊的汪洋中，獨有一座礁石，孤獨的佇立海中。

礁石約有三米左右露出海面，礁石上卻有一名男子，盤膝而靜坐。

這名男子不是別人，正是「七罪」的「傲」，韓信。

韓信安坐石上，紋風不動。

他頭上戴了一副環狀眼鏡，眉頭深鎖，一張口不斷唸唸有詞，左手五指不斷擺動，或曲或伸，似在捏算甚麼。

捏計半晌，韓信忽然皺眉，嘆了一聲：「又失一地。」

其實韓信戴著的環型眼鏡，其實是一副連接衛星的超級電腦。

有別於一般操作儀，這副環型眼鏡乃是以配戴者雙眼瞳孔的縮擴頻率、闊度及視線來控制。

一般人無法隨意控制自己的瞳孔，但對於老練的魔鬼，操縱眼瞳肌肉，自然不是問題。

韓信所看到的顯示屏上，此刻正展示著一幅世界地圖。地圖以簡單的線條勾畫，當中又用了紅藍兩色區分。

地圖上的紅藍，其實分別代表撒旦教和殲魔協會兩個勢力的佔領情況；紅色是撒旦教一方，藍色則代表殲魔協會。

但見顯示屏地圖上，歐美大陸幾乎被全被藍色佔據，非洲則紅藍各半，至於與韓信此刻最接近的亞洲，只剩下沿海小部分區域和日本，沾有鮮艷的紅色。

至於原本還屬於撒旦教勢力的香港，經過昨夜一戰，已完全成了殲魔協會的地盤。

一邊看著勢力圖，韓信透過瞳孔擴縮，不斷發下指令。

這些指令透過他座下電腦，傳到衛星，再即時分發到目標小隊。

或進，或退，或潛，或襲。

這兩年來，韓信大部分時間都是如此坐在礁石上，遙距指揮所有殺神軍。

憑著卓絕的軍事才能，一開始撒旦教和殲魔協會互有勝負，難分軒輊。

可是，近一年韓信發覺自己的思想起了變化，常常分神，難以完全投入行軍佈陣；加上殲魔協會不時發佈偽裝撒旦教主龐拿的影片，擾亂撒旦教徒的資訊，終使雙方的差距，漸漸拉開。

看著地圖中的鮮紅越來越少，韓信也有點氣餒。

此時，一陣吵耳摩打聲自遠處響起，但見一艘小艇正朝韓信所在駛去。

小艇上有一名西方男子，樣子俊俏之極，一把金髮隨風亂揚，卻是「七罪」的「慾」。

「慾」一如以往，只穿了一條寬褲子，赤裸上身，但此時的他，神情沒了先前的淫邪之氣，看起來比以往正經穩重。

「來探班了？」韓信沒有脫掉環狀眼鏡，仍在不斷指揮遠方的殺神部隊。

「來看你悶死了沒有。」「慾」笑道。由於礁石不大，他沒有跳上去，只是把艇擱在附近。

「還沒。」韓信頓了一頓，淡然說道：「但很多人卻犧牲了。」

雖然語氣平淡，但「慾」聽得出韓信話中有點失落。

他不知韓信失意，是為了戰事失利，還是為了那些人命。

但他沒有說話，只是默默坐在小艇，韓信也沒理會他，繼續沉默的發出一道又一道指令。

雲朵在天空稍稍聚集，平靜的海浪開始湧動，拍打著礁石和小艇。

天空漸變灰暗，二人依舊無語，倒是韓信先打破沉默，他一連下了數個指令後，便把環形眼鏡脫下。

沒了眼鏡的韓信，仍是一臉陰晴難測，但雙目卻沒了先前的傲氣與自信，反而透出絲絲憔悴。

「你從青木原過來的嗎？」韓信轉頭，朝「慾」問道。

「慾」點點頭，「那個大洞，這陣子好像有了點生氣，一些植物都長出來了。」

「那……薩麥爾大人呢？」韓信又問。

聽到這個名字，「慾」難得露出愁容，搖頭嘆了口氣。

兩年前的大火，除了把青木原樹海燒掉大半，神器【火鳥】的金焰所燃過的地方，物質全都異變，土壤變得毫無生機，寸草難生。

原本碧綠的樹海，只剩了一片焦黑和一個大洞。

那場爆炸，把撒旦教青木原基地完全燬掉，撒旦教只好把僅餘物資移走，完全撤出該地。

不過，整個撒旦教卻有一人，始終不肯離開。

那個人，就是薩麥爾。

當得知龐拿在爆炸後消失，不知死活，薩麥爾便突然獨自回到大洞之中，盤膝坐在正中。

自此，他再不發一言，無論風吹雨打，只是閉目坐在原地。

眼看薩麥爾完全對周遭一切，不聞不問，幾名「七罪」商討過後，只好任由薩麥爾留在洞中，他們幾人則接手撒旦教的教務，定時在大洞旁，朝薩麥爾匯報近況。

可是，每一次匯報，薩麥爾始終都是毫無反應。

僅餘五人的「七罪」中，要數韓信戰略最強。

本來薩麥爾作主的時候，一切軍事方面的事務，也是交由韓信主理，只是後來龐拿執教，才把權力集中於己。

此刻薩麥爾不問教務，撒旦教的軍事，自然再由韓信全權掌握。

由於這次戰爭非同小可，為了聚精匯神指揮大軍，韓信便搬來這荒僻的汪洋島嶼之中，只靠超級電腦與外界溝通。

不過，就在戰爭展開了一年左右，「七罪」們都開始感覺到自身起了變化，那就是這些年，一直被薩麥爾特意強化的獨特情緒，竟慢慢舒緩。

他們知道，這該是因為薩麥爾放棄了「釋魂之瞳」和「縛靈之瞳」的異能之故。

他們很是震驚，因為從沒想過自己的情緒，會有變回平常的一天。

他們沒有特別的高興，反而有些許徬徨。

就是這個原因，教韓信難以像以往一般，專心一致的揮軍遣將，調回正軌的情緒，倒令他多了思索些別事。

一些，他千多年來，因為自傲，而拋諸腦後的事。

「你也在想甚麼吧？」韓信仰首看著不知何時積厚的烏雲，淡然說道。

「嗯。」「慾」點點頭，道：「想起了東施。」

「東施？」韓信別過頭，難以置信的看著「慾」，「她還在生的時候，你不是常常喝罵她，說連你也對她提不起半點慾火嗎？」

「是啊，但現在她走了，不再在我身旁嘮叨，倒是不慣。」「慾」笑道：「我現在倒有點後悔，那時候沒上了她。」

「嘿，你這色鬼。」韓信無奈搖頭。

「對了，中國那邊的人都撤退了嗎？」「慾」忽然問道，「我們的戰力可所餘無幾啊。」

「都撤了。」韓信答罷，忽又「啊」的一聲，道：「不，還有一人留在那邊。」

「誰？」「慾」皺眉問道。

「『嗔』。」韓信答道：「他母親死忌在即，他想去拜祭一下。」

「啊，對，那個被我硬化了心臟血管的女人，死了也有兩年吧。」「慾」恍然說道。

「你有沒有後悔害死她？」韓信問道。

「怎麼會。」「慾」躺在艇中，以臂作枕，看著萬里烏雲，「我殺的女人太多，要後悔的事更多，我腦袋可沒位置放下這無關痛癢的女人。」

香港，和合石靈灰安置所。

這座五層樓高的骨灰龕大樓，因在戰爭爆發前不久才建成，所以空置的靈位不少，但此刻陰霾的天空，還是為大樓添了一層森冷。

在五樓的安松堂，有一人無懼陰森氣氛，獨自在一個靈位前，以抹布仔細抹拭靈位上一幅中年女子的黑白照。

那人，自然是「嗔」，李鴻威。

李鴻威的母親一年前因心臟病發而死，火化後埋葬於此。這兩年來，由於征戰四方，李鴻威甚少待在香港。

這一次因防線失守，撒旦教在香港的人員都得遷移到日本，李鴻威便想多拜祭亡母一趟才離開。

自從母親死後，李鴻威本已被強化的憤怒，越加極端，每當上到前線戰場，都會拼命屠殺敵軍，以發洩心中鬱怒。

他不知害他母親得了心臟病的人其實是「慾」，便把這筆帳也算到畢永諾的頭上。

可是這兩年來，李鴻威撕殺各地，始終都未曾見過畢永諾的身影，因此即使薩麥爾的魔瞳異能已解，李鴻威心中怒氣，只有增無減，唯獨是此刻站在母親靈位之前，看著永不再見的笑容，他的心才能稍稍平伏。

李鴻威此刻看著亡母遺照，心中實有千言萬語想說，但自從成為「七罪」，李鴻威已鮮少和別人說話，他母親死後，更變孤僻。

面對那黑白笑容，他只能嘶啞的沉聲哀痛，任由悲傷繼續沉積內心。

擦乾淨靈位後，李鴻威便從懷中，輕輕取出一束他母親生前最愛的白菊，打算安插在靈位前的花瓶裡。

但就在李鴻威俯身之際，他忽然感到身後遠處，散發一絲異樣。

一絲，幾不可感的殺氣。

砰！

一顆銀色子彈，毫無先兆地挾勁出現，直飛向李鴻威的腦袋！

幸好事先察覺，在千鈞一發之際，本已半蹲的李鴻威立刻打開「鐵血之瞳」，雙腿同時用力一蹬，整個人向上急昇。

銀彈落空，卻擊中花瓶，「錚」的一聲讓白瓷爆裂，散滿石地。

半空之中，李鴻威只見在樓層盡頭，站了一名男子。

那男子殺氣騰騰，一身黑衣，周身掛了數柄兵刃，瞪著李鴻威的雙眼，紅得欲似噴出火炎，正是鄭子誠！

其實鄭子誠並非早早埋伏李鴻威，只是碰巧他亡妻若濡的靈位，也是在此。

在邊境救了鍾斯兄弟後，子誠便獨自來到和合石，打算拜祭妻子，但他才到埗，便遙遙看見李鴻威獨自思憶。

子誠不知李鴻威為何在此，但他稍稍觀察，推想李鴻威也是有故親在這兒安息。

驚見殺妻仇人，子誠竭力按下無盡的怒火，無息無聲的繞到李鴻威背後，打算暗下殺手。

可是，看著他的背影，大仇似要得報，心情激盪的子誠在扣下機板前的一刹，還是忍不住散發出一絲殺氣，驚動了李鴻威。

「李！鴻！威！」

偷襲落空，教鄭子誠怒火中燒，左眼魔瞳閃爍赤芒，雙槍不斷朝騰空的李鴻威開火。

李鴻威的名號雖為「嗔」，但他怒而不亂，在閃避第一顆子彈時，早預算會對方必有後著，因此他的腿剛碰到天花板，便頓時借力向旁急閃，躲過那一輪銀彈攻勢。

要是換了平常時候，李鴻威這一跳，必是反向對方衝去，以攻代守；但此刻他卻毫無戰意，因為他不想打擾母親安息之地，所以李鴻威這一躍，已閃到大樓臨空的石欄上。

本來，李鴻威是打算翻身便逃，可是當他看到鄭子誠的動作，便不再動彈。

「別打算走。」子誠沉聲說道，「今天你的命，得留在這裡！」

鄭子誠怒視著李鴻威，左手手槍平舉，瞄著的卻是李鴻威母親的靈位。

「別……別亂來……」李鴻威說道：「要打……去別的地方……」

李鴻威說話有些結巴，但他並非害怕，而是太久沒開口，一時不太適應。

「不。」鄭子誠冷言回絕，「我要以你的血，洗淨我喪妻之恨！」

一語未止，鄭子誠突然開火，轟向靈位！

李鴻威先是一愕。

隨即，狂怒如濤！

李鴻威憤然怒吼，從腰間抽出一柄修長軍刀，只見這柄軍刀，刀身赤紅，色澤如酒。

那柄軍刀的紅，其實是是李鴻威的鮮血，他以血塗滿刀身，再以「烙血之瞳」堅硬化，使軍刀強度遠勝尋常合金，殺傷力亦因而大增。

李鴻威揮刀過頭，便向鄭子誠猛砍過去！

鄭子誠不慌不忙，雙手一抖，短槍化刃，硬是接了這一招。

李鴻威早知一擊難以得手，這一刀並沒用上全力，本擬借勢迴身，橫斬鄭子誠的中路；可是，鄭子誠反應甚是迅速，接招時感到刀中藏勁不雄，一雙短刃頓變回手槍，在這極短距離向李鴻威的胸口，連珠炮發！

砰！砰！砰！砰！砰！

李鴻威雖曾與之交手，但這兩年來，鄭子誠槍刃雙技突發猛進，這一轉換渾然天成，事先全無先兆，李鴻威反應再快，血刀只能擋住大半，空出來的左臂便即被射穿數個洞孔！

李鴻威手臂劇痛，反射性的後躍，鄭子誠立時乘勝追擊，槍變回刃，雙手如狂風，猛地一陣急攻。

李鴻威只剩獨臂，面對如浪濤般的攻擊，頓時險象環生。他揮著軍刀，勉力支撐，但步伐卻被逼得不住後退。

李鴻威眼看就退到欄柵，再無去路，鄭子誠便即提勁舉臂，想來一記重擊。

可是，就在他舉刀之際，卻發現李鴻威的神情，變得一臉自信。

鄭子誠的雙刀依舊揮下，但利刃沒有像預期般，在李鴻威的身上留下兩道深刻疤痕，而是恰恰在他胸前劃過。

只因，鄭子誠原本應要發勁催力的雙腿，竟在最後一步，沒有踏前。

他並非不想踏前，而是雙腳牢牢釘了在地板，動彈不得。

鄭子誠目光往下一看，卻見自己正踏在一灘鮮血上，那鮮血卻如鐵板一般，緊緊連著他的腳掌！

原來李鴻威並非毫無還擊之力，他只是藉故後退，好等手臂傷口流出的血液，濺滴在地板上，然後待鄭子誠腳踏其中之際，再以「烙血之瞳」瞬間硬化血漿，截停他的行動。

「受死吧！」李鴻威吼道。

就在鄭子誠刀招落空的瞬間，早已蓄勢待發的李鴻威，反握軍刀，矮身猛地俯衝，向鄭子誠懷腹凌厲橫斬！

鄭子誠急忙往後閃避，但雙腿被定住，只能勉強後仰，李鴻威的軍刀便在他雙臂上，各砍出一道深入見骨的傷口！

李鴻威突襲得手，運勁回手再斬！

軍刀血光大作，這次更顯然是直指鄭子誠的咽喉，要他身首各異！

鄭子誠退避不得，危急之中，看著殺妻仇人猙獰的臉，內心怒到盡頭，反而一片澄明。

因為，他知道只有生存下去，才可以手刃仇人。

在電光火石間，子誠迅速抬高雙手，可是他並非格擋李鴻威的攻擊，因為他知道傷了的雙臂不能擋下那威怒一擊，所以，他只是把胸前束帶割斷。

那束帶縛著的，正是鄭子誠背後的巨劍。

那巨劍以異鋼打造，重量驚人，雖然只是短短的下墜距離，尖銳的劍鋒卻已在石板地面，擊出一道大裂痕！

子誠早就計算好巨劍下跌的時間，就在劍鋒轟地，沒入數分的同時，他把渾身魔氣盡貫雙腿，使出千斤墜的功夫，往下力壓！

砰！

地板受力崩塌碎裂，穿了一個大洞，子誠連人帶劍，直往下層急墮！

李鴻威的一刀削不中他的咽喉，只切掉鄭子誠的半邊下巴，這點小傷於他卻是無礙。

一時之間，石屑紛飛，煙塵彌漫，原本讓先人安息的地方，變得混亂不堪。

李鴻威深知只有盡快了結對方，才可讓母親得到安寧，因此沒有猶豫，握住染血軍刀，便往大洞躍下，奮力便是一擊！

李鴻威舉刀躍下大洞之際，看到鄭子誠身陷瓦礫之中，躺著沒有起來。

雖然子誠把地板弄碎，但他腳底的板塊卻因「烙血之瞳」，依舊牢牢各黏住他雙腳，教他一時站不起來。

李鴻威見狀，心下暗喜，殺意更盛。

可是，此時子誠忽然舉起雙手，雙槍向著李鴻威開火！

李鴻威早料到子誠不會束手待斃，在躍下大洞的同時，以左手所流出的鮮血，塗滿自己的臉，再以魔瞳異能使之化成一張「鐵血臉具」，護住頭顱。

可是，槍聲響過，李鴻威卻發現那兩顆銀彈，目的地不是自己身體任何一部分。

銀彈呼嘯擦過李鴻威身邊，最後在他頭頂不遠處，擊中甚麼。

李鴻威正在下躍，一時間回不了頭，但他卻感覺到，有兩股鋒冷急襲而來！

「終於發現了嗎？」鄭子誠依舊躺在地上，冷然一笑。

原來剛才子誠下墜之時，他料到李鴻威定必下來追擊，便乘煙霧迷漫，擲出一短一長兩柄太刀，插在大洞旁的天花板上。

接著李鴻威如他預料般飛下，子誠便朝天開火，擊的不是李鴻威，而是他身後兩柄太刀。

大小太刀被銀彈擊中，受勁飛脫天花板，向李鴻威的脊椎處，迴旋斬去！

李鴻威萬萬料不到鄭子誠會有此一著，而且他人在半空，絲毫扭轉不得，最終只能硬吃了這雙重斬擊！

突襲的力度雖不足以把李鴻威攔腰斬開，但卻徹底的砍斷了他的椎骨，教他下半身完全癱瘓。

此時，李鴻威的一擊力量已散，沒了雷霆之勢，子誠頓時向旁翻滾，避開了這一刀。

這脊髓的傷，一時之間難以以魔氣復原，李鴻威只能被逼倒臥在地。

相反，鄭子誠的雙腿雖然依舊牢牢被血所沾住，但他當機立斷，把左腳小腿斬斷！

如此獨足而立，子誠的行動力大為受損，卻無礙他跳到李鴻威身旁。

沒有多餘的說話，沒有多餘的心思，鄭子誠此刻心中如鏡般平。

兩年的等待，佔據他整個靈魂的血仇，鄭子誠雙手巨握起寬身巨劍，向這殺妻仇人李鴻威，便是一斬！

在這生死瞬間，李鴻威心下極之不忿。

他並非氣自己技不如人，他憤怒只因自己竟在亡母靈前，受此大辱！

不過，他沒有半點害怕，他睜開雙目，怒瞪著那柄快要把他砍成兩邊的巨劍！

噗。

巨劍並沒有如他預期的斬下，反而在鄭子誠舉劍過頭之後，一聲沉擊聲忽從他身後響起。

接著，李鴻威只見鄭子誠雙目失焦，昏迷倒下！

鄭子誠倒地後，李鴻威忽見他身後站了一名短髮女子。

女子容貌清秀，身穿一襲黑色緊身戰鬥服，盡顯玲瓏身段；可是她神情冷寂如冰，雙手更套著一對佈滿尖錐的護腕，使柔弱的她看起來，淡淡散發一股極不相襯的殺意。

女子沒有理會昏倒在她腳前的鄭子誠，只是淡淡的看著李鴻威；躺在地上的李鴻威，則滿腦疑惑地看著這個突然殺出的奇怪女人。

李鴻威加入撒旦教的日子不算長，教中許多人，他都還未見過，但眼前女子，李鴻威卻肯定不是撒旦教教徒。

因為女子左手手臂上，束了一條黑色布條。

黑布條上，有一個以暗紅絲線繡成，代表殲魔協會的六角星標誌。

「你是誰？」李鴻威瞪著女子問道。

「你不必知道。」女子淡然回答，但華語說得不是那麼標準。

李鴻威皺著眉，旋即再問道：「你……是殲魔協會的人？」

女子點點頭。

「你是撒旦教的臥底？」李鴻威再問。

女子搖搖頭。

李鴻威越問越是糊塗，完全不知眼前女子，是敵是友。

半晌，他又再問道：「那麼，你為甚麼要救我？」

「誰說，」女子冰冷冷的看著李鴻威，「我是救你的？」

一語未休，女子雙手忽從左右護腕中，拔出一枚尖錐。

然後，她的左眼眼瞳，由原本的棕色，一下子變得鮮紅！

「她也是魔鬼！」李鴻威微吃一驚。

看到這情形，李鴻威雖如迷霧之中，但至少他明白一件事。

眼前女子，要他的命！

就在錯愕的一剎那後，女子雙手一揚，兩枚尖錐向李鴻威激射！

兩道刺耳的破空之聲急響，帶著旋勁的尖錐，分向李鴻威的咽喉和心胸處射去！

李鴻威下身仍然不能移動，只能一手撐地，稍微後躍，另一手揮出軍刀，勉強擋開其中一枚尖錐。

眼見尖錐被擋，女子冷哼一聲，欲再上前追擊，不過她卻發覺自己雙腿，彷似被甚麼絆住，在原地踉蹌一下！

原來剛才李鴻威與她對話，除了試探對方底細，另一方面乃是拖延時間，讓自己背部傷口的血，混隨鄭子誠流出的血液，伸延到女子的腳步。

雖然混和了他人的血液後，「烙血之瞳」的堅化效果會大大減弱，並不能完全將女子固定原地，但只要稍稍擾亂對方的節奏，這一秒的遲疑對魔鬼來說，便是大好的反擊機會！

女子顯然實戰經驗不足，多踏了幾步才穩住身子，但李鴻威豈會錯失如此良機？

沒有半點遲疑，李鴻威猛地咬斷自己的舌頭，然後面朝女子，連環急吐出五撮鮮血！

鮮血脫口的一瞬間，李鴻威立時發動魔瞳異能，紅血頓變成五支堅硬勝鐵的小血箭！

相比起剛才那兩枚鐵錐，李鴻威的血箭所射角度，更為刁鑽狠毒，除了咽喉和胸口，另有三箭分射向女子的上左右三路，教她無論如何，也得身中其一！

這招「含血噴人」，其實是李鴻威某次在戰場上以一敵眾時，臨危忽發奇想所創出的招數，那次就是憑著這口血箭，才能衝出重圍。

他見此奇招甚為有用，便獨自鍛練改良，終使吐出來的血箭，勁力十足，不亞於常人以弓所發射的鐵箭。

女子想不到李鴻威會有此一著，慌亂之間往旁閃避，但大腿還是被其中一支血箭射中。血箭蘊勁十足，直插斷女子的大腿腿骨，教她吃痛滾倒地上。

李鴻威心知機不可失，口中積血，將欲再噴。

可是，當李鴻威再要吐血之際，腹中那股氣勁，提升到到咽喉間時，竟就此詭異地停住！

李鴻威萬分不解，但他口中鮮血無論如何就是吐不出來！

這時，他看到一直倒在地上不起的女子，神色不再冷漠，反而笑逐顏開。

而她的魔瞳，則赤光閃爍不停。

眼前女子略帶詭異的笑容，忽然使李鴻威想起另一個女子。

一個，被殲魔協會所殺死的女子。

東施。「七罪」中的「妒」。

以及，她那顆被殲魔協會搶去的魔瞳。

「**笑笑之瞳**」。

看到這情景，李鴻威心下暗呼不妙。

他曾和「妒」共事，深知只要這女子一直掛著笑臉，便完全立於不敗之地。

沒有多想，李鴻威顧不得下身還未完全回復，雙手奮力一撐，往後便是飛退。

「別想逃！」女子強笑怒道，躺在地上又擲出兩枚尖錐。

但見尖錐如箭激射，卻沒打中李鴻威，反而越過了他，擊中他身後的欄柵。

卻見尖錐插入石欄後，忽地「錚」的一聲，兩枚尖錐突然爆出兩張鋼絲網，封住了李鴻威的去路！

眼看那兩張鋼絲網，隱隱閃著銳光，李鴻威知道那些幼絲定必鋒利無比，要是遇上了，只有切割成肉碎的份兒。

眼看就要撞上利網，在這千均一發間，李鴻威把一直含在口中的鮮血，朝鋼網猛地吐出！

鮮血撒在網上的一刹，李鴻威立刻發動異能，使其堅化，形成一塊平滑的「血板」。

接著，他雙掌運勁，朝「血板」一推，借勢使飛行方向由橫轉上，整個人便如箭一般，衝破天花板到上層去！

來到上層，李鴻威以手代足，連撐不止步，眼看就要離開現場。

但在此時，李鴻威渾身一顫。

他的內心深處，忽然燃起一股無名怒火，止住了雙手活動。

那股怒火，猶如巨石投湖，擊起千浪，原本一心逃走的他，腦海忽然被一個字，完全佔據。

殺！

無窮的殺意，忽然充斥李鴻威周身，此刻的他，只感到不殺不快！

李鴻威不由自主地想起仍在下一層的女子，想到她的臉容，李鴻威不知為何殺意更盛，只想親手捏她的頭，喝她的血！

「吼！」李鴻威帶有瘋意的猛吼一聲，雙手往地面一拍，轟陷了地板，整個人便又掉到下層！

下墜之時，李鴻威只見女子剛好就在他的正下方，而且仍是躺在地上，似乎還未來得及處理腿上傷口。

左眼朱紅的女子，此時卻笑容不再，反而秀眉緊蹙，一副哀傷之容。

這副冰俏愁容，本應教人心感憐惜，只是不知何故，李鴻威看在眼內只感厭惡無比，恨不得一手劈開那張俏臉！

李鴻威突然從天而降，女子似乎沒有絲毫意外，仍是一副愁眉深鎖的樣子，但雙手一揮，又射出兩枚鋼錐。

兩枚鋼錐一前一後，皆是射向李鴻威的中路，可是李鴻威滿腦子只想著如何殺掉女子，頓然忘記了兩枚鋼錐可能有詐，順手對著第一枚尖錐，就是一撥。

他這一撥，沒有把尖錐撥開，因為就在他的手觸碰到尖錐時，尖錐突然爆出如髮絲般幼細的鋼針！

李鴻威正在下墜，又完全無預料到會有此變故，完全閃避不及，因此數以百計的銳利鋼針，悉數刺在他身上！

李鴻威受驚吃痛，就在這一剎那，他思路稍稍清醒，本能性地運動魔氣，以「烙血之瞳」的異能，硬化刺傷濺出的血，將鋼針盡量止住。

不過，此時另一枚尖錐已飛到他的胸前，李鴻威這次沒有擋格，但尖錐竟自動炸開，卻散了一張鋼絲網，把李鴻威整個人包裹住！

鋼絲網鋒利異常，瞬間就切進了李鴻威的皮肉數分！

李鴻威全力鼓動魔氣，把傷口的血都凝固了，這才阻止了鋼絲的撕割，但如此一來，他也因渾身堅化了的血，動彈不得。

這時，女子往旁一滾，被牢牢包住的李鴻威，只得無力掉到地上。

李鴻威無奈地捲縮在網中，滿腦的殺意忽然消失不見。

女子走到他身旁，李鴻威留意到，女子的魔瞳仍然閃著紅光，但她臉上不愁不喜，只有如冰的冷漠。

鋼絲網中的李鴻威只感萬分疑惑，本快要離去的自己，為甚麼會無故生出殺氣，還要折返下層，自投羅網。

「我知道你們撒旦教，一直稱呼這魔瞳作『笑笑之瞳』。」女子看出李鴻威的迷茫，便指著自己的魔瞳，以不太純正的華語解釋道：「但我擁有了以後，才知道它應該稱作『笑顰之瞳』。」

「『笑顰之瞳』？」李鴻威喃喃自語。

「只要我笑，任何人也不能對我攻擊。」女子續道：「但若然我一臉哀愁，不論敵友，都會對我生出殺機，想把我除掉！」

這名制伏了李鴻威的女子，其實就是林源純。

由於愛夫的死，林源純對撒旦教抱有無比恨意，因此在兩年前，善惡大戰開始後，她自然便加入了殲魔協會。

起初，林源純只是負責一些後勤支援的工作，但她不甘於此，一直渴望親身到前線作戰，親手對付撒旦教，因此閒時她總是進行各種訓練，其刻苦程度，令許多殲魔協會的人，都為之驚嘆。

一直到年多以前，終有一次機會，林源純請纓成功，獲派到北歐參與前線作戰，偷襲一隊撒旦教的精銳部隊。

本來一切也如事前制定的計劃般順利進行，可是，當他們把那近千名撒旦教徒快要殺得一乾二淨之際，竟有另一隊隱伏在旁的殺神部隊，突然現身襲擊！

那早早埋伏的殺神部隊雖然人數不及殲魔一方的一半，但一來偷襲出其不意，二來殲魔軍才剛血戰一仗，如此一來，本該是勝軍的一眾殲魔師，瞬間被滅了大半！

林源純幸保不失，和幾名實力較強的殲魔師邊殺邊退，快要回到殲魔協會的基地時，卻不幸被流彈擊中胸腔，傷勢極其嚴重！

那時子誠剛好抵達基地，他一人七刀，如旋風一般把撒旦軍殺光後，連忙抱著奄奄一息的林源純趕回基地。

本來，要是瑪利亞在場，林源純受了再重的傷，只要一息尚存，仍能有救，但那時候瑪利亞剛好去了歐亞邊境的戰場，激勵前線士氣，一般醫生又治不了如斯嚴重的傷，如此危急關頭，鄭子誠連忙聯絡塞伯拉斯，請求他讓林源純裝上魔瞳。

最後，鄭子誠得到塞伯拉斯的批准，便把儲存在基地中的一顆魔瞳，「笑笑之瞳」，塞在林源純身上。

也是自那天起，林源純便由凡人，變成魔鬼。

不過，誰也不知，林源純胸口那一槍，其實是她自己故意擋下。

自加入殲魔協會，林源純便一直暗暗打聽「笑笑之瞳」的去向，因為在日本與「妒」一戰的那夜，她對這顆魔瞳留下了其深刻的印象。

林源純同時知道，自己身手不好，這顆魔瞳異能，正好能彌補她這缺點。

不過，她之所以渴望得到「笑頻之瞳」，還有一個目的。

就是用它，來對付一個人。

一個令她此刻如此痛苦的人。

聽到魔瞳的實際功效，李鴻威大感意外，因為他從未聽過「妒」或其他「七罪」，提及過這種異能，但想起剛才的情況，他深知林源純所言非虛。

「這異能也是我一次機會下，偶爾發現。我不知道這魔瞳的上一個主人，為何一直沒對你們說過，也許是因為她這些年來，都沒有傷心的事。」林源純說著，忽然變得激動，「但我不是，我每一天，都想不到任何笑的理由！」

林源純怒從心生，忽地向李鴻威擲出三枚鐵錐以洩憤。

李鴻威渾身難動，只能硬吃鐵錐，可是他沒哼一聲，也不皺眉，只是冷冷的瞪著林源純地道：「我……我又何嘗……不是每天活在痛苦之中？」

「住嘴！」林源純嘴角仍在勾起，但雙眼怒得紅絲滿展，「別跟我相提並論！」

「嘿，我們有……分別嗎？」李源威忽然咧嘴而笑，「此刻……此刻，你與我，不也是被困在網中嗎？只是一個網看得見……另一個、另一個網看不清。」林源純聞言一愕，不知如何反駁。

「你……你們說我教離經背道，其實你們也不見得清高啊……」李鴻威冷笑道：「現在，你們還不是……還不是以我亡母，來逼我留下？」

「也許，我與你，也是困網之魚。」林源純小聲說著，忽然低頭，看著昏迷在地的鄭子誠，「但他卻仍然竭力往網外游。」

李鴻威不明所意，此時眼光一斜，赫然發覺自己母親的靈位，竟是完好無缺，而旁邊的一個空置靈位，則烙有一個焦黑的子彈洞。

「他不是一個喜歡血的人，由始至終，他只是想著你的命。其他人，不論是撒旦教還是甚麼的，他都沒想過要傷害。」林源純淡然說道：「他只是從妻子死的那刻起，人生再沒選擇。」

聽到這兒，李鴻威終於醒悟，為甚麼剛才要林源純要阻止鄭子誠殺了自己。因為要是自己一死，鄭子誠便不會再參與撒旦教和殲魔協會的鬥爭。

林源純的心思，就是不想削弱殲魔協會的實力。

「別以為我會留住你的命。」林源純看到李鴻威的眼神，知道對方已明白自己的用意，「我只是不會在他面前，殺死你。」

說罷，林源純渾身魔氣一振，接著眉頭緊皺，顯示出一副哀傷的表情。

看到這副愁容，李鴻威再次變得激動，殺意騰騰！

此刻，李鴻威的腦海只有一個念頭，就是掙破鐵網，殺死林源純！

他不其然的解除了「烙血之瞳」的異能，不斷向外掙扎，但他每動一下，銳利的鐵網就切進他的皮肉一分！

李鴻威渾身痛楚，但再大的痛楚也掩蓋不了他的滔天殺意！

他一邊怒吼，一邊往外衝，轉眼已渾身是血，臉容被切得模糊一遍，狀甚恐怖。

網外的林源純沒有反應，仍是掛著那副愁眉苦臉，瞪著瘋了似的李鴻威。

也不知是激動，還是痛，還是悲，李鴻威似欲噴出怒火的眼，竟滲出眼淚，但淚水也瞬間被鮮血染紅。

鐵絲切斷了他的手指，割開了他的唇舌，劃進了他的腦袋，但李鴻威仍似是沒感覺似的往外抓！

狂暴的舉動下，李鴻威的內心在這刻反是一片澄明。

驀然回首，他發覺自己這一生有很多事情，還未完成。

他來不及向母親盡孝，找不到一個所愛的人，更還未向畢永諾報仇。

李鴻威雖已成魔，卻偏偏最難操控自己的生死。此刻他連自己的行動也控制不了。

他無奈，但也只能無奈。

終於，吼聲不再，掙扎不再。

鐵網之中，只剩下一副傷痕滿佈，沾滿鮮血與肉碎的屍體。

屍體的雙眼，死前卻似乎不是看著林源純，而是遙望旁邊，一個女子靈位的照片。

看到李鴻威完全死透，林源純這才關上魔瞳。

魔瞳闔上後，她忽然無力倒地，忍不住掩面痛哭。

她嗅到蓋住臉的雙手，是刺臭的血腥。

忽然，林源純覺得自己很陌生。

她從指縫間看出去，彷彿看到網中死去的屍體，似乎不止李鴻威，還有一部分的自己。

林源純沒有傷感太久，因為她怕鄭子誠會突然醒來。

處理好李鴻威的屍首，她便帶著昏迷的鄭子誠離開。

後來子誠醒來，林源純便騙他說，襲擊他的人是撒旦教的魔鬼，林源純剛好在附近目擊，便把鄭子誠救走。

鄭子誠聽後氣憤萬分，後悔自己太專注要殺死李鴻威，渾沒留意周遭環境，才讓對方偷襲成功，又讓殺妻仇人逃脫。

「不要緊，我們還有機會。」林源純摸了摸鄭子誠的手，道：「會長剛下了命令，三天後發動總攻擊！」

第八十一章

兩軍交鋒

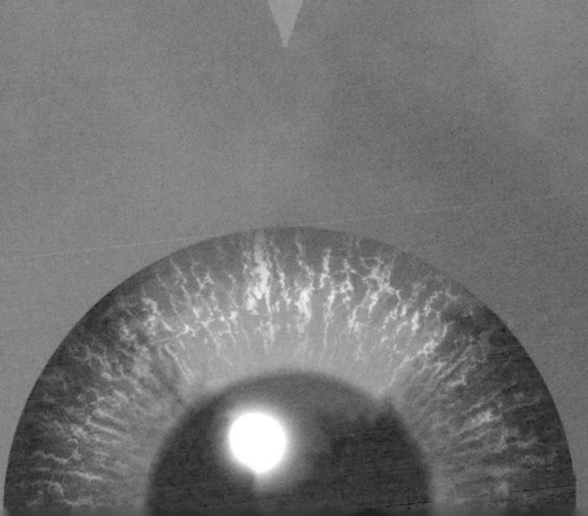

第八十一章　兩軍交鋒

天空烏雲厚積，陽光半點不透，重重陰影濃罩整個菲律賓海海域，陰天灰地，彷似上天故意間隔了整個空間，好等那股沉沉戰意蘊釀

猛風不息，刮得波潮起伏不絕，但此刻浪濤再巨，也抵擋不了殲魔協會的軍隊。

汪洋之上，有四個航空母艦戰鬥群，正以菱形的陣式緩緩向日本推進。

各航空母艦戰鬥群相距約有十公里，所以軍艦上皆揚著白底藍星，代表殲魔協會的六芒星旗。

為首的一艘驅逐艦上，有四名男子正在甲板上，迎風而立。

有別於其他協會的士兵，甲板上這四人皆穿上啞黑色，以特殊合金鍛造的古代戰甲，其中款飾又各有不同。

四人也剛好也是以菱形站開，為首的男人樣子俊朗，英氣逼人，他身上所穿的戰甲流滿華夏古風，又不失典雅。

他額頭上一顆垂直的魔瞳，正直視汪海，不斷顫動，正是二郎神楊戩，而此刻他身旁卻不見了嘯天犬。

楊戩閉著雙目，額上「千里之瞳」赤光不斷，正是在嘗試窺探撒旦教的軍情。

「不行。」

「千里之瞳」遠視良久，楊戩這才闔上，卻見他睜開雙眼後，皺著眉搖頭，道：「他們艦上的人，全都戴上特製頭盔，控制室更是以純銀包圍，我甚麼也看不到。」

此刻遠在百里之外的日本海域，正有十多艘撒旦教的防護艦，一字排開的靜靜等待。

這十多艘防護艦早在兩天前已出現，但這兩天以來，防護艦只是停泊在那兒，完全沒有其他動靜。

楊戩本想以魔瞳異能刺探底細，但反覆試了多遍，始終無果。

「他們是守株待兔？還是另有所謀？」楊戩身後，穿著中古騎士樣式裝甲的蘭斯洛特喃喃說道。

自從兩年前在梵蒂岡一役後，蘭斯洛特的身份已然曝光。塞伯拉斯也不再把他藏起來，名正言順的向協會公告他「五目將」的身份。

蘭斯洛特本是亞瑟王座下的圓桌騎士，更是他最得力的助手，兵法之高明不下於項羽，加上他的歷史身份，令許多英格蘭的殲魔師神往，因此短短兩年間已勝仗連連，在協會中建立不少的威望。

蘭斯洛特說罷，此時他身邊穿著戰國楚甲的項羽，則摸著濃密的鬍子，沉思道：「韓信此人，城府極深，這些艦艇可能只是晃子，真正殺著不在此處。」

項羽在楚漢之爭時，多番與韓信交手，雖則最終敗於其手中，但他對韓信的認知，可謂比任何人都要深。

「但也可能他知道咱們會如此推想，又會反其道而行。」項羽想了想，又道。

他一雙虎目，瞪看灰色的海，思緒如潮。儘管沒有「千里之瞳」，項羽彷彿也看到遙遠的那十多首軍艦，但和楊戩一般，他也看不透當中的玄妙。

「是虛是實，終究也得一戰才知。」此時，一身穿啞黑日本武士服的宮本武藏沉聲說道。武藏的雙手，分握著腰間左右的一雙太刀，有別另外三名目將，宮本武藏只在要害位置披上護甲，其餘位置也只是比較堅韌的特殊纖維布匹。

「武藏說得對。來到這個時刻，咱們只剩一路。」項羽忽狂傲一笑，道：「虛的，破之；實的，毀之！」

楊戩聞言，只是微微點頭，並沒多大反應，依舊冷靜的看著大海，像是思索甚麼。

凝視半晌，楊戩忽然回頭，向蘭斯洛特問道：「還沒有義父的消息嗎？」

「沒有。」蘭斯洛特說道：「自從三天前，他下達總攻擊的命令，便再沒有和我聯絡。」

三天之前，塞伯拉斯在梵蒂岡向所有殲魔協會的戰士，發出總攻擊的命令後，便突然離開，只留下訊息，讓楊戩出任暫代會長。

楊戩等人不知道塞伯拉斯的去向，但他既下了命令，協會不能群龍無首，所以只好派出嘯天犬去尋找塞伯拉斯，他們四人繼續指揮總攻擊的事。

此刻雖然烏雲蓋頂，但已然到了預定好的進攻時間。縱然心中仍在想著義父的去向，但楊戩畢竟冷靜過人，沒有多想便招來不遠處的一名指揮官，道：「『戰斧』準備好了嗎？」

「二十四枚『戰斧』都準備好了。」那名中年指揮軍走近，一邊說道。

指揮軍手上正拿著一個透明的螢幕版。螢幕版正顯示著附近海域的情況，當中包括日本南部海岸的情形。

但見楊戩他們所處的艦隊群周遭，分別有六個閃著藍光的點。

這些藍點其實是深潛於海的核能載彈潛艇，而楊戩口中指的「戰斧」，正是這些潛艇所載送的「戰斧巡航導彈」。

「戰斧」是一種長程、以次音速飛行的飛彈，曾多次在戰爭中大派用場。此刻潛艇早已上昇到能發射飛彈的深度。

楊戩看著螢幕版片刻，嘆了一聲，道：「但願這場戰爭，能儘快完結。」

一語方休，楊戩便伸出食指，在螢幕版上按下一串密碼，啟動發射程序。

甲板上的眾人，此刻都屏住呼吸，凝視四周海面。

半晌，灰海忽然起了異樣，二十四枚長條狀的物體突然自海中垂直衝出海面，正是二十四枚「戰斧」導彈！

這批導彈的目標，除了是撒旦教那十多艘戰艦，還有日本海岸線上的軍事設備，因為這一次出擊，殲魔協會希望能夠讓士兵登陸。

離開海面以後，「戰斧」的速度一下子暴增，瞬間便離開人群的視線，沒入烏雲之中。

楊戩接過那螢幕版，看著上頭，標示二十四枚「戰斧」的紅點。

二十四枚紅點以極速向撒旦教的戰艦飛去，當中有四枚在中途加速，目標自然是海岸軍事點。

楊戩瞪著螢幕版，心頭也不自然稍稍緊張。

根據雷達顯示，先頭四枚導彈已然越過那一排撒旦教的艦隊，後面那二十枚轉眼便要擊中目標。

但在此時，二十四枚紅點，忽有一枚自螢幕上消失。

另外二十三枚，也接連迅速不見。

「有古怪。」

一直環手閉眼，聽覺最好的宮本武藏，忽然眼開虎目，冷冷說道。

說罷，四名目將同時枱頭。

因為有著敏銳感覺的他們，隱隱感覺到有一些東西，正在接近。

最後，穿越烏雲，橫跨天際而至的，不是甚麼導彈飛彈。

而是一束紅光。

楊戩、宮本武藏和蘭斯特洛都心感疑惑，唯獨項羽一雙虎目瞪得老大，臉上盡是震驚之色。

接著，他說了一句，令另外三名目將都感到驚訝。

「**那是……神器【赤弓】的紅光啊！**」項羽難以置信的道。

「【赤弓】？」三人聞言齊聲驚呼。

縱然從未親眼目睹，但他們三人都聽過這神器的無匹威力；至於項羽，對於它自然熟悉不過。

四人互相對望，心下明白，若然【赤弓】真的在撒旦教的手上，那麼這場仗的形勢，便會一下子變得複雜！

正當四人還在盤算之時，一股異樣忽襲心頭，四人同時憑著直覺，急速向旁閃避！

就在四人躍開的一剎那，又一束紅光突然出現在甲板上！

還在看著手中螢幕版的指揮軍首當其衝，在赤光閃過後，卻見指揮官只剩下半身，整個上身竟完全消失不見！

沒了一半身驅的屍首，噴灑著鮮血，無力跪倒在地上！

四名閃過一擊的目將，卻只把目光放在屍體身後的鋼牆上。

但見鋼牆牆身上，裂紋四散，正中央卻插有一支金屬箭。

四人凝視著金屬箭，心下疑惑之際，只聽得金屬箭尾段的一個小方盒，忽然發出聲音來：「我是韓信。」

項羽聽到那道熟悉的聲音，濃眉一皺，此時那聲音續道：「……項羽，我們來一場『閉著眼』的戰爭吧！」

「『閉著眼』的戰爭？」楊戩疑惑的道。

他還未想出箇中意思，有一名士兵突然跑到甲板，向楊戩急忙報告道：「長官，不好了，所有衛星通訊突然全部截斷！」

「甚麼？」楊戩聞言一愕。

「他不是把通訊截斷。」項羽看著天空烏雲，冷笑道：「那傢伙用【赤弓】，直接把我們的人造衛星全部擊毀！」

此時，四名目將頓時明白那「閉眼戰爭」的意思。

沒了衛星瞄準，殲魔協會許多強力的遠程武器都不能使用。

先前楊戩打算以「戰斧」鎖定日本沿岸的軍事點，但此刻一來對方有【赤弓】在手，導彈根本難以接近；二來沒了衛星，他們也不能進行新的目標位置鎖定。

再說，沒有衛星的即時監察和通訊，戰報傳遞速度便會大大受阻，這樣不單使殲魔協會的進攻大受阻礙；而時間久了，面對仍擁有人造衛星的撒旦教，殲魔協會只能落個挨打的份兒！

「韓信這一著，逼使我們只剩一路，就是硬闖過去。」蘭斯洛特摸了摸鬍子，淡淡說道：「而且，還要速戰速決！」

「不單如此，他還削弱我們的前線戰力。」楊戩撫額盤算，一邊說道：「原本我還打算四將齊攻，現在沒了衛星探測，我不得不留在後方作援，好能以『千里之瞳』，專心指揮。」

「一箭雙雕。」宮本武藏冷笑一聲，「好一個韓信。」

「只怕，這一箭還有無窮後著。」項羽瞪了鋼板上的箭一眼。

四人快速制定戰略，便即分散，各領著一個航空母艦戰鬥群，朝撒旦教的防線全速前駛。

此時，殲魔協會的陣式便由「菱陣」，轉作「雙箭頭」陣形，由項羽和蘭斯洛特帶著兩組攻擊力最強的打頭陣，宮本武藏居中接應，楊戩在最後策劃和指揮進攻，四名目將則以獨有的頻道，直接對話。

雖然沒了衛星監察，但雷達仍然發揮作用，如此推進半百公里，只見那十多艘撒旦教的戰艦，仍然絲毫不動。

四人早就決定，無論是虛是實，只要在準確的射擊範圍以內，先頭的殲魔部隊都會立時攻擊，務求儘快打開一個缺口。

就在殲魔部隊又再前進十多公里後，雷達顯示，那十三艘戰艦，終於行動，向著他們進發。

不過，雷達上那十三點閃光在移動後不久，竟突然分裂，一下子變成近五十點！

「這是甚麼回事？」四名目將同感詫異，齊聲在對講機中說道。

楊戩連忙打開「千里之瞳」，目力集中於海，但他凝視半晌，只能無奈的道：「海底太黑，我看不清楚，只隱約看到有一團團黑色的長物在極速移動。」

此時雷達顯示那些新生的物體，正分散起來，似欲對殲魔協會作包圍之勢！

「是攻擊潛艇嘛？」項羽觀測著雷達，疑惑的道。

「不像。潛艇的速度並沒有那麼快。」蘭斯洛特喃喃的道：「難道是甚麼新型武器？」

眼看那些神秘物體越來越近，項羽立時下達指令，讓為首的兩組戰鬥群、包括海底的潛艇瞄準，要先發制人，作出攻擊。

可是，正當雷達要鎖定目標時，四個戰鬥群的雷達螢光幕上，所有光點都突然消失！

眾人都以為對方擁有隱形系統，躲過雷達探測，但項羽此時忽然瞪大虎目，回身奔向仍緊釘在鋼板上的那支箭！

「韓信那傢伙射出這一箭的真正目的，是要催毀我們的雷達！」項羽把金屬箭拔下，拆出剛才發聲的小盒，「這才是他所謂的『閉眼戰爭』！」

項羽只見小盒之中，是一具極其精密的微型電腦，絕不是簡單的錄音器！

「可惡！」項羽狠罵一聲，微一運勁，把鐵盒握碎！

一絲灰煙自他緊握的拳中飄出，但那雷達始終沒再探測到任何物體。

「他徹底破壞了我們的『眼』。」不遠處的蘭斯洛特看到項羽的情況，道：「我們一時大意。」

「他最愛弄這些手段。」項羽恨恨的道，心裡卻不得不佩服韓信。

這兩年來，項羽領著殲魔軍勝仗不斷，滿以為韓信已非昔日神將，但現在看來，似乎他只是一直未動真格。

沒了雷達探測，項羽等連忙調動艦上所有魔鬼到艦艇甲板上，打開魔瞳，觀測海面。

眼下，他們也只能以這種方法，務求盡早找到敵人。

眾魔一直瞪視海面，數十對妖異赤瞳竭力捕捉汪洋的一切。

風，不知不覺變得急勁，海浪越發起伏，但艦隊的航行速度有增無減。

因為他們知道，唯有速戰速決，方能保持這兩年積下的優勢。

殲魔軍屏息以待，不論是人是魔，都牢牢握緊自己的武器。

因為眾人皆知，大戰隨時在下一刹那展開。

倏地。

「來了。」一直閉著眼，單純以感覺殺氣來探測的宮本武藏，忽睜開眼，冷然說道。

平淡冷靜的聲音在另外三名目將的頭盔中響起，三人沒有遲疑，立時下達戒備指令，近萬殲魔戰士在那一刻極速進入純粹的戰鬥狀態。

項羽和蘭斯洛特，各自站在最前端的船頭，分別手執長矛和銀製古劍，凝視著深灰海面。

突然之間，二人看到在不遠處的翻波海浪之中，有數十道巨大長身黑影，正以高速接近。

「開火！」項羽虎吼一聲，臉頰的兩顆魔瞳同時睜開，蓄勢待發！

砰！砰！砰！砰！砰！砰！

砰！砰！砰！砰！砰！砰！

砰！砰！砰！砰！砰！砰！

砰！砰！砰！砰！砰！砰！

重炮炮擊聲此起彼落，一連串刺目火光瞬間閃亮了戰場！

近百枚炮彈同時轟向海中，眼看就要擊中那些巨大黑影時，那些黑影竟在千鈞一發之間扭曲自身，恰恰躲過！

看到這種情況，項羽心下駭然，「那究竟是甚麼東西？」

首波炮擊落空，殲魔軍卻沒有就此停下攻勢，連發連射的炮彈轟得水面幾乎要穿破，無奈始終沒有一顆，擊中那些靈活異常的黑色巨影。

詭異的黑影群在海裡左穿右插，如水銀瀉地；一些更深潛於底，消失於海面上的殲魔軍視線之中。

威力巨大的炮彈並沒有阻止黑影群的接近，反而令海面旋渦處處，教人難以看清楚那些黑影的走勢。

項羽站在艦尖，手執長矛，一直緊盯海面形勢。

他只見黑影群高速游近，眼看就要和殲魔軍的艦隊碰上之際。

忽然，全都消失於海面。

「小心！他們潛進海底，要進行突襲！」項羽猛聲大吼。

項羽一語未休，對講機中忽然傳來下方潛艇上，殲魔戰士的驚呼：「我們受到攻擊……我們受到攻擊！那些黑影……黑影是……巨形蜥蜴！啊！」

驚呼過後，便是一片訊號雜音，接著通訊結束。

「巨蜥？」項羽聞言一愕。

此時，左方忽有一陣騷亂，他側頭一看，大吃一驚。

只見左方一艘護航艦正被其中一團上水了的黑影攻擊，那黑影身長十多米，生有四爪，背部有刺，鱗色如石，赫然就是一條巨大化的蜥蜴。

但項羽之以如此驚訝，只因他認得那條巨形蜥蜴，正正就是孔明的原形模樣！

就在這時，所在潛在海裡的黑影統統衝上海面，直接向殲魔軍的艦隊施襲，而那些黑影竟全部一模一樣，統統都是孔明「臥龍」形態的樣子！

看到如此景況，項羽心下頓時了然：「撒旦教那些傢伙，定是在兩年前梵蒂岡一戰中，暗自取走了孔明的基因，再大量複製，以作奇兵之用！」

項羽只見那些複製「臥龍」體形沒有孔明原形那般巨大，威力稍遜，但靈活過之。

突如其來的巨形怪物，殺艦隊上所有人一個措手不及，一些還未來得及反應的殲魔師，或被瞬間抓成兩截，或被複製臥龍一口吞噬！

甲板之上，一時間盡是鮮血與斷肢！

複製臥龍四腳齊用，不斷來回海下與艦上，神出鬼沒，教殲魔軍手忙腳亂；當中更有一些，集中攻擊艦隻底部，以圖將其打沉。

不過，這批殲魔軍畢竟是精銳部隊，很快便鎮定心神。

只聽得那些小組隊長高喊一聲：「圓陣！」所有殲魔師頓時找最近的同伴，相互背對，圍成一圈，射擊那些複製臥龍；至於一直以「千里之瞳」觀察戰場的楊戩，亦同時透過無線電指揮魔鬼部隊，阻止海底的複製臥龍繼續破壞艦身。

宮本武藏和蘭斯洛特也沒閒著，他們各揮動自己的武器，魔力全開，不斷來回奔走，趕殺那些纏人的巨蜥。

這些複製臥龍的灰皮遠沒有孔明那般厚實，雖能擋下部火殲魔軍的子彈，但面對宮本武藏的大小太刀和蘭斯格特的古劍，無一不應聲破裂，血肉紛飛！

霎時間，殺聲和炮火聲響整個灰洋，偶爾更混雜一些殲魔軍用以壯聲勢的「詩歌」。

當然，不能言語的屍首截肢，也漸漸積疊起來。

有好幾條複製臥龍，憑著魔氣，找到了楊戩所在。

楊戩一直盤膝，坐在一艘指揮艦的最高點，睜著「千里之瞳」，檢視四方八面。

那幾條巨蜥看到楊戩，殺性大發，牠們知道二郎殺是整個殲魔軍的最高指揮，因此不顧一切地向他衝殺過去。

一直守護在楊戩四周的殲魔師，完全抵禦不住如瘋似狂的巨蜥，眼看幾頭異獸快要殺近，楊戩卻依舊安坐，眼光沒有半點落在牠們身上。

楊戩之所以如此鎮定，只因他知道，這幾頭巨蜥的腳步，來到他一米以外範圍，就會停下。

「**你還真是從容不迫啊。**」

宮本武藏的聲音，忽然在楊戩身邊響起。

他說話的同時，一大一小的太刀恰好入鞘。

那些還以為快將得手的巨蜥，至死也不知自己為甚麼會突然由一個整體，變成十數塊殘肢斷體。

「我是不得不從容。」楊戩雙目依舊緊閉，只睜著「千里之瞳」，「你那邊的情況怎樣？」

「折損三成人手。」宮本武藏說著，回身又砍了一頭巨蜥，「蘭斯洛特那邊似乎也是差不多這個數字。」

楊戩聞言，眉頭不禁皺起，因為他沒預算第一波交戰就損失那麼多，如此下去，情況可不樂觀。

「羽那邊呢？」楊戩問道。

宮本武藏遠眺著前方，道：「似乎比我們稍好，那傢伙已經把附近的怪物都清光，現在還饒有興致的站在船頭。」

此刻，項羽正佇立在艦艇的最前，虎目瞪著遠方。

他身上黑甲和手中長矛，滿是屠獸所沾的鮮血。

那股混雜殺意的腥紅，任海風再狂也吹不散。

鮮血沒有讓項羽感到半分難受，那嗆鼻的氣味反而刺激著他的感觀，滋潤著越發高漲的戰意。

項羽一直瞪視著遠處，沒有理會其他仍和巨蜥撕殺的戰艦，因為他信任另外三名目將。

而且，他正在等一個人。

如此又過一會兒，一列小黑點忽在遠處的海面出現。

沒有雷達，但項羽知道，那就是撒旦軍的艦隊。

沒有「千里之瞳」，但項羽知道韓信此刻，也是和他一般，站在為首的艦艇之端。

「開炮！」項羽忽然下達命令。

半晌，他身後瞄著撒旦軍的艦炮，發出了震耳欲襲的巨響！

炮彈以極速轟向為首的撒旦教戰艦，但來到半途，戰艦上忽然魔氣一現，接著一撮紅光閃至半空，擊中炮彈。

炮彈一如項羽所料，未過半途已被韓信以【赤弓】攔截。

可是，這枚炮彈並沒有如常爆開，反而被擊中後，閃出一陣耀目的光芒！

光芒在高空閃爍，照得汪洋一陣發亮，所有戰艦同時也被映出一道闊大的影子。

項羽發炮目的，就是這道艦影！

項羽十指早已插穿甲板鐵皮，牢牢勾住，他臉頰上的「弄影之瞳」，閃著如血的光，此刻遠盯著撒旦教戰艦投在海面的影。

接著，他一個呼吸。

整艘攻擊艦倏地憑空轉移數里，攔腰撞上了撒旦軍的艦隻！

項羽所轉移的攻擊艦早經改裝，艦頭特別尖銳堅硬，這一撞頓時把撒旦軍的艦艇艇身撞出一個大洞！

撒旦教的艦隊完全沒料到項羽會忽施奇襲，除了被撞中的艦艇，其他艦隻依舊全速向著戰場前進，但項羽這一衝擊，以令撒旦軍陣形稍散。

那艦隻被項羽撞破，海水迅速湧入艦底，眼看片刻就要下沉。

船上的撒旦軍開始慌亂，一些更想要跳到項羽的艦上逃生，但紛紛被前頭防守嚴密的殲魔軍亂槍擊斃。

混亂之中，撒旦軍艦上唯有一人，始終神色不變。

此人正身穿一襲鮮紅色的貼身戰鬥服，背負長劍，臉容陰森，正是韓信！

遠有人獸廝殺，近有兩軍攻防，但項羽和韓信此刻的目光之中，只有彼此。

一人霸氣凜然，一人陰沉若冰，二人相互對視，雙方手中兵器，皆蘊含魔氣，微微顫抖，似欲隨時出擊。

「這招以艦破艦，本打算留待登陸時才使用，想不到你竟逼得我提前使出。」項羽遙看韓信，豪爽笑道：「你還真是我命中剋星。」

「嘿，那就讓我今天，把你的命也剋掉吧！」韓信冷冷的道。

「咱們真的要如此互相殘殺嗎？」項羽忽然稍微收斂氣勢，嘆道：「畢竟，已過了這麼多年，難道那些恩仇，還那麼重要嗎？」

「再歷一千寒暑，我與你之間的仇恨，也不會減掉半點。」韓信瞪大著眼，堅定的道。

「一千年也泯滅不掉？我斷你手，你殺我妻。但這都是多少年前的事了？」項羽無奈苦笑，道：「難道咱們也永遠留住這份仇恨嗎？涅兒！」

「住嘴！由你親自扯斷我雙手那刻，你我恩義已絕，也再不配喚我名字！」韓信聽到「涅兒」二字，瞬間大怒，厲聲喝道：「二千多年前，我在烏江殺你不死，今天卻再不會容你活命！」

喝聲未止，魔氣暴現，韓信提劍一縱，挾著殺氣的銀鋒，直向項羽刺去！

第八十二章——一戰千年

第八十二章 一戰千年

其實韓信真正身份，就是項羽仍是后羿時的徒弟，寒浞。

在遠古時代，寒浞把項羽活埋後，便奪位成王。

成了君主的他，不甘終身殘廢，便派人四出訪尋神醫，尋找續手之法。

後來，有人獻了一顆仙丹給他，那仙丹便是「引領之瞳」。

再次看到眼球，寒浞本來不信那就是所謂「仙丹」，但貢獻魔瞳的人，以性命擔保，又指出安裝魔瞳的正確方法，寒浞這才相信。

裝上魔瞳後，寒浞憑藉其特異復原能力，又找來一雙適合的手，果真成功接續上雙臂。

重奪雙手，又知自己長生不死的寒浞，性格開始扭曲起來；加上殺死義父義母的陰影，一直在心頭揮之不去，寒浞執政以後，為人越見陰沉乖張，一意孤行，終於弄致民不聊生。

後來民怨沸騰，處處盡是反抗聲音，連手下也不再聽他命令，寒浞始才驚覺大勢已去。

他自知再難當這君主，便以一個早早準備、和他外表極似的替身，代他受於萬民前，公開受那凌遲之刑，以洩民怨。

至於他本人，則拋名棄權，埋名隱性起來，雲遊中原各方。

一直到秦末，后羿破土而出，成了項羽，更當上西楚之主，霸名大震；其時寒浞聽到項羽的事蹟，心生興趣想要一睹這霸王威風，便混入軍中。

怎料他這一看，竟發現那項羽就是被他活埋的后羿！

項羽看到寒浞，想起嫦娥的死，頓時殺意滔天；寒浞想起斷手之恥，也是怒火橫生，所以雙方一見，便即出手搏殺！

其時寒浞成魔千年，豈料交手數個回合，他竟發覺自己只能與項羽勉強打個平手。

無奈之下，寒浞只能先行撤退。

寒浞知道自己難獨戰項羽，幾番思量，終把心一橫，投入劉邦軍旗下。

寒浞之所以選上劉邦，只因他看得出劉邦的潛質，而且身邊皆是人才，便打算助其勢力成長，再全面撲殺楚項軍團。

入軍之時，寒浞決定改名換姓。

他改姓與原姓「寒」同音的「韓」，名字則取一「信」字。

這個「信」，旨在諷刺后羿，當日斷他雙臂，背信棄義！

錚！

矛劍交擊，韓信抵受不了項羽霸道無匹的勁力，借勢後飛！

項羽這一擊力道雖盡，但他此時以前腳作重心，再次發力，長矛挾勁向前猛刺，直指韓信中路！

銳利的矛頭眼看就要刺中韓信，韓信始終臉色從容，只以長劍護頭，任由長矛直插胸口！

只見長矛戳在韓信胸口時，矛頭並沒刺穿紅衣，反而被一股怪力牽帶，滑開一旁！

原來韓信身上紅衣，乃是他以無數血箭頭，塗了一層又一層而成。

但凡有東西碰上紅衣，不論是奇兵利刃還是蘊勁拳腳，統統都會被「引領之瞳」的異能，卸開一旁。

「果然如此。」項羽一擊被卸，臉上卻沒有太大意外。

「早料到嗎？」韓信冷笑一聲，「那就認命受死吧！」

就在長矛卸往一旁的剎那，韓信長劍突然如電吐出，刺向項羽左臂的戰甲關節位！

項羽身上所穿的戰甲乃是殲魔協會以稀有金屬特製而成，堅硬難摧。

適交手幾招後，韓信已明白手中長劍，難以刺穿項羽的金屬甲，因此他刺出的這一劍，目標乃是戰甲關節的空隙位置。

項羽此際正值新舊力道交替，進退失據之時，面對此劍招實是避無可避。

情急之下，項羽急屈左臂，打算夾住劍鋒。

韓信卻早有後著，只見他下巴「引領之瞳」一睜，身上魔氣瞬間貫入長劍，使之一下子變得軟柔若蛇，滑進鐵甲關節裡，狠狠刺入項羽的皮肉之中！

項羽左臂掛彩，鮮血頓時在鐵甲內如泉湧出，但西楚霸王歷戰無數，處變不驚，只見他眉頭也沒皺一下，右手單握長矛，瞬間朝韓信的臉，便是一割！

聽到風聲急響，韓信立時回劍格擋，項羽需然只是以單手刺出，可是勁力不容小覷，又是「錚」的一聲，長劍碰上項羽的矛後，韓信再次借勁後飛。

再次著地，韓信已然跳回正在下沉的撒旦軍戰艦上，項羽則背提長矛，站在殲魔軍的艦上，遙視韓信。

韓信使的是銀劍，因此項羽左臂傷口，一時間難以癒合。

項羽沒有理會血流不止的劍傷，只是眼神複雜的看著韓信。

「涙兒，住手吧！」項羽沉聲說道。

「你我恩仇，豈能說了便了？」韓信先是失笑，長劍忽然一揮，旋即怒道：「這劍一天刺不穿你的心，這戰永遠不息！」

「當日我在三峻山斷你雙臂，及後你殺我愛妻，生生活埋我於黃土下，又在楚漢時逼我自刎。當中恩恩怨怨，怎能算清？」項羽苦笑道：「涙兒，我既已放下，你又何苦再讓仇恨滋長下去？」

「放下？項羽，別再惺惺作態了！先前在梵蒂岡，你還不是對我恨之入骨？還不是想置我於死地？」韓信冷笑一聲，道：「眼下你毫無殺意，我看當中原因，是這個吧！」

說著，韓信忽然伸手入懷，取出一團事物。

項羽凝神一看，只見韓信手中，正捏著一撮長髮。

長髮烏黑秀亮，項羽認不出烏髮屬誰。

可是，他卻嗅到，那撮長髮，正飄散著小娥的氣味。

「你現在，還想停手嗎？」

韓信森沉一笑。

他鬆開手，長髮隨風亂散。

「畜生！」項羽怒吼一聲，挺矛便向韓信衝去！

項羽怒睜四目，以受傷的左手套著矛身的前端，右手則握著矛尾，不斷向韓信連環出刺！

長矛猶如狂風掃雨，綿密不絕的擊刺韓信。

面對尖銳的矛頭，韓信一臉泰然，不閃不躲，只以長劍守護面目，任由長矛刺上紅衣，打算乘長矛被引，再伺機反擊。

可是過了半晌，韓信察覺到項羽出手雖密，露出的空隙卻沒增加。

原來項羽怒極不莽，他知道韓信定必會尋隙反擊，所以這一連串的急刺，純粹旨在消耗韓信戰袍上的血痕！

項羽每一擊所含力道不多，每當刺中紅衣，矛頭被「引領之瞳」所帶之時，他便急運餘力，收回長矛再刺。

如此一來，不過刺了百多下，韓信身上的血紅，竟開始出現點點白斑！

韓信得悉項羽所謀，知道自己只守下去，定必束手就擒。

無奈之下，他想要提劍反擊，可是，項羽手中之矛遠比韓信的劍要長，每當韓信出劍，項羽定必立時撥矛回襲韓信頭首！

二人長劍來回交擊十多趟，此時韓信身上紅衣，卻已有小半顯露雪白！

「別難為小娥，放了她吧！」項羽沉聲說道，手中長矛沒有絲毫緩下。

「妄想！」韓信冷笑一聲，長劍又再撥走長矛。

項羽沉哼一聲，忽然收矛後退，一時不再進擊。

「涅兒，是你逼我出手，」項羽瞪著韓信，冷冷的道：「休怪我狠心。」

「嘿，你的狠，我遠古之時已見識過，早見怪不怪。」韓信冷言反嘲。

項羽聞言，臉色一沉，右手忽然虛捏幾個手勢。

就在此時，項羽的鐵甲背部，突然有數團東西噴出，直飛半空。

韓信目光稍仰，只見二人頭頂十多米左右，有三具機械盤旋於空。

那三具機械比手臂略長，形似蒼鷹，左右兩翼卻是一雙螺旋槳。

三頭鐵鷹以奇怪的軌跡來回飛旋，卻始終停留在二人頭頂處，韓信一時摸不透有何用途。

這時，項羽右手再次揮動，空中其中一頭鐵鷹似是收到指令，身軀突然散發刺目強光！

由於天色陰沉，二人的影子一直淡然若無，而這三隻鐵鷹，正是項羽為了這種情況下所配備的奇著。

鐵鷹射出的光，頓時使甲板上拉出數道影子，項羽臉上「弄影之瞳」瞪著韓信的影子，赤光一閃，下一剎那，他的人便在韓信身旁出現！

韓信早有防備，右手反握長劍，當他看到項羽在面前消失，便即運勁橫刺。

不過，西楚霸王豈會如此輕易中招？

當項羽的身體剛在韓信右邊出現時，頭頂上原本散發強光的鐵鷹倏地把燈關掉，另一頭鐵鷹則同時射出白光！

千鈞一髮。

「弄影之瞳」閃出赤光。

韓信一劍刺空。

項羽現身左側。

長矛，直刺中韓信肋間。

霎時間，鮮血如泉，噴灑滿地。

韓信處變不驚，長劍翻舞，護住周身要害，項羽一擊得手，卻沒再攻，只是不停以「弄影之瞳」，在韓信的四周如鬼魅般不斷轉移。

「放，還是不放？」項羽的聲音在韓信左前方響起，身影又瞬間在他右側出現。

「今天若是我生你死，我或會放她一馬。」韓信長劍揮舞不停，冷笑一聲，道：「但若然我真的命喪你手，我便得找個伴，與我同赴黃泉！」

項羽聞言勃然大怒，渾身魔氣一湧，忽地轉移到韓信身後，挺矛便刺！

先前他和韓信正面交鋒，因此紅衣的背部仍是一片完全的赤色。

項羽自然知道，要是直接刺上紅衣，長矛定會再一次被帶引開去，因此他這一刺，目標卻是韓信的頸椎！

項羽這擊既快且狠，加之又是韓信視力不及的地方出招，因此韓信聽到風聲有異，迴劍想要格擋之際，挾勁的長矛，已然刺中韓信的脖子！

不過，項羽只是僅僅刺破了韓信的皮膚。

長矛，並沒有進一步刺入他的肉中。

項羽並不是不想刺下去。

而是，他雙手推盡了，長矛卻只能恰恰碰到韓信。

「勝負已分了。」韓信冷冷的道，回首看著錯愕的項羽。

項羽直挺著矛，雙腿卻不自由主，向後急退。

他竭力控制雙腿，但甲板上卻有一股巨力，不斷強帶他的步伐朝後！

項羽看不到甲板上有半點血痕，但此刻他不斷倒退，顯然是「引領之瞳」的異能作怪。

項羽右手一揮，控制天上鐵鷹，想要製造影子，再以「弄影之瞳」，脫離引力操縱。

可是，韓信此時打了一個響指，整個甲板，突然亮了起來，使鐵鷹製造不到半點黑影！

當甲板發亮後，項羽這才發現，唯獨是自己一路踏下的地方，有著一條深灰色的軌跡！

其實這深灰色的痕跡，乃是韓信的血液加上特殊顏料混製而成的塗料。

韓信的血液要是和別的東西混合，一般來說效能將會大大減低；但他花了大量心血和時間研究，終於找到一種物料，能改變血液顏色，卻又不會影響魔瞳異能

不過，這種混合物極難製成，他嘗試多年，也只能儲下一點兒。

此刻甲板上的灰痕，已用盡了韓信所有心血。

他早知雙方交鋒，項羽定必一馬當先，所以他早就設置了這條灰軌。

他也知道項羽定必為試圖以「弄影之瞳」擺脫引力，所以他改裝了甲板，讓影子不能出現。

韓信以語言相激，與項羽不斷交手過招，或進或退，目的就是引他把自己逼到這一點。

再等待他轉移到自己身後。

韓信盤算一切，所求的，就是讓項羽倒走這一段路。

只見灰痕的盡頭，是一個韓信早預備好的銀製架子，架上有十數個銳利的銀鈎。

這些銀鈎先前隱藏在架子之中，一直到韓信啟動甲板的強光，銀鈎這才顯現。

若然韓信的計算沒錯，這些銀鈎便會盡數勾住項羽渾身要害，教他一時難以動彈，更遑論反擊。

韓信沒等項羽被鈎子插上，忽然脫下紅袍，往項羽擲去，又旋即提劍前縱。

紅袍輕飄飄的往項羽飛去，韓信的長劍則緊隨其後，劍鋒輕顫，目標也是項羽！

朝項羽飛去的，正是戰袍完好無缺、塗滿「血箭頭」的丹紅背面；而韓信手中長劍抵著的那一面，則只是正常布質。

韓信此著，就是教項羽不能撥開戰袍，這樣項羽便不能知道，紅袍背後的劍，究竟會在戰袍蓋住項羽的一剎，刺向何處！

韓信知道，項羽無論如何，都沒可能躲過自己這一擊。

手中長劍，眼看就要了結這糾結數千年的恩仇。

袍後男人，是把他養大的人，也是斷了他雙臂、傷盡他心的人。
韓信的思緒，一時間沒了恨、沒了怒、只有一片澄明。
紅袍終於蓋住了項羽。
韓信積滿魔氣的劍，順勢前推。
劍，刺穿了戰袍，也刺穿了血肉。
那一瞬間，韓信嗅到一絲血腥。
那刺鼻的氣味，讓韓信忽然憶起自己第一次殺人的晚上。

那是一個月圓夜。
那一夜，韓信仍喚作寒浞。
那一夜，寒浞殺了對他恩重如山的嫦娥。
在這關頭，韓信視線忽然模糊起來。
這是寒浞久違了的淚。
但他手中的劍，還是要刺到盡處。

六

上

第八十三章——大肚能容

第八十三章　大肚能容

「你們為了甚麼而戰？」

「饞」抬起頭，淡淡問道。

此刻，他正在殲魔協會的戰艦甲板，坐在一堆殲魔戰士的屍體之上。

「饞」滿臉是血，身體也處處是傷。他左眼魔瞳正散發紅光，使傷口快速癒合。

屍堆旁邊又站了一人，此人樣子俊美，持著一盾一劍，正是「饞」的七罪同伴，「慾」。

「慾」也在以魔瞳療傷，但他一直東張西望，全神戒備；反之「饞」的神態輕鬆，渾然沒理會，那百多名圍著他們的殲魔戰士。

以及，散發著濃烈魔氣，此時也在回復原氣的宮本武藏和蘭斯洛特。

十數條複製臥龍，此時已被三名目將悉數殲滅，不過殲魔大軍也為此付上近半戰力。

一直在不遠處守候的「饞」和「慾」，便乘殲魔軍元氣大損，領著戰艦又是一輪猛襲。

縱然殲魔協會出征時人數遠比撒旦軍多，但和巨蜥苦戰一番後，此消彼長，竟只能與撒旦軍鬥個均勢。

在這灰海之時，兩教全力盡出，一時間炮火連天，血肉橫飛，彷似把海也要染紅。

雙方各有魔鬼參戰，紅光不時在戰場各處閃過，使場面變得更加血腥可怕。

如此瘋狂交手，不到一個小時，雙方皆已死傷過半，但屍首並沒絆住戰士的殺意，那些同伴的遺容，反而更加催激了士兵的仇恨。

至於兩軍最高的戰鬥力，「七罪」與「目將」，自然身處於另一個層面的戰場。

四人爆發著可怕的魔氣，身影不斷穿梭兩軍的戰艦群以及浮於海面的巨蜥屍首之上。

宮本武藏的大小太刀，蘭斯洛特的西洋古劍，「饞」的巨斧，「慾」的闊劍圓盾，皆成了場上所有人眼中，比炮火子彈，還要恐怖的武器。

四人渾然沒理會周遭的槍火，眼中只有對方，四人每次交手，都會發出一股異常沉重的怪異交擊聲，教附近士兵都忍不住震驚得暫緩下手。

宮本武藏和蘭斯洛特的武藝原本比「慾」、「饞」二人要高，但這些年來，蘭斯洛特作為塞伯拉斯的隱藏武器，一直只暗地行事，鮮少與宮本武藏合作，此刻二人聯手，並沒有多少優勢；反觀兩名「七罪」，近年經常到世界各地，收拾對抗撒旦教的魔鬼，默契十足，因此能防住兩名目將猛烈不絕的殺著之餘，還能不時作出狠辣反擊。

雙方施盡渾身解數，但無奈一時之間，誰也制伏不了對方，倒是四周士兵，沒有他們的復原力，存活的人，越來越少。

四人邊走邊戰，不知不覺又回到其中一艘殲魔戰艦上纏鬥。

宮本武藏和蘭斯洛特眼看久攻不下，似乎開始急進起來。

他們攻勢越來越猛，但在「慾」、「饞」二人眼中看來，他們身上的破綻也越來越多。

就在剛才，宮本武藏猛吼一聲，忽地傾力前衝，雙刀舉頭齊砍，想要硬破了「慾」的盾子。

就在宮本武藏的刀快要斬上圓盾之際，一直在不遠處佯攻的「饞」，突然極速回身，如炮彈急飛，以斧頭尖端，直刺武藏的中路！

宮本武藏渾身勁力，確實盡聚於雙刀之上，無論如何也不能擋開「饞」這招，偷襲。

不過，就在斧頭要刺中他時，宮本武藏倏地消失，躲過斧擊。

更正確來說，宮本武藏是瞬間捲成「捲軸」，避開「饞」的巨斧殺著。

「慾」、「饞」二人，盡皆愕然，卻見蘭斯洛特，正手握住變成了捲軸的宮本武藏，一臉得意之色！

就在二人錯愕失神之際，蘭斯洛特手一揮，捲軸如箭射出，飛到兩名「七罪」之間。

二人還沒反應過來，蘭斯洛特的「捲軸之瞳」魔光一現，宮本武藏倏地變回原狀，他手上那一雙殺意滿佈的大小太刀，便在這電光火石間，砍中「慾」、「饞」二人！

「慾」和「饞」的胸口，頓時被斬出一條深入見骨的傷口，鮮血如雨，灑滿宮本武藏的啞黑戰甲。

此時蘭斯洛特下了一個訊息，一早暗地收到指引的殲魔戰士立時群起而上，想藉機一舉重創兩名「七罪」！

可是，就在那些殲魔戰士，殺意剛揚的時候，還在灑血的「饞」，「容物之瞳」忽然紅光一閃！

沒有猛獸異種，沒有奇形兵器，「饞」的口中沒有吐出任何實物。

只有，一股優美的女性歌唱聲音傳出。

那女歌者的聲音淒美哀怨，悅耳異常，更隱隱像是有海濤翻湧之聲，混含其中。女聲所唱的，是場上眾人都不懂的語言，那像是一種最原始、最純真的聲音。

所有人，不論敵我，在此時皆自然而然的緩下了手。

他們全神貫注，想辨法去聽清、了解那美麗異常的旋律。

甚至連宮本武藏和蘭斯洛特，都想了解那如海般深邃的音韻。

「不對！」

宮本武藏意志如鐵，就在快要沉入歌聲之時，心神猛地一震。

就在他驚覺有異之際，一道銀光不知何時已出現在他眼前！

宮本武藏大吃一驚，但雙手本能反射性的舉起雙刀，交錯格擋。

一聲鏗鏘，宮本武藏發覺眼前襲擊自己的，卻是「慾」的闊劍。

「東瀛劍豪，這一記是還給你的！」「慾」冷笑一聲，宮本武藏只感腹中一涼，低頭一看，卻是「慾」以圓盾銳利的邊沿，暗攻他的中路！

宮本武藏雙手一振，把闊劍震開，雙腿同時奮力往前向「慾」的胸口一撐。

「慾」見狀，立時把本橫著的圓盾一豎，擋住宮本武藏的飛踢，同時借力後躍。

宮本武藏此時稍微回神，這才驚覺，先前圍攻二人的殲魔戰士，大半成了屍體，堆在「饞」的座下。

蘭斯洛特胸口竟也受了不輕的傷，而他身旁地上，則插著「饞」的闊斧！

「賽蓮的歌聲，的確是令人神魅顛倒。真可惜當日我只『吞下』了這麼的一小段。」

「饞」坐在屍堆之上，拭了拭嘴角。

宮本武藏與蘭斯洛特，二人皆意想不到「饞」會有此奇著，一時之間不敢妄自再攻，只以魔氣回復傷口，同時留神觀察。

「饞」看到二人的神態，又看了看周遭一臉震驚，卻又包圍著他和「慾」二人的殲魔戰士，忽地低頭微笑。

半晌，他才抬頭，問了那一句「你們為了甚麼而戰？」。

場上眾人，料不到「饞」突然會有此一問，一時間愕然不語。

眼見其他人仍是一臉謹慎，沒有回話，「饞」只是淡然一笑。

接著，他魔瞳微微一顫，從口中吐出了一團東西。

宮本武藏和蘭斯洛特以為「饞」又要吐出甚麼奇怪東西，正想先發制人之際，他們卻突然嗅到一陣酒香。

「別緊張。」「饞」握著一個高身玉瓶子，淡然說道：「只是一杯，不知在我肚內存放了多久的酒。」

二人只見「饞」悠然自得的舉杯便飲，彷彿此刻並非身處戰場之中，一時間也沒有出手，只按住兵器戒備。

那醉人酒香，濃郁異常，稍微蓋過了場上血腥，也稍微緩和了四周殺氣。

「戰爭之中，殺的是人命，掉的也是人命。究竟是驅使你們，不把自己的命放在第一位？」「饞」笑了一笑，環顧四周，道：「是為了理念？為了國家？為了宗教？又或是為了保護甚麼？摧毀甚麼？找尋甚麼？」

那些殲魔戰士聽到「饞」的話，臉上神色不變。

但他們的眼神，卻出現了絲毫變化。

「饞」提問以後，四周仍是一片寂靜，正當他想再說下去時，一人忽然接話：「復仇。」

「饞」聞聲一看，說話者卻是向來沉默寡言的宮本武藏。

「薩麥爾，就是在下的原因。」宮本武藏緊握大小太刀的刀柄，道：「他一天不死，在下一天不休！」

說著，一股無形殺氣自宮本武藏身上發出，他四周的殲魔戰士，無不感到一陣寒意。

「那真是巧，他也是我參戰的原因。」「饞」笑道：「不過我參戰，只為還他對我的恩。」

宮本武藏沉哼一聲，臉色一下子變得更為陰沉。

「我其實並不喜歡戰爭，不喜歡參與這以殺戮為勝利的遊戲，鮮血的顏色與味道，總是令我反胃作嘔。當然，我指的是我仍喚作『奧德修斯』的時候。」「饞」忽然抬頭，看著陰雲，淡淡說道：「對……奧德修斯，那是我原本的名字。那個充滿了人性與故事的名字。」

「在我還年輕的時候，我便因為我過人的智慧，繼承了一個島。像我父親和他的父親一樣，我成了那個島的王。那個島是我的家鄉，我在那兒出世，那兒生活，和那些島民一同成長，也在那島娶妻生兒，又成了王。」「饞」又喝一口酒，遙望遠方，「我還記得那時，整個希臘，戰亂不休。許多時候，你聽到死人的消息，比聽到嬰兒誕生的啼哭聲還要多。我天生就不喜歡殺生，所以我想盡一切辦法，明謀奇計，讓戰鬥在未開始前完結。我想，這也是我父親把島交給我管理的原因。」

場上眾人，全都知道「饞」原本的身份，所以絲毫不奇，但聽到他提起往事，都忍不住想聆聽下去。

「我想，我也算是一個成功的君主吧，在我管治之下，許多戰爭都消弭於無形。不過，正當我以為上天真的眷顧我和我的子民時，我便被其他希臘的君王找上。他們說，因為特洛伊的國王帕里斯，誘拐了斯巴達的王后，所以要集力出兵討伐，找我便是想我加入聯盟。」「饞」說到這兒，忽然苦笑，「那時我才結婚不久，兒子還未滿一歲，所以便想藉詞推辭，怎料他們卻反以此作脅，要時我不加入聯盟，便會傷害我妻兒。我逼於無奈，最終只能跟隨這些大軍，遠離家鄉，出征特洛伊。」

「在軍中待了一會兒，我很快便弄清楚，那些國王根本不是為了討回公道，他們的兵器，瞄準的其實是特洛伊的豐富資源。」「饞」搖頭苦笑，道：「那些國家，其實本身已有足夠食物土地，讓人民生活安定，又哪需去奪取他國資源？只是這些國王，以及和他們私交結黨的權貴，胃口不少，他們知道有更多的土地，有更多的資源，才能生產更多的利益，讓他們以及他們的子子孫孫，生活得更加奢華。所以才找個藉口，攻打特洛伊。」

戰艦上的人，聽到這裡，無不覺得熟悉不已。

因為過了數千年，那些在上者對外的掠食，從沒停止過，而他們的口味和手法，也沒變過。

有一些的心目中更生起疑惑：此刻我們，究竟又是不是為了某些看不到的目的或陰謀而戰？

「當我知道真相以後，我便想退出這個所謂復仇聯盟，可是他們卻一再警告，說要是我不全力與他們拿下特洛伊，我的妻兒便等不到我的回歸。」「饞」無奈笑道：「為了能早日回去，與妻兒相聚，我只能盡量出謀獻計，只是每當看到血腥場面，我還是會作嘔。」

聽到「饞」的描述，眾人很難想像眼前這個殺人無數的「七罪」，竟曾經如此害怕血腥。

「不過，縱然我們全力盡攻，特洛伊城也並非省油的燈。他們的城牆固若金湯，而且資源充足，早就封城打算作持久戰爭。聯盟足足攻打了九年，甚至把特洛伊城周邊的大小城邦，盡收旗下，卻始終未能攻破那道高大石牆。」「饞」繼續說道：「九年，也不是一個短的時間。這九年裡，有不少人死了，又有不少人退縮，聯盟沒了開初的氣勢與意志，更開始出現分裂的先兆。其時盟軍之首，亦即斯巴達國王墨涅拉俄斯也看得到情況不對。他要脅我要在一個月內，攻破特洛伊，不然就下令把我妻兒殺死。」

「可是，破城談何容易？九年的時光，我想到的計，能下的謀，統統算過做過，墨涅拉俄斯的時限，更令我頭腦混亂。一直到限期前最後一天，我腦海裡始終想不出一個可行之法，於是我獨自來到海岸，在海邊石灘，找了一塊巨石綁住雙腿，然後跪了下來。」「饞」淡然笑道：「那時我別無他法，只能合掌向不曾見過的天神祈禱尋問。若然祂不想我破城，那我就長跪不起，任由海水淹沒而死，反正要是我攻不下特洛伊，我的妻兒也難幸免；若上天認同我的要求，那就現身來救我助我。」

「我跪在那兒，不斷唸頌，由早到晚，沒有間斷。冰涼的海水慢慢由我的膝，上昇到腰間，最後浸沒了我的胸頸，教我只能仰頭，看著圓月，勉強呼吸。到了最後，海水終蓋住我整個人。天神沒有出現，但卻有一個魔鬼，把我救起。」「饞」看著波伏的海水，說道：「那魔鬼，就是薩麥爾。」

「當我一睜開眼，看到眼前出現這如斯俊美的男子，還以為天神果真下凡，打救無助的我。可是薩麥爾一眼便看穿我的心思，冷淡的道：『我不是天神，我只是一名魔鬼』。原來薩麥爾那段期間，一直居住在特洛伊附近，好吸收我們戰爭所製造的濃厚死亡氣息。至於他為甚麼會出現在海邊，卻是因為那一天的我，發出了無與倫比的絕望與思念，把他引來。」

「薩麥爾把我救起後，便要我把事情的來龍去脈都告訴了他。他聽罷，便說：『我有一個方法，也許能幫你解決困擾了九年的難題。』，接著，他便從懷中，取出一顆眼球。」「饞」說到這兒，指了指左眼的紅瞳，道：「那眼球，就是這顆『容物之瞳』。」

「他說，我只要換了那顆眼球，便能得到異能，他又稍微解釋了『容物之瞳』的能力。如此荒謬之事，我實在聞所未聞。但不知何故，當我看著那雙深海般的蔚藍眼睛，我便知道他絕沒騙我。」「饞」笑道，似是想起當時情景，「當我聽到『容物之瞳』的能力時，腦袋瞬間便想出好幾個破城之法。只是這些辦法皆有一個前提，就是我得吞下聯盟的士兵，而且為數絕不可少，但那時的我連鮮血也怕，更遑論要活生生的吞下士兵。」

「薩麥爾看出我的難處，便跟我說道：『其實這世間只有一個道理，就是吞食。特洛伊的國王，吃掉斯巴達的皇后和聲譽；你們希臘聯軍，則希望吞下整個特洛伊王國，只是這種吞噬，並非實質、即時察覺得到，但並非不存在。至於你厭惡戰爭、竭力平息紛亂，也是吞吃他人的潛在利益，當然若然你阻止不了，你的人民就會成為那些入侵者腹中物。存活於世，離不開這個道理，只差在你吃人，還是讓人把你吃掉。』」

「我聽著薩麥爾的話，似懂非懂。但說到最後，我也不能立時變得茹毛飲血，把那些戰士吞下。那時，薩麥爾忽然說道：『我有辦法，讓你剋服這難題，但作為代價，你得成為我的手下。』其時我已沒有其他方法，而且即便我不答應，我的妻兒終難活命，所以我沒多想，便答應了他的條件。接著，薩麥爾瞪著我的眼睛，忽然由藍變紅，那一刻我只感到有一股無形壓力壓住我，心跳也幾要停頓。但這情況維持不過一剎，他的雙眼又變回原本的深藍。」

「就在他雙眼回復原狀後，本已滿肚海水的我，竟沒由來的產生一股飢餓感。那時我心生懼意，不知薩麥爾對我的身體幹了甚麼。不過，我自知再沒退路，便硬著頭皮，把『容物之瞳』一併安上。那天日出之前，我及時向墨涅拉俄斯提出破城辦法。」說到這兒，「饞」便笑道：「接下來，就是你們所熟悉的故事了。只是有一點不同，那個木馬並沒有史書描寫的巨大，而且只載了我一個人，不過我的肚內，又載了一整支軍隊而已。後來，特洛伊真的被我們滅了。破城以後，我又在海洋飄泊十年，這才回到家鄉，和妻兒團聚。一直待到妻子老死，我兒接手王國，我從此便拋卻原名，以『饞』為號，跟隨著薩麥爾，一直至今。」

說到這兒，「饞」便不再言語，只是閉上眼睛。

剛才那一席話，說長不長，說短不短，但「饞」卻彷似費了許多精力。

場上的魔鬼，大多稍復元氣，隨時便可再戰。

宮本武藏的手，也漸漸放鬆起來。

不過，他並沒有立時動手，而是問「饞」道：「說了這些，你的目的為何？」

「其實我只是想說，薩麥爾強加給我的『飢餓感』，不知何故，早在一年多前已消失不見。」

「饞」在屍埋中站了起來，笑道：「吞食了那麼多年，我也感到厭倦。現在的我，只能吐，不能吃。」

「那麼，你現在又要吐點奇怪的東西吧？」宮本武藏冷笑一聲，雙手如羽，輕觸雙刀。他有自信，只要「饞」的魔氣一有異樣，大小太刀便可以瞬間插進他的咽喉。

「我的確是要吐點東西，但並沒甚麼奇怪。此刻，我們身在戰場。」「饞」笑道：「我吐出來的，只是一隊戰士。」

「嘿，當日你在梵蒂岡已吐過一遍。重施故技，又有甚麼特別？」

「不，這次有點不同。我要吐的戰士，有一點點歷史。」「饞」笑了笑。

「嗯？是當日希臘聯軍的士兵？」宮本武藏奇道。

「正好相反。」「饞」頓了頓，道：「是那一夜，本應被屠殺乾淨的特洛伊勇士！」

錚！

「饞」身上魔氣湧現，宮本武藏的雙刀如閃雷般神速，直指「饞」的咽喉！鋒利的太刀，如宮本武藏所預想，插中「饞」的喉嚨，但刀鋒才插入半分，忽然有一股異常凶猛的殺氣，自宮本的頭頂出現。

宮本武藏眼光稍仰，竟發現有一隻巨手，自「饞」的口中伸出，正抓向他的頭顱！

宮本武藏知道要是這刀插盡，自己也難躲巨手的抓擊，在這電光火石間，他雙刀由直刺改成上斬，劃破了「饞」的下巴，打算乘勢砍斷巨手。

怎料，那巨手皮膚異硬常，宮本武藏的刀，深深的劃進巨手之中，卻沒能完穿透！

此時，巨手的主人，完全從「饞」的口中，走了出來。

眾人只見甲板之上，憑空多了一個足有兩層樓高的獨眼巨人！

巨人神情凶猛，手執巨棍，一掃，便硬生生的砸死了十多名殲魔戰士！

「這是我在海中飄泊十年時所收服的朋友，算是小小前菜吧。」「饞」笑道：「接下來，就是正餐了！」

只見「饞」魔瞳紅光大作，一張口張得老大，神色痛苦，不斷吐出一個又一個，穿著現代戰鬥服的士兵。

這些士兵，雖然裝備不古，但身上卻散發一種，異常濃郁的殺氣。

他們雙眼，戰意奇高，兇悍得像要把現場的人都要吃掉一般。

在場一些年紀不輕的魔鬼都知道，那是一種從小受盡戰爭煎熬，飽歷古代沙場的血與劍，才能養成的殺意！

「攻！」蘭斯洛特知道情況有變，連忙發出指令！

雙方瞬間陷入混戰，但那些特洛伊戰士，勇猛異常，而且對冷熱兵器的運用，絲毫不比殲魔戰士差！

「饞」的魔瞳，赤光不斷，所吐的士兵也源源不絕。

戰艦上原本均等的形勢，終於因為「饞」的奇兵，開始向一方傾倒。

當年「饞」暗藏木馬內，被誤以為得到勝利的特洛伊士兵搬進城內，一直等到整個城中人人都慶祝得爛醉如泥後，這才現身。

「饞」並沒有立時把希臘士兵放出來，反而孤身來到特洛伊國王的寢室，找上仍有數分清醒的國王普里阿摩斯。

他向普里阿摩斯說明，希臘聯軍已得到天神之助，無論如何，今夜之後便會把特洛伊城攻破，破城後勢必屠城。

至於「饞」此番到來，便是想普里阿摩斯把幼童婦女，以及特洛伊最精銳的士兵集合起來，然後讓他吞下，因為「饞」雖變得食慾無窮，但他始終不喜戰爭，更不願見到特洛伊人純粹因為希臘聯軍窺覬他們的資源而賠掉性命。

普里阿摩斯本來還在質疑「饞」的話，但當他看到「饞」把整座木馬吞下又吐出後，便不得不相信。

當然，「饞」並沒有把士兵藏在他肚中一事告知普里阿摩斯。

堅守十年，其實特洛伊也消耗甚多，城中人民終日活於惶恐之中，早快要挨不下去，若再死守，終究也非長久之法；要是開城對攻，特洛伊更得賠上許多性命。

普里阿摩斯是一位仁慈君王，他知道唯一可行之道，就是如「饞」所言，讓特洛伊的血脈，流傳下去。

「我以我家族的名義發誓，戰爭過後，我會接收所有特洛伊的人民，視他們如我國的子民，讓其安居樂業。」「饞」誠懇的向普里阿摩斯說道。「我也答應你，當我安頓一切，便會親手，滅掉今天所有掠食過特洛伊的國王。」

「饞」根據薩麥爾的教導，想與普里阿摩斯立下血契。

普里阿摩斯知道眼前的男人，和他一般，心存仁念，不會也不必欺騙他。

最終，普里阿摩斯只與之折劍為誓，便把人民統統喚醒，然後陳明因由。

他們雖皆愕然震驚，但知道國王之言絕不會錯，最後城中大多數年幼、婦女及精兵，都願意給「饞」吞在肚中。

只於餘下的，為了不讓希臘聯軍起疑，必須留下。

這些特洛伊人，最終成為希臘聯軍的刀下亡魂，而特洛伊便自那夜起，在歷史不在存在。

歷時十年的特洛伊戰爭，終究結束。

「饞」後來確有遵守當初約誓，讓特洛伊的遺民統統生活在自己的島國之中。

他又花了好一些時間，把當初主動參與聯軍的國王，統統殺死。

不過，「饞」用的不是刀，而是他的口。

吞食那些君王時，他沒有打開「容物之瞳」。

那些充滿侵略罪行的血與肉，活生生被他吃進胃中，然後消化掉。

當他吞下所有君主，「饞」竟對吃人肉有點上癮，自此以後，他偶爾還是會在作戰時，「意外」吃掉一點對方的皮肉。

至於那些特洛伊的戰士，為了報答「饞」對特洛伊的恩，紛紛向他效忠，因而成了「饞」獨有的影子軍隊。

「饞」通常都會讓他們留在「容物之瞳」的空間之中，但每隔一些時候，「饞」會讓他們出來活動，舒展筋骨，接觸新的事物與兵器，並作訓練。

這支源於古代、戰於現在的士兵，被「饞」養在肚中不止千年，正好在此際，大派用場！

縱然對於現代戰爭的作戰經驗不足，但一個古代城邦數量的戰士，加上孕育於古代殺戮沙場的戰意，足以令戰艦的屍首，徒增數倍！

此刻十數支戰艦上的場面，比先前更加混亂，血已把甲板染紅，海上也滿是浮屍。

宮本武藏此時已擊殺了那獨眼巨人，他想阻止不斷吐人的「饞」，卻被「慾」死命擋住。

湖上騎士蘭斯洛特也沒閒著，手中長劍揮刺不絕，誅殺了一個又一個的魔鬼。

但遊走在刀光劍影之際，蘭斯格特卻忽然向手背的戰甲，說了一句：「是時候上岸進攻了。」

戰甲色澤啞黑，看起來平平無奇。

但若然細心一看，其實戰甲之時，印有一個黑色耳印。

正當汪洋之上，殺聲震天，火光猛烈得欲刺破厚雲之時，撒旦教的青木原基地，卻是一片死寂。自兩年前的異火燒過後，青木原的草木並沒重生，一片焦黑，成了連天雨也洗不掉的烙印。在樹海正中，那個本是基地出入口的大洞附近，仍有一支殺神小組駐守其中。這支戰士乃是撒旦教其中一支能力最差的部隊，他們駐守在此，其實只是當一個象徵性的守衛。因為他們所「守護」的，可能是世上最不需被保護的人。

樹海本已成了凡人禁地，但此時卻有二人，剛好踏進焦土，正一前一後，朝樹海正中的大洞走去。

那走在前頭的一人，身材健碩，穿著黑色僧袍，唯滿臉殺氣，竟是殲魔協會會長，塞伯拉斯！塞伯拉斯此刻神情憤慨，卻舉步為艱，只能緩緩前進；但見塞伯拉斯四肢被銀鏈鎖住，周身要穴插著銀針，移動困難，他的頸椎又被人，以一根銅棍牢牢抵住。

卻見那銅棍棍身，滿是大小不一的洞，竟是神器【靈簫】；至於三頭犬身後的握簫者，一身白色長袍，渾身皆是毛髮，卻是美猴王孫悟空！

第八十四章——三君聚首

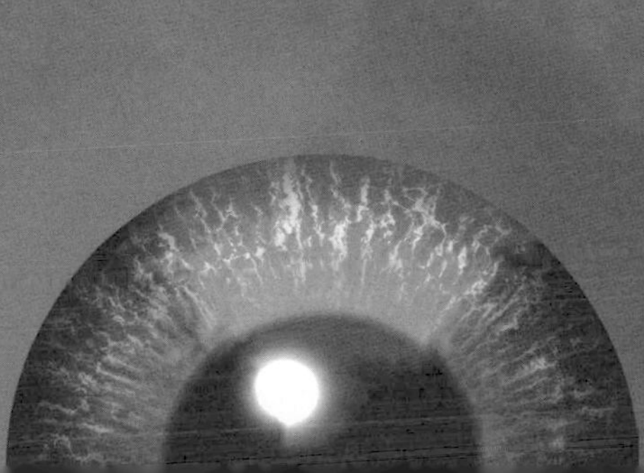

第八十四章 三君聚首

艾歷斯獨自駐守在青木原樹森的大洞前，已經快一整個日夜。

他低頭看看手錶。還有半個小時，艾歷斯便可以下班，到樹森邊沿的營地休息。

縱然在營地裡，也只是有不足十人的同伴，但至少比在這兒好。

「唉，在這兒真是度日如年。」艾歷斯心中暗嘆，回頭看了看背後的大洞。

大洞深不見底，但艾歷斯知道前教主薩麥爾此刻正洞底。

雖然此刻是戰爭時期，殲魔協會更已殺到了日本附近海域，但位於內陸中心地帶的青木原還是安靜如常。

艾歷斯其實很想到離開日本，投身戰場，只是數年前一次執勤時，艾歷斯意外踏中地雷，令自己的左腳被炸斷。

只剩一條腿的他，縱然換上了機械義肢，但亦難以在前線作戰。

炮聲聽不到，槍火看不見，駐守了兩年，艾歷斯看到的就只有一遍焦黑。

滿腔捨身為教的熱血，也只能留守在死寂的森林裡。

唯一令艾歷斯稍感安慰的，是一套叫作《獵手》的日本漫畫。

這套漫畫由一位叫富耕所繪，早在十多年前已經開始連載，而且盛極一時，艾歷斯還未加入撒旦教，已是這漫畫的支持者。

無奈那漫畫家一直長期拖稿休刊，因此連載經年，推進甚緩，艾歷斯一度曾想放棄。

但出奇的是，自從兩年前大戰展開以後，《獵手》竟然重新開始連載，而且兩年之間竟從不休刊，每星期更新一次。

雖是戰爭時期，但日本內部聯網仍能運作，國內資訊仍能流通，因此艾歷斯仍能每星期看到新的一回。

艾歷斯算算日子，今天應該也有新的一回《獵手》，想到這兒，他也更希望時間快一點過去。

正當艾歷斯暗自猜想新一回的漫畫劇情時，他聽到不遠處傳來一陣腳步聲。

艾歷斯雖斷一腳，但殘而不廢，瞬間已進入作戰狀態，舉槍伺候。

在稀罕的焦樹幹之間，艾歷斯只見有兩個人在緩緩走近。

艾歷斯看不清那走在後頭的人是誰，卻從隱約看見走在前方那個彪形大漢，竟是殲魔協會會長塞伯拉斯！

「站住！」艾歷斯舉槍喝道。突然看到敵陣首腦出現在此，他只感驚訝無比。

艾歷斯連喝數聲，塞伯拉斯卻始終沒停下步伐。

艾歷斯向對講機發出警戒訊號，通知其他人進入緊急狀態後，便再跟塞伯拉斯猛喝：「再踏前一步，我就開槍！」

塞伯拉斯聞言，只是冷笑一聲，沒有說話，又走前一步。

艾歷斯咬一咬牙，對進塞伯拉斯就是一槍！

砰！

槍聲響起，子彈呼嘯直飛，穿過樹幹，射向塞伯拉斯的頭！

艾歷斯見到塞伯拉斯的頭中槍後仰。

但腳，仍然繼續踏前！

塞伯拉斯此時重新抬頭，艾歷斯卻驚見對方正張口，咬住剛才那顆子彈！

艾歷斯心下一驚，連忙想要扣下機板。

可是，他的指頭卻動不了半分。

因為塞伯拉斯在千鈞一發間，把子彈「吐」向艾歷斯，挾勁的銀彈，直接射穿了艾歷斯的咽喉。

艾歷斯無力倒地，土地的焦燒味，很快便被自己的鮮血腥氣掩過。

躺在血泊之中，艾歷斯沒有想起家人朋友，沒有想甚麼榮耀，沒有想起過往經歷、人生的甜酸苦辣。

他只是想起那本尚未完結的漫畫《獵手》。

「真想看一看最新一回才死啊……」艾歷斯心中想道。

此時，塞伯拉斯和孫悟空已走到艾歷斯的身旁。

塞伯拉斯正眼也沒看那具死屍，倒是孫悟空看了看死不瞑目的艾歷斯說道：「小子，你還遠沒有資格，向這傢伙攻擊。」

早已氣絕的艾歷斯自然沒有聽到。

要是他看到塞伯拉斯手上的銀鏈，看到他身後的孫悟空，也許他還能看到新一回的《獵手》。

「有必要下重手嗎？」孫悟空向塞伯拉斯問道。

「這問題，」塞伯拉斯沉哼一聲，道：「有必要問嗎？」

孫悟空聽到塞伯拉斯的冷言冷語，不怒只笑。

畢竟，此刻被銀鏈所縛的人是對方。

二人走到洞邊，此時天早已黑，大洞深邃無光，較人難以看清。

但對兩名魔鬼來說，自然不同。

二人凝聚目力，便隱約看到有一小團金光自數十米深的洞底閃動。

他們皆知，那撮金光，是薩麥爾的髮。

「下去吧。」孫悟空說罷，便推了塞伯拉斯一把。

三頭犬手腳軟弱乏力，一推之下，整個人便失去平衡，往大洞掉下去。

孫悟空也翻身下躍，手中【靈簫】始終抵住塞伯拉斯的頸椎位置。

下墜半晌，孫悟空首先著地，塞伯拉斯則只能勉強以四肢撐地蹲住，不讓自己整個仆倒地上。

就在這時，天上烏雲漸消，露出圓月，稍稍照亮了洞中的情形。

二人此刻所處之地，正是先前畢永諾與龐拿決鬥的實驗室。

實驗室原本擺滿各式各樣的儀器，但眼下只剩下一些被燒得扭曲變形的鐵器，在淡薄的銀光映照底下，倍覺冷寂。

由於被異火嚴重焚燬，基地裡一些重要物資已被運走，而原本用以裝載瑪利亞的【約櫃】，由於作用不再，則仍然打開，擱在原處。

撒旦教早把指揮中心移師到東京另一個地下基地。

除了地面為數不多的殺神戰士，這個已廢棄的撒旦教總部，只剩下兩物。

一是仍佇立在崩裂玻璃管中的撒旦屍首，二是坐在屍首面前的前撒旦教主，薩麥爾。

玻璃管抵擋了一些爆炸時的熱浪，加上撒旦獸化後的黑膚堅硬，因此那具屍首，還算原整無缺。站在那破裂的管子裡，雖已逝去二千年，那曾經叱吒魔界的霸者，樣子猙獰凶狠，仍然散發著一股令任何生物也感心寒的壓迫感。

反觀魔君面前的薩麥爾，此刻正閉目盤室靜坐。

那俊美的臉龐，無悲無喜；身上氣息恬靜若虛，如湖水平伏，即便是孫悟空和塞伯拉斯，也幾乎感覺不到薩麥爾的存在。

默坐兩年，不論日照月映、風吹雨打，薩麥爾依然絲毫沒動半分，他身上白衣，早已破爛，幾近脫落，但見衣服底下的的肌膚，卻比雪還要冷白。

這對宿敵，一立一坐，一黑一白，一死一生，但氣勢又偏偏一猛一靜。

在陰沉的地洞裡，銀光的灑照下，兩魔相對無言，當中卻又包含了無盡恩仇，彷彿是一幅歷史繪塗了千年的畫。

孫悟空和塞伯拉斯看在眼內，心中皆有一種難以形容的複雜感覺，因為二人對他們來說，皆影響深遠。

縱然心底隱隱有種不想打破這景象的想法，但沉默好一陣子後，孫悟空還是提著塞伯拉斯走到薩麥爾身旁，道：「這傢伙，我終於擒下了。」

孫悟空故意用力擲下塞伯拉斯，使其跪向薩麥爾。

不過，二人下來後，薩麥爾由始至終卻沒有回頭，甚至連眼也不曾睜開半分，此時聽到孫悟空的話，依舊毫無反應。

自從兩年前梵蒂岡一戰後，孫悟空便不曾回過日本，但他從其他人口中得知，薩麥爾這兩年來皆不言不動，因此並沒有感到奇怪。

「你可別怪我兩年沒來找你。」孫悟空看著薩麥爾的背影說道：「為了這三頭犬，今天可是我兩年來，頭一趟變回這個面貌。」

兩年之前，孫悟空引爆體內炸彈，打算和塞伯拉斯來一個玉石俱焚，可是爆炸沒有殺死三頭犬，而孫悟空雖發動了「金蟬之瞳」的能力，得以保住性命，功力卻被削減七分之一；後來又被畢永諾追擊，令他再次自絕，更讓【靈簫】落入殲魔協會手中。

連續兩次失去使用「金蟬之瞳」，孫悟空的功力一下子耗掉甚多。

他自知自己的修行，難以和塞伯拉斯正面交鋒，而自身功力亦不可能在一時三刻復原。

孫悟空知道，唯有以奇謀偏鋒，才能有機會取下塞伯拉斯的命。

戰爭時期，再嚴密的組織也會有一定混亂，而且死傷不時出現，孫悟空本是打算，以「色相之瞳」，不斷轉換身份，混入殲魔協會中，一步一步接近塞伯拉斯再行刺。

因此，在梵蒂岡一役後，孫悟空便找上「七罪」的「慵」。

「慵」的「羈絆之瞳」，能夠看出人與人之間的關連性，主要功能有二。

第一種功能，用於「尋找」目標。

這個世界雖然龐大，但幾乎沒有一個人是完全與其他生物隔離，獨自生存；甚至有一個叫作「六度分隔理論」的說法，認為上任何一個人，要認識另一個素不相識的人，當中只需要透過六個人便何聯繫得上。

「羈絆之瞳」的功能便是類似原理。

若然「慵」擁有目標的血液，她只需將血沾在任何一個人身上，然後「羈絆之瞳」便可看到那人身上，有一條紅線向外延伸。

那紅線其實連著另一個人，那人未必就是目標，但當「慵」沿紅線尋上此人，這人又會產生一條紅線，連向第三者。

如此一步一步追尋下去，紅線最終便會連上「慵」的目標。

紅線的軌跡，也許很直接，也許很迂迴，但每當撒旦教要尋找目標但又苦無辦法時，「慵」的魔瞳便會大派用場。不過每當鎖定一人，「慵」便得一直追尋到底，才可更換另一目標，因此閒時不會隨便使用。

孫悟空本來就是打算借助「慵」的「羈絆之瞳」，尋出一個能接近塞伯拉斯，卻又最出其不意的途徑，好等他能下手。

可是，當他向「慵」提出要求時，「慵」反而提起另一件事。

「羈絆之瞳」的第二個功能，就是當「慵」和一個人眼神有所交流時，「慵」便會看到那人渾身有無數紅線，向外伸延。

每一條紅線盡頭，皆連住一位和那人有關連的人，而每條紅線的顏色粗幼，皆不相同。

越是和對方接近，連住紅線便會越粗；越是和對方關係深密，紅線的朱赤，便會越濃。

「慵」跟孫悟空說，當日梵蒂岡之戰，她曾以「羈絆之瞳」和塞伯拉斯對視，看到塞伯拉斯身上有無數的紅線，猶如刺蝟，但獨有一條，分外艷紅奪目，又幼細如絲。

那便代表，有一個對塞伯拉斯極其重要的人，卻和他相距甚遠。

孫悟空聞言大奇，留上了神，便化了一個身份，和「慵」上了戰場前線。

不久以後，中歐發生一場大戰，塞伯拉斯也在殲魔軍中。

就在兩軍交鋒之時，「慵」便乘機再以「羈絆之瞳」和塞伯拉斯的目光接上。

「羈絆紅線」再次顯然，這次「慵」留意到，那條血紅絲線，一直往俄羅斯的方向伸展開去。

「慵」和孫悟空沒有繼續留在戰場，反而一直沿住紅線尋去。

二人橫跨歐洲，來到俄羅斯，卻發現紅線仍沒斷續，竟一直伸至北極區！

他們越追越感好奇，但同時也明白這條紅線的另一頭，定必繫著一個不簡單的人物。

終於，孫悟空和「慵」來到北極。

冰天雪地之中，紅線在「慵」的視線裡，格外鮮明。

如絲的赤線，並不是連住甚麼居住在冰天雪地的人，而是伸延到厚雪之下。

那時候，孫悟空和「慵」似乎有點頭緒。

他們沒有從雪地表面挖掘，而是像盜墓般，自老遠的地方，挖一條地道去目的地。

最後，他們發現了一個寒冰棺材。

棺材裡，埋葬了一名女子。

那女人赤裸的躺在冰棺之中，神態安祥。

她樣貌平平，但擁有一副令人感到平和的淡淡微笑，而且有一頭足以覆蓋整個身體的長髮。

孫悟空見多識廣，卻不知這女子的身份。

不過，他可以肯定的是，塞伯拉斯把她放在這偏僻極寒之地，是希望好好保存屍首，且不被他人騷擾。

這女人對塞伯拉斯一定很重要。

孫悟空知道，塞伯拉斯總會回來探望她。

「也許在大戰期間，也許在戰爭結束後，但我相信塞伯拉斯總有一天會來。所以我便利用『色相之瞳』，變成那女人的模樣，然後躺在冰棺之中。」孫悟空笑道：「我赤裸躺在那寒天雪地整整兩年，一動也不動，連魔瞳也不能打開，日子極是難過。不過這兩年暗無天日的等待，也是值得的。」

說著，孫悟空用【靈簫】戳了戳塞伯拉斯的後頸，才續道：「就在不久前，塞伯拉斯果真來了北極，探望這女子。我伏冰兩年，便是等待這個機會。塞伯拉斯千算萬算，也算不出棺中人早已被掉包，就在他悲傷哀悼之時，我忽然出手襲擊，終把他制伏。」

說到這兒，塞伯拉斯忍不住沉聲怒吼，道：「臭猴子！這次是老納大意，但若老納今日不死，老納定會把你煎皮拆骨！」

「很可惜，你不會有明天。」孫悟空冷笑一聲，用腳踏住塞伯拉斯的背，重重把他壓在地上，「我帶你來，只是看看是誰先動手。」

塞伯拉斯手腳皆被銀條貫穿，難以發力，被孫悟空壓得幾乎整個人跪伏地上。

孫悟空道出整件事的來龍去脈，但薩麥爾由始至終，仍是坐在原地，紋風不動，似乎對身後的塞伯拉斯，毫無興趣。

「除了這隻三頭犬，我還從他身上得到另一個消息。數天之前，殲魔協會的人，曾經和一名魔鬼在香港開戰，」孫悟空觀察薩麥爾的反應，「根據他們的魔氣紀錄，那個單獨把整支殲魔師隊伍殺掉的人，就是龐拿。」

聽到「龐拿」二字，薩麥爾兩年以來，首次睜開眼睛。

「那支殲魔師本是追殺我們在香港的遺軍，怎料碰巧遇上龐拿。他們被殺後，龐拿的蹤跡卻又再次消失。」孫悟空說道：「我已經派人去香港，收集戰鬥現場的血液。若果找到屬於龐拿的血，我們便可以『羈絆之瞳』，找到他的下落。」

先前龐拿失蹤，撒旦教早有打算利用「慵」的魔瞳異能去尋其下落。

原本青木原基地裡，不乏龐拿的血液樣本，但兩年前的大爆炸，卻把所有線索統統燒燬，所以才令他們一籌莫展。

薩麥爾睜著如耀藍的眼睛，一直等到孫悟空把話說完，才以極其平淡、冷漠的聲線，說一個「好」字。

接著，他又闔上了雙眼。

聽到薩麥爾有所回應，孫悟空便知道，先前他所說的，其實薩麥爾都有聽進耳中。只是相比龐拿，他似乎對塞伯拉斯完全不感興趣。

孫悟空見狀，又用力壓了壓腳下的塞伯拉斯，向薩麥爾問道：「那麼，這傢伙，你打算怎麼處置？」

薩麥爾依舊閉目，沒有回頭，只輕聲說道：「血，別濺到我。」

孫悟空聞言，頓時明白薩麥爾的意思。

此時，孫悟空臉色突然陰沉起來，然後把塞伯拉斯的掉轉，二人便和薩麥爾背對著背。

他雙手握著【靈簫】，橫舉身後，殺氣騰騰的金睛，緊緊瞪視塞伯拉斯的後頸。

孫悟空整個架式，活脫就是一個劊子手。

縱然【靈簫】無鋒無刃，但以七君的手力，足以用鈍棍，把任何人的頭顱砍下。

「有否遺言？」孫悟空看著伏在地上的塞伯拉斯，冷冷問道。

「臭猴，老納只想知道，究竟是甚麼原因，讓你對老納如此恨之入骨？」塞伯拉斯沉聲問，語氣不淡。面對生死，他始終沒有一絲懼意。

孫悟空聞言，忽然整個人沉默起來，眼神漸漸複雜起來。

過了半晌，他才說道：「玄奘。」

「唐三藏？」塞伯拉斯聞言大奇，問道：「我和他有過甚麼交節？」

「你既記不起，我也無謂多說。」孫悟空冷笑一聲，道：「你只需要在地獄裡，牢牢記住，這一棍，就是因為他才揮下！你的命，就是你千年以前所種的因而了結！」

孫悟空說罷，大喝一聲，手中【靈簫】，猛地朝塞伯拉斯的項頸砍去！

塞伯拉斯俯首閉目，似是束手待斃。

可是，就在【靈簫】快要擊中塞伯拉斯的脖子時，他忽然整個人縮了一截，讓神器恰恰在他頭皮上劃過！

孫悟空一棍落空，這一揮卻沒停下來，此時他手中【靈簫】，猛地暴長，力道不減，竟劃了個半圓，迴身向薩麥爾的臉頰轟去！

孫悟空這一擊出其不意，既快且狠，銅棍帶著殺意，瞬間便已轟中薩麥爾的頭！

眼看【靈簫】砸中了薩麥爾，孫悟空心中一喜，但他旋即錯愕，因為本應被擊得腦漿四濺的頭顱，竟慢慢虛化，然後薩麥爾整個人竟完全消失！

「為甚麼？」

就在孫悟空萬分不解之際，薩麥爾冰冷的聲音在前頭響起。

孫悟空抬頭一看，只見薩麥爾，正安然站在撒旦的玻璃管之上，任由月光灑照。

薩麥爾的衣服因移動而脫落，但他一把金髮，長過半身，宛如一襲金黃披風，蓋掩了他雪白的身軀。

看著薩麥爾安然無恙，孫悟空便知道剛才擊中的，只是薩麥爾高速移動所產生的殘影。

不過，孫悟空注意到薩麥爾的右耳，正淌著一點鮮血。

剛才那一擊，還是稍微傷到了薩麥爾。

「為甚麼？」薩麥爾疑惑的看著孫悟空，再問一次。

孫悟空沒有回答，提著【靈簫】，一臉殺氣，又向薩麥爾衝殺過去！

薩麥爾沒有急於閃避，因為他很清楚孫悟空的力量與速度，要躲開他的攻擊，不需要花太多氣力與時間。

在這空檔，薩麥爾只是在疑惑孫悟空為何會突然倒戈。

縱然孫悟空加入撒旦教有一大半原因是基於畏懼薩麥爾，但薩麥爾自問二千年來，對他不薄；而孫悟空的仇人也只有塞伯拉斯一個，絕對沒有幫助他的理由。

就在思索之際，孫悟空已然飛身到薩麥爾身前不遠處。

【靈簫】快要擊中他的面目，薩麥爾這才稍稍挪開身體。

眼看這一擊便要落空，孫悟空突然打開左眼魔瞳，渾身魔氣大作，【靈簫】揮動的速度，猛然暴增！

薩麥爾始終不慌不忙，因為他早已把孫悟空利魔氣加持的速度也一併算上。

不過，當薩麥爾也打開了左眼「釋魂之瞳」，加速迴避時，他察覺到孫悟空的棍擊，有些異常。

這一擊的速度，比薩麥爾所預計要快得多。

而孫悟空的身體，也散發出比平時要多、要精純的魔氣。

薩麥爾更注意到，孫悟空的右眼也一併打開。

他知道孫悟空除了「色相之瞳」，還有一顆「金蟬之瞳」，所以他早把這一變化計算在孫悟空的攻擊速度，但此刻【靈簫】揮動，其勢頭竟遠超於孫悟空雙瞳齊開應有的速度！

此時，薩麥爾發覺到，孫悟空的頭頂也散發著魔瞳獨有的紅光。

薩麥爾同時察覺，孫悟空身上所散發的魔氣，與往常完全不同。

電光火石間，薩麥爾突地醒起，他身上散發的魔氣，屬於何人。

那股霸道無匹的魔氣，理應源自此刻跪在地上的人！

「你是……塞伯拉斯！」

薩麥爾本如冰霜冷漠的臉龐，罕有的現出震驚之色！

「孫悟空」依舊沒有回答薩麥爾的話。

但他臉上滿有深意的笑容，已說明一切。

轟！

薩麥爾錯愕之餘，不失方寸，在千鈞一髮之際，他把「縛靈之瞳」也一併睜開，使自身速度在瞬間再次提升。

可是，「孫悟空」那一擊實在太過出乎他的預算，薩麥爾縱然全力閃避，但左臂還是給神器掃中。

【靈簫】含著極大勁力，雖不是完全受力，但這一擊還是把薩麥爾整個人，擊飛開去，整條左手，臂骨盡碎！

薩麥爾一直退飛出十多米，把棍擊的力道都卸走，這才重新站定。

他提升魔氣，迅速回復左手傷勢，已變得鮮紅的雙目，滿是怒意，瞪著遠處待攻的「孫悟空」。

還是毛人模樣的「孫悟空」，斜提伸長成棍的【靈簫】，佇立原地。

沒了先前的靈動活躍之感，此刻的美猴王，穩若泰山，猶如一頭蓄勢待發的凶獸。

「你猜中了。」

「孫悟空」與薩麥爾遙遙相對，冷笑說道。

這時，「孫悟突」忽然沉喝一聲，魔氣盡散。只見他渾身輕顫，整個身軀急速變大，由矮小個子，變成如熊般彪猛。

他又按著頸側，說了一句：「把皮脫掉」。

接著，薩麥爾一個眨眼，便看毛茸茸的齊天大聖，倏地變成光頭長鬚的怒目僧人。

怒僧臉上不帶慈悲，殺意騰騰，正是殲魔協會會長，塞伯拉斯！

此刻手執銅棍，一臉怒容的，正是三頭犬塞伯拉斯；跪在地上，手腳被銀鍊所束的人，其實才是孫悟空。

塞伯拉斯先前裝作孫悟空，對薩麥爾所說的一番話，有大半是事實。

為了取下塞伯拉斯的命，孫悟空的確藉助「慵」幫助，找上那雪中女屍，又在北極伏冰整整兩年。

不過，孫悟空雖然出其不意的偷襲塞伯拉斯，但心細如塵的三頭犬，卻在打開冰棺的一瞬間，察覺到有一絲異樣，恰恰躲過了孫悟空處心積累的殺著！

一擊不中，孫悟空反而被塞伯拉斯所擒。

孫悟空自知唯一可以殺死仇人的機會已逝，便想再次自爆，務求盡量炸傷塞伯拉斯。

但就在此時，塞伯拉斯卻以一句說話，阻止他的行動。

「老納可以把命給你，你只消答應老納一個條件。」塞伯拉斯一臉認真的看著孫悟空，「讓老納裝作你的模樣，接近並刺殺薩麥爾。事成，老納立時自絕；事敗，十二羽翼自會替你下手。」

其時，三頭犬粗大的手，正捏住孫悟空的咽喉。

塞伯拉斯卻沒有將之抓碎。

孫悟空最終接受了塞伯拉斯的條件，與之立下血契。

因為他知道，薩麥爾的破壞力，遠遠比自爆要恐怖萬倍。

離開北極後，塞伯拉斯帶著孫悟空，找上蘭斯洛特。

塞伯拉斯先以蘭斯洛特的「畫皮之瞳」，將孫悟空的外表套在自身，然後以大量魔力，強行壓縮身體肌肉，讓自己的體型和孫悟空相若。

接著，他便和孫悟空，對視整整六天，使孫悟空的「色相之瞳」，複製自己的外表。

塞伯拉斯沒有打算讓孫悟空幫忙刺殺薩麥爾，而且為求逼真，他確實以銀支貫穿孫悟空的手腳。

就在兩軍在海上開戰時，偽裝成孫悟空的塞伯拉斯，便帶著變了相貌的孫悟空，來到青木原。

整個偽裝事件，除了二人，就只有蘭斯洛特知道。

他們更會以「傳音入密」交談，即時讓對方說出自己想說的話。

二人皆是老練魔鬼，雖是仇敵，反而相互配合得天衣無縫，連薩麥爾也被他倆騙過。

不過，那意料之外的一棍，還是給十二羽翼，有驚無險的閃避開去。

「真可惜你是薩麥爾，換了是他人，這一棍早把他們攔腰砍開。」塞伯拉斯冷冷的道。

「正因我是我，才要你三頭犬，費盡心神，只求一擊。」薩麥爾淡然說道，話中自有一股傲氣，「可是你我之間的實力差距，豈是如此容易拉近？」

塞伯拉斯聞言一怒，提棍便向薩麥爾衝去，展開一陣如暴風狂雨的急攻！

雖然此刻他手中所持兵器，並非慣用的八十一節鞭棒，但塞伯拉斯既是七君，實力非凡，任何武器皆能使出無窮殺著。

他身軀如山，身手卻異常靈巧敏捷，一下子便已躍到薩麥爾的面前，齊眉長的【靈簫】，舞出一遍危險的銅影棍花，卻是三頭犬以高速向薩麥爾刺去。

不過，任何速度，在薩麥爾眼中，也談不上是「速度」。

先前的突襲，令薩麥爾算是稍微暖了身子，面對這一遍棍花，他樣子如冰，依舊處變不驚。殺意滿佈的棍花，如浪湧至，薩麥爾不閃不避，反而迎頭而上，一絲不掛的身軀，就此衝入棍花之中！

卻見那纖纖白身，在銅棍亂舞之中左穿右插，始終沒被【靈簫】擊中。

極速之下，塞伯拉斯只見薩麥爾的身軀，如鬼魅般半虛半實，那金髮飛揚，閃閃生光，似把神器的銅色也比下去！

塞伯拉斯六瞳盡開，魔氣如火山爆發般自他體內噴湧，使攻擊速度達到他生平極致，但薩麥爾仍然遊刃有餘，盡數閃過，極其量只是被削斷些許金髮！

默坐沉思兩載有餘，薩麥爾身手非但沒有退化，反而有所精進！

塞伯拉斯一直猛烈急攻，但心中卻越感可怕。

他注意得到，隨著時間過去，薩麥爾的身影漸變虛無，而在半空飄散的金髮，也越來越少。

由始可見，薩麥爾的速度，仍在提升！

忽然之間。

「到我了。」

薩麥爾的身形，倏地在銅色棍海中，完全消失。

那冰冷聲音，接著自塞伯拉斯身後，冷然響起！

塞伯拉斯縱有六隻眼睛，能環顧四方八面，但他完全看不見薩麥爾是怎樣從重重棍影中走出來，又繞到他的身後。

三頭犬勉強看到一抹金光，自頭頂閃過。

薩麥爾的語音未落，雪白身軀再次一晃，便如閃電般向塞伯拉斯攻去！

塞伯拉斯以腦後雙眼，看到薩麥爾五指成箕，抓向他的心臟位置！

他此時若要轉身格檔，定必來不及，塞伯拉斯在剎那間情急生智，【靈簫】由橫轉豎，同時以魔氣貫注，使其猛地暴長。

但見【靈簫】一下子伸長十多米，使塞伯拉斯整個人撐到半空，躲過薩麥爾的殺招。

薩麥爾抬頭看著塞伯拉斯，冷冷一笑，接著竟以腳尖輕踏【靈簫】身上的氣孔，整個人就此垂直向上往三頭犬衝去！

塞伯拉斯一直貫注魔氣，使【靈簫】伸展，但地心吸力阻擋不了薩麥爾的身影，二人之間的距離還越來越近。

塞伯拉斯知道要是讓薩麥爾追上，在半空戰鬥對自己極為不利，因此心念一轉，便以唇抵著【靈簫】氣孔，運動魔氣，吹奏起來。

三頭犬肺活量非同尋常，此時神器雖已伸至二十多米高，但他一吐氣，整支【靈簫】頓時鳴響起來。

霎時間，簫聲迴盪整個空間，卻聽到塞伯拉斯所吹奏的音韻，肅殺蒼涼，像是行軍打仗的戰歌。

那沉重的簫聲，一波接著一波，像是有千軍萬馬，在四方八面湧至，復又相互廝殺。

薩麥爾看到塞伯拉斯的舉動，早已運動魔氣，守住心神，但神器畢竟神效無比，

那蒼涼的旋律入耳，薩麥爾立時覺得熱血沸騰，步伐加速，想把塞伯拉斯殺之而後快！

薩麥爾的身法加快，變得大開大闔，但破綻隨之增多，這也是塞伯拉斯吹奏戰曲的原故。

不過，薩麥爾的破綻再多，三頭犬也自知未必有足夠的速度，去攻其弱點。

因此，塞伯拉斯眼看薩麥爾咫尺便至，指法忽轉，再吐氣時，簫聲突然變得悲慟悽愴。

那高孤的韻律，蘊含真切情感，像是在懷念某一個，早已逝去多時的人。

薩麥爾心中早已料到塞伯拉斯定有後著，但想不到他竟會突然吹出這種曲子。

當薩麥爾聽到簫聲之時，心中大感共鳴，勾起他一些前塵往事；心中情緒，亦忽地由激動，轉作悲傷。

剎那間的轉換，由一個極端變成另一極端，使已走到塞伯拉斯面前的薩麥爾，本應出手貫穿對方心臟之際，動作稍微停頓。

這一停頓，正就是塞伯拉斯等待著的機會！

趁薩麥爾動作稍滯，塞伯拉斯立時回捲魔力，使【靈簫】頓縮成長棍高度。

沒了憑藉的薩麥爾，一臉愕然，只得凝騰於空，三頭犬則雙手緊握銅棍，向前急旋。

【靈簫】蓄著迴勁，便直接往薩麥爾頭臉轟去！

霍。

一記刺銳的破空聲響起。

破空之聲，並非砍碎血肉的聲音。

塞伯拉斯雖看著【靈簫】把薩麥爾一分為二，但那記破空之聲卻提醒了他，這一擊並沒有擊中目標。

果不其然，那個「薩麥爾」在【靈簫】斬開後，漸變虛幻。

又一次，極致速度下的殘影。

「下去吧。」

冰冷的聲音在塞伯拉斯的背後響起，薩麥爾不知何時，竟已在三頭犬身後！

塞伯拉斯還沒來得及反應，便感覺到一股巨力壓背，卻是薩麥爾使出千斤墜的功夫。

塞伯拉斯在半空中無從借力，身軀筆直急墜，「碰」的一聲，頓時在地面撞出一個大凹痕！

適才塞伯拉斯以一激一悲，兩曲交接，雖然成功使薩麥爾動作停頓，露出破綻，但在他回收【靈簫】的極短時間，作為七君之首的薩麥爾，心神已迅速回復。

本來，在半空之中，薩麥爾的確無從借力，但在最後關頭，他忽然靈機一觸，以自身長髮，交纏住【靈簫】末端的氣孔中。

因此，當三頭犬轉身揮棍，便同時帶動薩麥爾的身體，令他反過來飛到塞伯拉斯之上，反將其制伏！

二人墮地，使整個空間塵土風揚，待得塵埃落定，只見塞伯拉斯已受制於薩麥爾，而他四肢關肢要害，竟已在下墜途中，被薩麥爾以重手法捏碎！

對戰已然結束，塞伯拉斯落得一個四肢盡截，動彈不得的下場，但由始至終，薩麥爾都不曾被傷分毫。

「三頭犬，這就是你我差距。」薩麥爾跪在塞伯拉斯的胸口，瞪著他，冷冷的道：「就像是天與地，花多少心思精力，都不會有一點接近。」

塞伯拉斯冷笑一聲，想要說話，但薩麥爾在此時卻雙膝用勁，壓斷他的肋骨，使他口裡瞬間滿是鮮血！

「夠了。」薩麥爾淡淡的道：「你的聲音，留待地獄裡再發出吧。」

說著，薩麥爾舉起了他的右手。

修長、雪白的手指，看似柔軟無力，卻對準塞伯拉斯的眉心，散發著比任何武器還要濃烈的殺意。

塞伯拉斯沒有再反抗，事實上他四肢皆傷，動彈不得，又被薩麥爾牢牢壓住，實是不能反抗。

他只是閉上六目，臉掛若有若無的微笑，一副待死的樣子。

薩麥爾見狀，冷笑一聲，正要挖開三頭犬的腦袋時，心裡卻忽然閃過一絲異樣：「不對，三頭犬怎會坐以待斃？」

雖然身處絕對劣勢，但薩麥爾知道，詭計多端的塞伯拉斯，無論如何都可以擠出一點花樣，而且面對仇人，他更加沒可能如此安然，任他宰割。

薩麥爾畢竟是薩麥爾，他直覺事情有異，便立時激發魔氣，把五感盡數提升至極限，觀察四周。

眼，看不到奇象；耳，聽不到怪聲；口鼻皮膚，更察覺不到半點異常。

但當薩麥爾的感覺，敏銳到把四方八面，盡收眼底之際，突然間，他感覺到有一點點怪異。

一點，帶有危險的怪異。

那怪異感覺，不是來自外頭。

而是，來自薩麥爾體內！

電光火石間，薩麥爾思緒飛轉，回想起剛才塞伯拉斯和孫悟空下來後的一切舉動。

他忽然想起，在奇變突發之初，仍是孫悟空模樣的塞伯拉斯，曾想一棍轟擊他的頭顱。

薩麥爾雖然恰恰避過，但那一棍還是輕輕擦到他的耳朵。

耳朵？

霎時間，薩麥爾眼睛一瞪，似是想到甚麼！

塞伯拉斯一直閉目，但卻暗自觀察薩麥爾。當他感覺到薩麥爾的情緒有了變化，忽然睜大眼睛，邊吐著血邊猛聲喝道：「快變大啊！」

塞伯拉斯喝聲未止，只見薩麥爾忽然伸出食中兩指，直挺挺的自眉心，插入自己的腦袋中！

薩麥爾白手一花，在插入腦後瞬間，又立時拔了出來。

一時之間，薩麥爾的額頭開了一個血洞，鮮血混合點點腦漿，流淌在那張俊臉上，狀甚詭異。

只見薩麥爾剛才插進腦袋的兩根血指，此刻正挾著一顆，微如塵埃的黑物。

凡人眼力定看不到，但薩麥爾和塞伯拉斯卻清楚看見，那顆黑物，卻是縮小了的嘯天犬！

塞伯拉斯的暗殺計劃，由始至終，就只有一個目的，就是讓嘯天犬，進入薩麥爾的腦中。

他苦心孤詣，為求出其不意的一棍，並沒奢望過來傷到薩麥爾，因為他知道，再突發的襲擊，薩麥爾也定能反應過來，保住性命。

那意外一棍，只是讓早已以「如意之瞳」縮成微塵大小、藏身【靈簫】之內的嘯天犬，能自薩麥爾的耳朵傷口中，透過血管，潛進他腦袋深處，再自行變大，將其腦袋摧毀。

這著伏兵連孫悟空都不知道，只有共謀的蘭斯洛特才知曉。

適才一番苦鬥，也只是為了拖延時間，讓嘯天犬能盡快游進薩麥爾的腦袋中央。

可惜薩麥爾的直覺，敏銳異常，而且膽大心細，在嘯天犬還未發難，便已自插腦袋，將之揪出來。

「我真的服了你啊三頭犬。」薩麥爾忍不住勾起嘴角，笑道：「這法子也想得出來，只可惜功虧一簣了。」

滿是血污的臉，讓薩麥爾的笑，變得嚇人心寒。

薩麥爾以大量魔氣，貫注兩指，挾住嘯天犬，使其難以變大。

「放開老納！」塞伯拉斯沉聲怒吼，想要擺脫操控，但薩麥爾使勁壓住他，空出來的左手，更以【靈簫】，不斷刺著他身上要害。

雖然剛才薩麥爾以指自插腦袋，但他的手極度靈巧，在伸進腦袋的過程，力道輕柔如羽，也繞過最重要的部分，因此對自身損傷不大。

「我確實是小覷了你。為了我的命，你確實是花光了心血，找到一切的『可能』。」薩麥爾看了看膝下的塞伯拉斯，又看了看指間的嘯天犬，冷笑一聲，「但你卻被復仇心所蒙蔽，看不到那些『不可能』！」

「老納不信甚麼不可能！」塞伯拉斯怒道：「成與敗，一切皆是計算下的結果！這次失敗，只因老納還未算到盡處！」

「哼，真的嗎？」薩麥爾把手遞到塞伯拉斯面前，道：「那麼你有算到，你兒子會在你面前如此死去嗎？」

說罷，薩麥爾把魔氣貫於兩指之間，想要把嘯天犬活生生捏死！

不過，當兩指合攏後，薩麥爾卻感覺到，被他壓破的東西，質感有點奇怪。

不是嘯天犬應有的毛茸茸。

而是一種滑溜溜的感覺。

那種滑溜，像是蛇。

薩麥爾心下一奇，立時攤開兩指，只見指頭中，是一灘黑色的微小蛇鱗！

薩麥爾正感錯愕之際，身下又感異常，本應被他牢牢壓住的塞伯拉斯，突然如洩氣皮囊，整個凹陷。

他低頭一看，只見不知何時，塞伯拉斯竟成了一堆蛇鱗！

薩麥爾環顧四周，只見塞伯拉斯，竟躺在遠處，他身旁則是一臉戒備之色，變回原狀的嘯天犬！

「抱歉，打斷了你。雖然我也不太喜歡這光頭的，但我對他兒子還是有點好感。」

一道男聲，忽然自頭頂洞口響起。

薩麥爾聞聲仰首。

月光映照下，一條人影，自洞邊躍下。

那人輕巧著地，薩麥爾只見是一名身穿黑紅西裝的男子。

男子雙手插著褲袋，神態輕鬆，俊朗的臉龐，滿是自信，但棕色的雙眼，有一種經歷風霜的深邃。

薩麥爾更注意到，男子的左手，此刻暗啞一片，佈滿黑蛇鱗片。

他知道，那是神器【萬蛇】才擁有的效果。

「各位，好久不見了。」

男子邪笑一聲，傲然環顧四周，正是撒旦轉世，畢永諾！

第八十五章——重回人間

第八十五章 重回人間

噗。

我微微張口，吐出一團濁氣。

新鮮的空氣自我嘴巴的微縫中湧入。空氣經過咽喉，進入肺部，又溶化於血，再緩緩流向我身體各處。

那久違了的感覺，驅使我用力盡量把口張開，好等自己能吸入更多的空氣。

如此緩緩喚氣好幾趟，原本僵硬的肢體，漸漸暖和起來。

我開始感覺到胸口的起伏。

我開始感覺到自己的脈搏。

我開始感覺到地板的冰冷。

然後又躺了好久，我嘗試動一下指頭。

手指只能稍微移動。

我知道，我得再躺久一點，讓鮮血在體內再多轉幾個圈。

趁這時間，我得弄清楚眼下狀況。

我的名字是？

畢永諾。

我花了半小時去記起自己的名字。

我在哪兒？

這個問題，我想了好久。

一直到我稍稍撐開眼皮，看到了周遭的情況，我才知道自己身在何處。

四周暗淡無光，是一個頗大的密室。密室空無一物，唯有牆上滿是生動的浮雕。

那些浮雕，活靈活現，也讓我醒起，此刻我正在墮落山裡，撒旦故居下的密室。

至於我為甚麼會在此？

對，是因為我要參透一個秘密。

【天地生死】之秘。

為了這個秘密，我絕息假死，讓靈魂進入【地獄】之中。

在那個無限大的空間裡，我遇到撒旦的靈魂，我經歷過許多人生，我也吸收了不少撒旦的靈魂碎片，最後撒旦更讓自己的靈魂，湧進我體內……

我的思緒翻飛，不斷閃過許多片段。

屬於我自己的，屬於他人的，統統都有。

我不知自我進入【地獄】以後，時間過了多久，我也數不清這段時間，經歷過多少人生。

但我知道，絕不會是一個短時間。

直到此時，我感覺到身體算是回復，便閉上雙眼。

然後，再次打開。

睜眼後，我只覺得四周的事物，雖無燈光映照，卻極其清晰。

對，我已經許久沒使用肉眼看物，這些日子，我的觀察只限於靈魂之中。

我坐直身子，發覺自己的表面，竟鋪了一層薄薄的灰塵。

「我到底『死』了多久啊？」我心裡詫異，一邊把身上塵埃拍掉。

我站起來活動一下筋骨，只覺得手腳雖然操縱自如，但那種感覺，既陌生又熟悉，極之怪異。

也許，那是我太久沒有使用過這副肉體之故。

我隨意走動數步，只覺渾身乏力。

對，我已許久沒有進食，補充能量。

不過，現在的我，已經不需要再有任何補充。

畢竟，我的右眼，是一個充滿著靈魂的容器。

我微一催動，一股陰涼之氣，自【地獄】裡生出，由頭腦開始，迅速傳遍渾身。

陰涼所到之處，皆令我的細胞變得活躍，充滿動力。

轉眼間，我只覺百筋舒暢，身子也彷彿輕盈不少。

我走到密室的正中央，蹲下看著地板上刻著的那一句亞拉姆文：「獨處密室，參悟天地生死，前路自通」。

此刻，我已知道，當【天堂】與【地獄】的靈魂數目一樣時，末日便會來臨；而靈魂進入兩個容器的條件，只在於死前那一「念」。

「正念上天堂，負念下地獄。」我口中喃喃自言。

那一句說話旁邊，又有一個小黑印，看來是離開密室的關鍵。

我仔細觀察一下，發覺其大小形狀，皆像是拇指指頭。

我伸出拇指，輕輕按在其上。

就在我接觸到黑印的那一剎那，我只覺眼前一花，再能看得清楚時，我發覺自己已離開原本的密室，身在別處。

霎時間，我只覺四周燈火通明，凝神一看，我發現自己正身處一個有點歷史的岩洞之中。

岩洞的面積極大，我一時間看不到另一頭的盡處。

在那些深灰色的岩石牆身上，竟安裝各式各樣的電子儀器。

這些實驗電子儀器，有大有小，但全都以鋼材所造，依附岩石而建。儀器設計簡潔，卻看得出十分先進，不比我在殲魔協會和撒旦教見過的的差。先進的人工設備，古老的天然堅石，竟互不排斥，反構成一種頗為特異的風格。

我留意到身後的岩石牆身上，有一個和先前一樣的黑指印。看來兩個指印，是一對把我空間轉移的門。

我又看了看附近，一組巨大的玻透屏幕。數個大小不同的屏幕上，皆有一堆複雜的電腦程式，正在不斷運算。

我觀察了一會兒，卻看不明白當中意思。

「這些數字，代表甚麼？」我突然開聲問道。

雖然我看不懂電腦上的資料，但那些不停轉動的數字，以及屏幕底下的鍵盤，證明了岩洞裡的儀器一直由人操縱，只是在我轉移到這裡以後，才躲起來。

果然在我開口以後，岩洞的一個角落裡，忽然有人自一座電腦後，探頭而出，小心翼翼的遙看著我。

我看得清楚，電腦後是一位少年。

少年的外貌算是俊朗，但他卻有一雙比常人大了些許的招風耳，使他看起來有點奇怪。

少年一直藏身電腦後，神色古怪的看著我，始終不發一言。

他看來不像是懼怕於我，反似是久未遇人，一時不知如何反應。

「我不是硬闖進來，而是透過牆上那個黑指印轉移到此。」我攤了攤手，笑道：「我想，我倆該不是敵人吧？」

那少年沒有回答我的問題，仍是古裡古怪的看著我，好一陣子，才疑惑的反問道：「你……你是撒旦大人的複製體？」

「對，我是成功存活的那一個。」我笑道。

「證據呢？」少年眼神仍然充滿懷疑。

我笑了笑，沒有回話，只是平舉右手。

我的右手看起來平常無異，但我接著輕輕皺眉，把一股魔力滲透其中，右手的皮膚突然變黑，如被濃墨所染，五指的指甲也變得修長尖銳，殺意大增。

「我想，這應該算是證據吧？」我舉著「獸」化了的手，看著少年，輕輕一笑。

原本仍是一臉疑惑的少年，見狀神色一喜，連忙自電腦後跑到我的面前，興奮道：「撒旦大人，真是你！真是你！真是你！真是你！」

確認了我的身份後，少年的態度整個轉變，一開口就連珠炮發的說話。

「還是別叫我撒旦大人了，那是我前世的名字。名字畢竟應只屬於一個人。」我揮揮手，笑道：「我這一世，叫作畢永諾。也別叫我甚麼大人，叫我諾好了。」

少年聞言，頭如搗蒜，語氣又快又急的說道：「諾，我可是等了你，足足二千年！整整二千年啊！」

「辛苦你了。二千年不是一個短時間呢。」我笑了笑，並沒有感到驚訝，「那黑手指印，是你的魔瞳能力吧？」

少年點點頭，說道：「對對對！是『流淌之瞳』的能力，那個能力呢……」

「等等，先別談你的魔瞳。」我打斷他的話，笑道：「我想先知道你的名字。」

「哈，原諒我太興奮！」少年用力拍一拍自己的額頭，這才訕笑道：「我啊，叫伊卡諾斯，請多多指教！」

「伊卡諾斯？」我想了想，道：「就是那個曾經以蠟造雙翼飛翔的希臘人吧？」

在希臘神話中，伊卡諾斯是一名希臘巧手工匠，代達羅斯的兒子。

父子二人為了當時一個島國國王，建造了一個迷宮，用以關押敵人。不過那迷宮建好後，他父子倆進去檢查時，竟把自己也一同困住。

後來為了離開，代達羅斯便以蠟和鳥羽，製造了兩雙飛翼，供二人逃走。

「嗯，那就是我。」少年點頭說道。

「但在希臘神話中，你可是因為飛得太高，蠟翼被太陽的熱力所熔化，然後掉進海中死亡。」我摸了摸下巴說罷，隨即又笑道：「不過，神話畢竟只是故事。」

「這故事嘛，只對一半。那個所謂『蠟翼』，說來神奇，但其實換成現今的角度，只不過是滑翔翼。」伊卡諾斯看著我，說道：「那個迷宮，其實是一個小型的『城』，當中道路不論水陸，皆不停變動，而且四處機關滿伏。我父親後來研發出世上第一架滑翔翼，等到一年風勢最急勁的那天，我們便在被困經年的迷宮最高處，飛離島國。」

「不過，若然只是所謂蠟翼只是滑翔翼，我想你飛得再高，那太陽熱力也不至於熱溶蠟吧？」

我想了想，問道。

「你說得對。」伊卡諾斯神色忽然認真起來，「我們一直在海面飛行，本來打算飛到附近另一個島國。那時我年少貪玩，離開了父親，獨自在藍天之中，打算多飛幾圈才追上他。可是就在我離開父親不久，我突現覺得周遭的溫度有異。那時我自然而然的抬頭看了看太陽，卻赫現發有一團不知自哪來的火焰，向我衝去！」

「火焰？」我聽到這兒，眉頭忍不住微微一皺。

「當我留意到那團火焰時，已立時轉向，無奈火焰的速度太快，那時的滑翔翼又未夠成熟，因此我的人只能恰恰躲過，但身後的翼不幸被擊中，瞬間焚毀。」伊卡諾斯頓了頓，道：「我知道被火焰波及的話，必死無異，無奈下唯有鬆手墮海。那時因為風勢強勁，海面的浪濤也大起大伏，我入水後便迅速被淹，又被水流帶走。我想父親回頭看時，應該只見到那個燒燬急墜中的滑翔翼，所以才會誤以為是我飛得太高，蠟翼被陽光熱溶而墮海。我雖然懂得水性，但那時被怪火突襲，又自高空墮下，在水中只感慌亂，忘了如何游泳。吞了好幾口海水，竟便暈了過去。」

提及這段往事時，伊卡諾斯的樣子顯得猶有如悸。

雖然隔了數千年，但那個極其接近死亡的經驗，似乎還在他的心頭中，揮之不去。

「不過，你還是生存下來。」我笑道，算是提示他不用太抱住那段回憶不放。

「對，這多虧了你。不，我應該說是多虧了你的前世。」伊卡諾斯看著我，笑道：「當我醒來時，我已身處在另一個地方。身邊站了幾個人，而其中一個，就是把我救起的撒旦大人。」

「當我第一眼見到撒旦大人『獸』的模樣，實是嚇了一大跳，還以為自己死了，遇到地獄裡的魔怪。」伊卡諾斯有點尷尬的道：「他似是看通我的心思，立時笑道：『放心，你還未死』。」

「其實你的說法也沒錯，他真是地獄裡的人物。」我倚傍石牆，笑道：「不過，撒旦是剛巧經過，還是有目的而出現？」

「撒旦大人之所以會現身希臘，其實是為了我父親的雙手。」伊卡諾斯說道：「撒旦大人看中了我父親的超凡技藝和學識，想將他羅致旗下。不過，當撒旦大人和他的同伴去到我的家鄉時，我和父親已經去了那個島國克里特島，建立迷宮。」

聽到這兒，我對伊卡諾斯的父親也感興趣，因為能讓地獄之皇親身尋訪，他父親的手藝，絕不簡單。

「撒旦大人輾轉追尋，終於來到克里特島，但那時迷宮已成，我父子倆也被困在裡頭。」伊卡諾斯回想道：「以撒旦大人的能力，要破壞迷宮，找到我們自然不是難事。但他好勝心起，竟不使用任何力量，單純的想憑氣息找到我們，也因此被困在其中。」

「這樣聽起來，你父親的技術可說得上超凡入聖。」我忍不住讚嘆。

「對，父親的手藝、創意和知識，實是天下少有。」伊卡諾斯語帶自豪的道，但旋即又神色黯然，「不過，也是因為他的才能出眾，才令我父子倆永遠分開。」

「為甚麼呢？」我奇道。

「我和父親飛走那天，其實撒旦大人他們也看到我們自天空飛過。他看到我父子倆也破不了迷宮，便更加決意要堂堂正正的走出去。但後來我被怪火突襲，墮海昏迷，在海濤中發出巨大的懼意，這才驚動撒旦大人，讓他連忙跳離迷宮，在海中把我撿回。」伊卡諾斯抬頭憶述，「若然我父親所設下的迷宮，不是如此巧奪天工，撒旦大人便可能在我們還未離開之前，已尋上我們，使我倆不用分離。」

「若果你父親的雙手，不是如此厲害，撒旦也不會對他感興趣吧？」我笑道。

伊卡諾斯聞言，垂頭想了想，才說道：「你說得對。」

「不過，撒旦將你救起後，沒有立時去找你父親嗎？」

「我們有嘗試找他，只是那時的希臘，實在有太多大大小小的國家，我們根本不知父親飛到哪兒，又在哪兒落腳。那個時代，交通落後，通訊緩慢，戰事繁多，我又沒有我爸的技術，弄出滑翔翼在空中飛翔，所以只能一邊打探，一邊把流浪各地，尋找我爸爸下落。」伊卡諾斯嘆道：「我們如此尋了好十多年，後來終於收到消息，得知他原來在西西里島定居，不過消息也說他因為我的死而鬱結成病。我和撒旦大人連忙動身前往西西里島，但最終還是趕不及見他最後一面……」

說到這兒，伊卡諾斯神色再次一黯，低頭不語。

雖然過了這麼多年，但我感覺到伊卡諾斯仍舊很懷念他的父親。

伊卡諾斯對父親的思念，不禁令我想起程若辰，又想起畢睿獻。

二人雖是我的養父，但我和他們的恩恩怨怨，複雜非常，而且我和他們其實相處的時間不長，但偏偏二人死時，我均是親眼目睹，畢睿獻的死，更是我親自下的手。

雖看著兩位父親的生命終結，但我絕不比伊卡諾斯幸福。

也許，身為撒旦轉世，我的宿命我的路，就是讓我難以得到許多常人應有的事情。

縱然，這些常人所經歷的，我都可以在【地獄】裡感受到。不過，那些始終不是我的人生。

眼見伊卡諾斯仍然沉默，我便開口安慰道：「你父親製造了一個連撒旦也破不了的迷宮，又製造了人世間第一對滑翔翼。我想光這兩件事，已令他活在許多人甚至魔鬼的讚嘆之中。」

「對。那時我在父親遺體前，立志要繼承了他的巧手。」伊卡諾斯看著自己的手，說道：「雖然那時我仍然年幼，沒有爸爸技術的千分之一，但畢竟和他生活多年，又協助他建造了那座迷宮，爸的知識，我多少繼承下來。」

「因此，撒旦大人便邀你加入了吧？」我說道，心中卻想，也許伊卡諾斯對父親的孝心，也是撒旦決定把他留下的原因之一。

「對。撒旦大人為了找尋我父親，和我一起東奔西走了這些年頭，對我照顧有加，使我大受感動。而在我父親死後，他也向我說出了一件事。」伊卡諾斯指了指自己的左眼，道：「原來當日我在海中被救回之時，已經奄奄一死，幾要死去，是撒旦大人當機立斷，替我這黃毛小子安上魔瞳，才保住我的性命。」

「他對你父子倆，真是看重。」我嘆道。

「不錯，所以我也甘願替撒旦大人辦事。」伊卡諾斯說罷，看著我笑道：「現在，就變成替你辦事了。」

我聞言一笑，旋即又問：「對了，你們後來有找出那團怪火的來頭嗎？」

「當我得知道撒旦大人的身份後，便已立時向他提起那團怪火。」伊卡諾斯說道。

「撒旦怎麼說？」

「他沒有多想，便說出那怪火的來歷。」伊卡諾斯說著，忽然伸手在身旁的鍵盤按了按。

接著，只見他頭頂一個巨大屏幕，忽然播出一段視頻。

片段是以鳥瞰角度，錄影著一個一望無際的森林。

半晌，忽然有一團金黃色的火焰自天空飛近，接墮著森林正中，溶進地底之內。

當那團金火沒入地底後，又過了好一陣子，那個被金火燒出來的洞口，猛地發生爆炸，一股灼目的火焰自洞內爆出，使森林燃燒起來，也毀了鏡頭。

片段，就此終止。

我認得，那森林是青木原樹海，位置正好是撒旦教總部；而片段當中的事情，我理應親眼目睹，只是其時我進入「獸」的狀態，腦海毫無記憶。

不過，我至少知道，當年襲擊伊卡諾斯的，就是擁有神器【火鳥】的人。

「果然，是【火鳥】的火焰。」我問道：「可是，你為甚麼會被襲擊？」

「這一層，我也和撒旦大人討論過。但那時我不過個乳臭未乾的少年，又未曾接過觸過魔鬼或甚麼特別的人。」伊卡諾斯攤了攤手，道：「想來想去，我們也想不出個結果來。」

我摸著下巴，想了半晌，還是放棄。

畢竟事情已相距太久，那時直接接觸的撒旦也想不出，我還是先把這事情擱下，日後再往【地獄】走時，再看看能不能找到甚麼線索。

「對了，你是怎樣拍攝到這情景的？」我看著伊卡諾斯問道：「那兒是撒旦教的軍事重地，陸空兩路都被重重封鎖，等閒都不可能進入。」

「來，我給你看看。」伊卡諾斯笑了笑。

伊卡諾斯帶著我來到密室另一角。有別於先前滿佈電腦和屏幕，這一角擺放著許多形形式式的儀器和工具，一張張大型的長方鋼桌上，又擺滿了很多外形稀奇、但又彷未完成的機械，似乎是專門研發機器的地方。

此時，伊卡諾斯忽然走到其中一張方桌上，提起了一個啞金色的物體。

我看到那是一個蜂巢，那蜂巢比人頭要大，看起來似是剛從樹上摘下不久，但我細心一看，卻又隱隱覺得那蜂巢，似乎有一點不真實的。

「幾可亂真是吧？這是我父親當年在西西里時，為一座神廟所造的金蜂巢。」伊卡諾斯看著我笑道。

「你父親的手藝，實在非凡。許多再巧手的工匠，雖然能造出如此細緻的物品，但當作卻欠缺一點自然氣息。」我笑道：「可是你父親的手，能替它加上那份天然感，我剛才也幾乎被騙。」

「所以，我到此時，其實還是在追隨他的項背而已。」伊卡諾斯看著手中蜂巢，道：「這座金蜂巢一直在西西里島上那座神廟之中，用以供奉神明。當年我去到西西里島，拜祭亡父以後，便開始收集他生前的作品。畢竟當年我和他失散時，年紀尚淺，父親許多知識我也未學到，便唯有透過研究他的作品，去領悟他的手藝。」

說罷，伊卡諾斯忽然在那個金蜂巢的頂端按了一按，接著，我聽到蜂巢內有些動靜，然後忽然有數十頭蜜蜂自蜂巢中飛出來！

那些蜂品種各異，牠們飄浮在我面前，凝空不動。

我拈來一頭，細心一看，只見那頭蜜蜂，遠看栩栩如生，難分真假，但仔細看來，還是看得出有些部分是金屬所製。

「我父親建了這蜂巢，我便製造這些蜜蜂，算是一種表達對他思念的方法吧。」伊卡諾斯搔搔頭，笑道：「只是，這些小蜂還未能達到幾何亂真的地步。」

「始終巢是死物，蜂是生物，難度相差甚遠，你能造到這個地方，已經很厲害了。」我看了看手中蜜蜂，又問道：「這些就是替你拍下那些片段的『攝影機』嗎？」

「對對對。」伊卡諾斯笑道：「這些蜂都是遙控的小型飛行攝影機。由於體積細小，幾乎能潛入世上所有地方，而且它們內裡設有自主電腦，我沒有操縱時會像正常蜂般飛舞，但同時錄影，然後把資料傳回來。」

說罷，伊卡諾斯拍一拍手，那些蜜蜂突然盡數飛散，在室中徘徊。

我觀察一會兒，只見那些蜜蜂飛行時的形態和軌跡，與真實相差不遠。

「難怪你能拍到那一幕。」我頓了頓，又問道：「你總共放出了多少頭蜜蜂？」

「大概一萬頭吧。」伊卡諾斯抬頭想道：「其實現在的社會之中，已有形無形的裝置了許多鏡頭，我只需要入侵那些電腦系統，就可以找到想要的片段。我之所以要製造這些蜜蜂，目的是要能觀察撒旦教和殲魔協會的研究，以及借用他們的資源。」

「借用資源？」我奇道。

「我畢竟只是一個人，只有一個腦袋，雖然累積了數千年的經驗，但有時候思想不免會有盲點，難以突破。」伊卡諾斯笑道：「至於撒旦教和殲魔協會，因為長期對立，雙方人數又眾，思緒激盪，總會有些新想法，令我大受啟發。再說，他們在研究上，投放的資源不少，那些儀器人材，便能縮短我獨自一人研發的時間。」

「但你如何借用？」

「就是讓他們研究我想研究的東西啊。」伊卡諾斯揮了揮手，空中其中一頭突然降落到他的指頭上，「每當我有一些想研究但又知道需要大量時間心血的研究時，我便會詳細記錄自己產生這想法的過程。每一個念頭都不可能平空生出，定然有一些外間事物，觸發到那些念頭，使我會產生想法。我會從兩教當中找出一些研究員，然後利用這些蜜蜂，去暗地潛移默化，觸發他們去產生那些想法。像是每一晚在他們睡著以後，以這些蜂，替他們催眠。這樣一來，他們便會在自己的研究室中，開始那些研究。」

我聽著伊卡諾斯的解釋，嘖嘖稱奇，只覺他所擁有的技術，遠超我的想像。

不過，雖然他已是數千歲的魔鬼，但顯然只是熱中研究，心機不重，談起這些蜜蜂，雙眼仍充滿赤子的興奮。

「我聽你說來，似乎你要研究的項目很多。」我看著他，問道：「但當初撒旦找你爸爸，最後又找你，想製造的究竟是甚麼？」

「撒旦他滿腦都是稀奇古怪，但又令人驚嘆的想法。他把我找來，就是希望一一實現。不過，其中一樣，他當時想研發出來的技術，就是諾你。」說到這兒，伊卡諾斯指了指我，道：「複製人的技術。」

「複製人？原來孔明就是從你這兒，得到複製技術。」我恍然大悟。師父曾經說過，撒旦教最初是從孔明身上，得到最原始的複製技術。

「嗯，是我讓孔明叔叔交給撒旦教的。當初我並不知道撒旦大人想複製甚麼，一直到他死後，孔明叔叔這才跟我說，其實撒旦大人是故意犧牲自己，讓末日推遲，而複製技術，則是他讓自己重生的方法。」伊卡諾斯說道：「不過，複製一事，幾近逆天，我花了許多年許多心血，才鑽研到些許皮毛。以我單人之力，研究進展始終甚緩，這時孔明叔叔便提議讓撒旦教接手，於是我便把資料都交給他了。」

「最後，便有了我的誕生。」我笑道。

「對！」伊卡諾斯看著我，神情興奮，但旋即又微微失落，「可惜，那時我的機械蜜蜂才成功研發不久，來不及見證你的誕生。」

「我們最終還不是見面了嗎？」我笑了笑。

「不錯。」伊卡諾斯點點頭，但神色黯淡，「若果孔明叔叔能在這兒，和我們一起暢談就好了。」

「你知道他走了？」我問道。

「嗯，孔明叔叔早知自己命運，所以在前往梵唱前，便來和我道別。」伊卡諾斯摸了摸身旁的岩石，語帶懷念，「在撒旦大人離開以後，孔明叔叔就是唯一知道密室和我存在的人。這些年來，也只有他才會進來找我。」

說到這兒，伊卡諾斯忽然頓了頓，臉上愁雲一掃而去，朝我笑道：「但今天，你終於來了。成為第四個踏足此處的人，也令我覺得這些年的研究，沒有浪費。」

「我絕對不會浪費你的心血。一點也不會。」我語氣堅定，復又問道：「對了這密室究竟有多久歷史了？」

「自我決定協助撒旦大人後，便已出現。撒旦大人為我建了這個密室，讓我有足夠的空間去研究和發生任何千奇百怪的事。」伊卡諾斯也環顧密室，「只要我感興趣的知識，他都會派人，千方百計把相關書籍尋來；又或者他知道外頭有甚麼新鮮事物，也會帶來給我。」

「這些年，你一直都只留在密室之中？」我問道。

「當然不是喇。如果一直封閉於此，可是大大局限了我的思想。其實每年我總有些時間，四處遊歷，親身接觸世界。」伊卡諾斯笑道：「我還是和不少凡人，以及他們的後代，成了好友。」

伊卡諾斯口若懸河，拉住我不斷說許多他在外頭遇到的趣事。

看到伊卡諾斯臉上無邪的笑容，我心中想道，或許那顆赤子之心，就是他源源不絕埋首發明的源動力。

「其實我現在身處甚麼位置？」好不容易找打斷他的話，我連忙問道，「我按了撒旦故居下那個黑手指印後，便一下子來了這兒了。」

「你仍然在墮落山之中。只是此刻所處位置，比撒旦大人的故居，還要向下深入一點。」伊卡諾斯笑道。

「那麼說來，我們在墮落山的山腹之中？」我問道。

「對。這個岩洞其實是天然的洞穴，但原本連接外頭的出入口，在密室建造好後，便被撒旦大人所封。」

「那麼出入密室，就只靠你的魔瞳能力？」我問道。

「對，『流淌之瞳』就是這個密室的鑰匙。」伊卡諾斯說著，身上忽然發出一股魔氣，左眼一眨，瞳色如血。

他伸出右手拇指，在身旁鋼桌表面，按了一下；至於左手則在桌底相同位置，又按一下。

我只見鋼桌表面，留下了一個黑手指印，我想桌子另一邊，該也有一個黑印。

此時，伊卡諾斯取來一支鋼筆，兩指挾持在鋼桌表面的黑印上方。

他鬆開了手，鋼筆垂直墮下，筆尖甫接觸到桌面上的黑印，忽地消失不見。

但在下一瞬間，鋼桌下卻傳來事物碰地聲，然後消失了的鋼筆，慢慢滾了出來。

「『流淌之瞳』，就是能讓我製造一對『出入口』，將指定物件轉移到『牆』的另一端。不論『牆』有多厚，都能瞬間轉移。」伊卡諾斯搭起鋼筆，看著我笑道：「而且，我更能讓出入口，預設條件，篩選我容許的過路人。」

「就像我進來，必先要知道【天地生死】之秘，對吧？」我說道。

「不錯，條件可以是物質上或是精神上的。而且我也能限定出入的數量。」伊卡諾斯說著，指了指鋼桌，「像是這一次，我只想一支筆通過一樣。」

我看了看鋼桌桌面，只見原本的黑印，此刻已消失不見。

「其實我的事情，撒旦大人和孔明叔叔都知道啊。」伊卡諾斯揮著奇怪的看著我，說道：「諾，你怎麼好像都不大清楚似的？」

「我和孔明只匆匆見面數次，交流不多。」我無奈笑道：「至於撒旦，更是只在不久前，靈魂進了【地獄】之，才與他首次相見。」

我見伊卡諾斯一臉迷茫，便長話短說，向伊卡諾斯說了一下我這些年的經歷。

我雖已盡量簡短，但還是花了好一段時間，才勉強概括。

伊卡諾斯像個大小孩，全神貫注的去聽我的經歷，時而驚呼時而拍掌，相當投入。

當他聽到撒旦為了讓我盡快找齊靈魂碎片，逼我將其吞噬，強行融合，便忍不住追問道：「那麼你把撒旦大人的靈魂都消化了嗎？」

「沒有。雖已逝去千年，但撒旦的意志依舊非常強大。」我苦笑道：「進入我靈魂之中的撒旦，沒了自主意識，只剩下最原始的求生慾，因此反而對我瘋狂攻擊，想支配回我。為此，我只能先守後攻。」

面對撒旦靈魂的狂暴進攻，起先我只能全力堅守，在他的攻擊出現破綻之際，趁機吸收他極少量的靈魂。

這般穩紮穩打的融合，其實進程極慢，因為沒了意識的撒旦靈魂，在進攻之時，鮮少露出破綻，而且每每一瞬即逝。幸好靈魂世界，時間推進與常規有別，因此我才可以以此方法，耗著性子，逐步吸收撒旦的靈魂。

「我花了許多精力，才把撒旦的靈魂，吸收大半為己用。可是，撒旦剩下的靈魂，似乎意識到攻擊對我無效，便只作防守。那銅牆鐵壁般的守護，反令我更難吸收。」我攤了攤手，無奈的道：「無計可施下，我唯有再在靈魂之海中，尋找撒旦碎片，強化自身實力，去強行撕破撒旦的防守，但進展始終不快。」

「那諾你把碎片都找回來了？」伊卡諾斯問道。

「絕大部分都找回，現在只少許流落在外，以及撒旦剩餘的意念。」我說道：「剛才你問我，為甚麼我對許多事情都不知曉，是因為撒旦那些餘下的靈魂，就是他本能覺得最為重要的思想。」

「最為重要的思想？」伊卡諾斯奇道。

「嗯，就是他對重要的人的記憶。」我指了指伊卡諾斯：「包括你、包括孔明、包括拉哈伯，以及其他人。」

「原來如此。」伊卡諾斯垂頭喃喃。

「我正是因為近來進展太慢，所以才有回來人間的打算。不過，為了使我的靈魂完整，我過些時候還是得融合餘下部分，只希望不用花太多時間。」我笑了笑，又向伊卡諾斯問道：「對了，今天是甚麼日子？在靈魂的世界，時間的定義實在太模糊，我也不知自己假死多久。」

「啊，這個我也要看一看，我雖在真實世界，但對時間也不太敏感。」伊卡諾斯伸了伸舌頭，然後按了按一個隨身鍵盤，讓一個屏幕自天花浮游垂下。

我一看了屏幕上的時間，卻嚇了一大跳，因為屈指一算，我竟已在【地獄】中浪遊兩年！

「現在撒旦教和殲魔協會還在戰爭當中嗎？」我連忙問道。

「嗯，兩教之間的戰火，這些日子可不怎麼減退過。」伊卡諾斯說道：「不過，戰爭似乎快要完結。」

「怎麼說？」我皺眉道。

「近這半年啊，殲魔協會可說連捷連勝，控制了大部分的地方。現在更快要佔據整個亞洲。」伊卡諾斯說道：「我最後得到的消息，是他們快會進攻香港，接下來似乎便會向撒旦教的總部，全力進攻。」

「日本……」我喃喃自言，低頭盤思片刻後，又抬頭問道：「你這裡有隔絕魔氣的密室嗎？」

伊卡諾斯聞言一笑，道：「你果然是撒旦大人的複製體。」

說罷，伊卡諾斯帶我去到密室正中。只見那兒的岩石地板上，有一個黑手掌印。

「撒旦大人在墮落山的山底下，另建了一個四周皆以銀板封住的訓練場。」伊卡諾斯笑道：「這些年來，撒旦大人都沒有使用過，我想他當初建這訓練室，就是為了你今日之用。」

「他真是滿有先見之明。」我笑道。

我雖然很想立即去到兩軍交鋒的地方，但我畢竟已沉睡兩年。

我的精神力雖大有精進，可是我還得稍稍熟習自己的肉身，以及看看自己的極限有多遠。

畢竟，當我再次出山，勢必面對一番惡戰。

「伊卡諾斯，我們稍後再見吧。」

我跪了下來，手按那個黑掌印，突然只覺周遭一暗，只見我已身處那個訓練場中。

四周無光，只有冷冰的銀板。

我打開「鏡花之瞳」，環視一遍，只見那個訓練場比我想像中要大得多。
「這樣更好，我能盡情測試自己的極限了。」我笑了笑。
我把身上衣服，統統脫下，赤裸身子，站在原地，閉目沉思。
我緩緩呼吸，讓自己感受身體每一部分。
半晌，這才睜眼，看著自己的左手。
此刻我的左手，被神器【墨綾】，牢牢包裹。
我以右手，輕輕解開【墨綾】的束縛，露出原本的左手模樣。
「是時候起牀了。」我稍一凝神，催動魔氣至左手之中。
那股邪力一過了左手肘部，便突然如泥牛入海，完全消失不見。
接著，我左手的顏色，忽由肉色變得深黑，表面浮現一層滑溜的蛇鱗，手掌扭曲，五指合攏變形。
最後，整隻左手化成了一頭黑色的蛇。
正是神器【萬蛇】！
「老大，你的冬眠也太長了吧？」【萬蛇】打了一個呵欠，回身看著我，「我可是悶了很久呢！」
「我知道這兩年是苦悶了你。」我看著它笑道：「現在，你可以盡情玩樂了！」
我在地下訓練室逗留了差不多一個月，一直到完全掌握到自己身體和精神力的變化後，這才離開。

之後，我去到亞洲，撒旦教和殲魔協會的交鋒戰線。

不過，當我看不到塞伯拉斯的身影，以及打聽到薩麥爾兩年來未曾離開過青木原，便隻身去到撒旦教總部。

在我剛到達不久，塞伯拉斯和孫悟空便來到尋訪薩麥爾。

我一直隱藏在大洞頂，觀察一切。

一直到薩麥爾要出手殺死嘯天犬，我便知道，自己不得不現身阻止了。

第八十六章——魔蛇縱橫

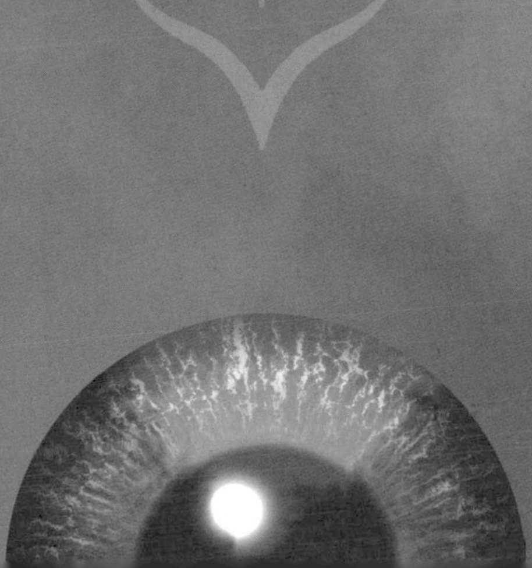

第八十六章 魔蛇縱橫

我的出現，顯然讓洞裡眾人都感到意外，一時間都停下了手。

看著他們驚訝的表情，我便笑道：「怎麼了？不歡迎我嗎？」

「畢永諾？」薩麥爾皺著清秀的眉，冷冷的道：「我還以為你死了。」

「你兩年沒有走出這大洞，自然不知外面的世界在發生甚麼事。」我笑道。

「不動，不代表不聽不聞。至少我知道，你也失蹤了兩年。」薩麥爾瞳色赤紅的雙眼，瞪著我道：「只是沒想到你再次出現，就是在阻礙著我。」

「我倒想知道我有哪一次出現，不是在妨礙著你？」我看著薩麥爾笑道。

薩麥爾不怒不笑，只是掛著一貫冷霜臉孔。

然後，忽地衝向嘯天犬！

薩麥爾由完全靜止，到全力衝刺，當中加速過程，不過剎那！

我本來站在他們兩者之間，但當我注意到眼前的薩麥爾實是殘影之時，真正的薩麥爾已在我身後極速奔馳！

我猛地回首，只見薩麥爾的五指，已然對準嘯天犬的頭顱抓下！

不過，薩麥爾這一抓，五指卻又只抓了一把蛇鱗，嘯天犬已然憑空消失。

薩麥爾看著手中黑鱗，臉現錯愕之際，身前忽刮起一股急風。

他還未反應得過來，肚腹便已吃了一記重拳！

「抱歉，又阻礙了你。」

我一手插著褲袋，一手握著拳頭笑道。

先前我在洞頂觀察眾人動靜，看到三頭犬閉目待斃時，已猜到他定有後著，所以我便催動【萬蛇】，暗中分裂出數條微小黑蛇，悄悄遊走到他們四周。

當薩麥爾自腦中拔出嘯天犬時，我便立時讓小黑蛇咬向牠和塞伯拉斯，然後只留其表層，但暗地把他們內部蛇化，轉移到別處再重組。

三頭犬和嘯天犬身上的兩條黑蛇，我一直沒有放開，因此剛才薩麥爾的突擊速度雖快，但我還勉強來得及，再將嘯天犬轉移開去。

至於我本人，亦以同樣手法，突然出現在薩麥爾的面前，向他揮出那意想不到的一拳。

我那一拳含勁不少，薩麥爾被我擊中後，也直退了十多米才停下來。

薩麥爾仰首對我怒目而視，雪白的腹部，此刻留了一個淡淡的紅色拳印。

塞伯拉斯和嘯天犬，已然被我轉移到頂上洞邊，至於變回原狀的孫悟空，雖然手腳被貫穿，但還是走得遠遠，盡量不接近我們。

「我看這一夜，還是由我來當你的對手吧。」我看著薩麥爾，輕鬆笑道。

薩麥爾沒有說話，只是瞪著我，身上散發著滔天怒氣，以作回應。

忽然。

薩麥爾渾身怒意全消，卻拖著一把金髮，一雙玉手如箕，筆直的向我衝殺過來！

我早已暗中戒備，看到他身影甫動，立時打開「鏡花之瞳」，魔力盡貫雙腿，往旁急避！

轟！

我原本所站的鋼地，忽地凹陷了一個大洞，卻是被薩麥爾雙手擊陷！

我才站定身子，只見眼前白影一閃，薩麥爾又已殺氣凜凜的衝至我面前！

我催動邪氣，雙腿連環快踏，這才恰好閃過薩麥爾的雙手，但那凌厲抓風，直撲我臉龐，使我隱隱生疼。

薩麥爾不發一聲，雙眼緊盯著我，那鬼魅的身法越來越快，幾乎成影，彷彿連腿也沒有著地般，對我一次又一次的進擊。

不過，薩麥爾的雪白身影雖如風似電，每每到了千鈞一發的關頭，那雙無堅不摧的雙手，還是給我恰恰躲過。

薩麥爾隨便徒手一擊，足以使我分筋錯骨，不過險象環生之中，我依然氣定神閒，還偶爾對他冷嘲熱諷，而薩麥爾的回應，就是讓每一步的速度變得更快更急。

我們二人一追一躲，在月光映照的基地裡，遊走好一段時間，雙方始終沒有交手過一招半式。

但在此時，薩麥爾突然站定身子，不再對我追擊。

看到他停止追殺，我也自然停下腳步，疑惑的看著他。

只見薩麥爾竟然關上魔瞳，以一雙若冰藍睛，看著我冷冷的道：「畢永諾，我已看穿你的把戲了。」

「我不懂你在說甚麼。」我看著薩麥爾笑道：「我已被你逼得喘不過氣來，又有甚麼把戲可言呢？」

「不懂？嘿，我本來也驚訝你的進步，但不過短短兩年，你怎可能進步至此？」薩麥爾冷笑一聲，「早在第一記攻擊不中，我便已暗中留上了神。」

說著，薩麥爾忽然伸手，在面前憑空一捏。

「這，就是你能躲開我攻擊的把戲。」薩麥爾平舉一雙玉葱般的手指，冷冷說道。

他一雙玉白手指，平平舉起，看起來沒有挾住甚麼，但我的眉頭，忍不住輕輕一皺。

薩麥爾的兩指之間，其實挾住一條肉眼幾不可見，比毛髮還要幼細的黑蛇。

而這種如絲的小蛇，其實早已佈滿整個實驗室之中。

誠如薩麥爾所說那般，我是玩了一點小把戲，才可以勉強避過薩麥爾的攻擊。

我早預備會與他開戰，所以我自洞頂跳下之時，便暗暗讓【萬蛇】分裂出這些絲蛇，分散四周，縱橫交錯成一張若有若無的「網」，包圍住洞裡所有人。

這也是我左手，一直插於褲袋內的原因。

這些絲蛇由於太過幼細，欠缺攻擊力，難以鱗化他人，但我之所以放出它們，只因我能即時感應絲蛇所感。

洞裡的人，只要稍有極其細微的移動，我也會立時知曉。

我知道薩麥爾的身法天下無雙，若然以我自身視力或感覺，去捕捉他起動的剎那再作反應，我定然迴避不及；但現在有了這些絲蛇，我便能在他有異樣的瞬間，預測到他的攻擊方向，提早避開。

因此，雖然他不斷提升速度，不過我每次都能恰恰躲過。

現在被薩麥爾得悉玄機，我心中除了佩服他能在短時間看破，還得盤算，這把戲能否繼續下去。

「畢永諾，放棄吧！」薩麥爾冷笑一聲，道：「這點小伎倆，不會再有效。」

薩麥爾說著，忽然俯身，自地上拾起一點事物。

我留神一看，只見他手中正拿著一塊薄薄的白布，卻是他本來穿著，且大半爛掉的衣服。

薩麥爾雙手各執著白布一端，然後輕輕一撕，撕出一條幼長布條。

接著，薩麥爾用那條布條，將及膝的金黃長髮，束成一把長長的馬髮。

就在他把頭髮束好的瞬間，突然，他身上的殺意魔氣，統統不見。

取而代之，是一種令人心寒，近乎虛無的「靜止」。

那雙如寶石般的藍眼，沒有喜怒哀樂，只有「冰冷」。

月光映照下，此刻的薩麥爾彷如一座白石藝術雕像。

教人驚艷的俊美臉孔，無可挑剔的均勻體格，如白雪的肌膚，若金泉的長髮，但偏偏了無生氣。

這時，天上烏雲剛好掩過皎月，實驗室一下子暗淡起來。

然後，雕像釋出一絲淡淡魔氣。

那一雙絕世寶石，由青藍，轉作丹紅。

「先前你能用這些小蛇預測我的攻擊路向，只因我為求快捷，只取直線。」薩麥爾語氣冰冷的道：「但若然我迂迴而行，你的腦袋運算，未必快得過我的步伐。」

薩麥爾側著身子，右手抓住馬尾，垂放腰間，左手併成劍掌，輕輕平舉，遙指著我。

只是這輕輕一指，我的心跳，竟沒由來的急劇加速。

此時，大洞上方的塞伯拉斯以「傳音入密」跟我道：「小子，別掉以輕心，他認真了。」

我聞言卻沒有回應，因為此刻薩麥爾雖靜止不動，渾身毫無殺氣，但那股死寂安靜，反令我心頭壓力大增，使我不得不集中精神，全神戒備。

「二千年前，我挖了一顆心臟。」薩麥爾看著我，側了側頭，輕輕一笑，「今天，我要再挖多一顆。」

「他在笑？」我心中微感詫異。

就這一分神，薩麥爾整個人，突然消失不見！

正前方！

我感覺到前頭的絲蛇斷了，顯然薩麥爾正向我直挺挺的衝來！

我沒有多想，立時力聚雙腿，發勁往左閃開。

不過，我才踏出第一步，纏繞在薩麥爾周遭的絲蛇又傳來感應，卻是薩麥爾和我一同，改變行走方向，似是想要截斷我的去路！

光是這一瞬間，我已感覺得到，束了髮的薩麥爾，速度比剛才又要快上數分。

我早料到薩麥爾會轉向，因此腳中勁力有所保留，一感覺到他改變了去向，立時用力一蹬，往後急躍，想要拉開彼此距離。

薩麥爾這次沒有跟著我走，卻加快步伐，竟想繞個半圓，搶先去到我背後。

我拼命往後奔走，無奈薩麥爾的速度實在太過迅速，不過半晌，竟已來到我的後方位置。

我和他的軌跡眼看便要交上，我不得已收住腳步，同時往反方向跑。

這時薩麥爾沒有直接追來，而是開始了他的迂迴戰術！

憑著絲蛇傳來的感應，我只感到身後的薩麥爾，時而在左，時而在右，忽爾橫行，忽爾直衝，行蹤飄忽難測。

他的腳步或若狂風般急速，或若小流般緩慢，去向迷離不定，但偏偏和我的距離越來越近。

轉眼間，我倆竟只差二十多步的距離！

二十步的距離。

我的三點鐘方向。

「畢永諾……」薩麥爾帶著笑意的聲音，在我腦中響起。

十七步的距離。

我的八點鐘方向。

「我究竟……」他的聲音如常，但絲蛇被撕裂的速度，越來越快。

十三步的距離。

我的七點鐘方向。

「會在你身後……」薩麥爾收起殺意。

八步的距離。

我的正後方。

「哪一個位置……」他的腳步聲完全隱去。

兩步之遙。

我的九點鐘方向。

「出手呢？」

此時，我完全感覺不到薩麥爾在我身後何方，卻感覺得到無數絲蛇被斷，位置或遠或近，各有差異，教我完全捕捉不到薩麥爾的實際去向！

就在這千鈞一髮之際，我腦裡靈光一閃，立時止住腳步，把渾身魔氣，盡貫右手。

然後，向前用力一轟！

「啊，竟然猜中了。」就在我拳頭揮出之際，一道白影，突然出現在我面前，「但正如我剛才所說，你的腦袋再快，也未必快得過我的腳步！」

這道白影，正是以極速繞至我身前的薩麥爾！

此時，我充滿魔氣的拳頭，恰恰揮到薩麥爾的俊臉之前，眼看就要轟碎他的頭顱。

可是，本正朝我衝來的薩麥爾，從容的臉忽然一笑，如閃電般的急密步伐，竟詭異地在極其微小的時間裡，由快轉慢，稍稍停頓一下。

就這麼微小、但技巧極高的一頓，我的拳頭，就在他鼻尖前掠過。

我的拳頭剛過，薩麥爾的身法又再瞬間回復，如電似風。

他一直輕舉著的左手劍掌，則在此時，朝我心胸直插下去！

「急緩隨心，變在一剎。這就是『速度』的極致。」薩麥爾的聲音，在我腦中再次響起。

直到此刻，我方才真正體會到薩麥爾的實力。

當我意識到該要回手格擋，薩麥爾的掌，已抵在我的左胸前。

他這一掌，五指併成劍掌，極其簡單普通，沒有花巧招數，但挾帶極致高速所產生的動力，比神兵利器還要恐怖。

我知道，即便我把渾身魔氣凝聚硬擋，這纖纖白手，還是會把我的胸膛剖開。

當然，這情況出現的前提，乃是我此時所穿衣服，並非由【墨綾】所編織而成。

噗。

一記如枯木折斷的低沉聲音響起，卻是薩麥爾的劍掌，戳中我的胸口。

我應聲受力，往後筆直急飛，直撞進鋼牆之內，這才停下！

【墨綾】雖讓我免了開膛之災，但薩麥爾的一擊如無匹巨濤，交手之間我的魔氣也未完全提到極致，因此不能將掌力完全消弭。

我被那一掌震傷，忍不住吐了一口鮮血，不過當我自瓦礫中重新站起時，右眼【地獄】便自動生出一股陰柔邪力，流傳胸腹，把我的內傷瞬間治好。

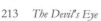

「幸好預備了這一著，不然便落得和撒旦同一下場。」我心下暗暗呼險。

我在墮落山訓練時，發覺自己遊走【地獄】兩年，取回不少撒旦靈魂碎片後，精神意志大有進步，不用任何魔力幫助，也能把【萬蛇】控制自如。

原本用以束縛住【萬蛇】的【墨綾】因此沒了作用，那時我便忽發奇想，讓它模仿西裝的模樣，包裹全身，效果竟是出奇的好，因此我一直保留著這個狀態，料不到這麼快便收到效用。

「【墨綾】？」薩麥爾站在原地，看著我完整無缺，略感詫異，「你真是名狡猾的小子。」

「對付十二羽翼，難以力敵，唯有智取。」我一邊笑道，一邊暗暗調節氣息。

「智取？」薩麥爾看著我，微微一笑，「可是眼下情況，似乎是我在取你的命！」

一語未休，薩麥爾的身影忽地變淡，我見狀立時醒悟，他又要進攻！

我的功力雖比兩年前大有進步，但神器操縱之法，畢竟複雜無比，此刻我仍沒有能力，同時控制【萬蛇】與【墨綾】。

剛才我運用【墨綾】抵擋薩麥爾的閃電一掌時，絲蛇便因缺乏魔氣，散成一堆黑鱗，現在薩麥爾再次出擊，我已趕不及再撒蛇網，捕捉他的攻擊方向。

在這危急之際，我靈機一觸，便把魔氣統統貫在身上【墨綾】之內，讓其全力「抵消力道」。

然後，我便將全身衣服急速解散，讓它如傘般張開，將我牢罩在鋼牆凹處之中！

噗！

黑布如防護罩般將我蓋住的剎那間，外頭便傳來一記比剛才還要低沉的碰撞聲！

薩麥爾這次攻擊，顯然比先前一掌，還要恐怖！

【墨綾】雖然不再直接裹在我身上，但它形成的黑罩盡受巨力，竟整塊深陷鋼牆之內，我身處兩者之間，也被壓得骨折處處，渾身是血，忍不住痛聲大呼！

【墨綾】薄如蟬翼，肉眼容易看穿，就在我運起【地獄】邪力，想要治癒身上傷勢之際，卻見黑布另一端的薩麥爾，赤裸的身軀，再次變得疑幻似真！

「恐怕我要食言，掏不了你的心。」薩麥爾淡淡的道：「因為，我要將之壓碎！」

說著，薩麥爾再次化白影，一掌轟在【墨綾】之上！

這一次，撞擊聲不再低沉，而是轟然震耳。

原本看次柔軟但堅實的黑罩，竟然失效，受力整個無力軟散，薩麥爾的一掌，毫無抵消，完完全全在鋼牆上，轟出一個可怕的大洞！

不過，這擊天一掌，並沒有擊中我。

【墨綾】之所以失效，並非因為薩麥爾的掌力太過巨大，而是我臨時抽走當中魔氣。

我抽走魔氣的原因，乃是我得把力量，貫進【萬蛇】，好等我能透過絲蛇，自黑罩之中，神不知鬼不覺地鱗化，轉移到薩麥爾的身後。

然後，瞬間向他揮出一拳。

在轉移的過程中，我還催動了體內所有魔氣，進入「獸」的狀態。

因此，當薩麥爾剛擊中空無一人的鋼牆上，感到萬分錯愕之際，我同時揮向他後腦的拳頭，其色漆黑如夜。

這一拳，蘊含天底下，最深邃的黑。

這一拳，天下無匹。

「不過，擊不中又有何用？」

薩麥爾的聲音，詭異的自我身後響起！

我的拳頭，此時剛好揮到身前薩麥爾的頭顱上，但拳頭本應碰到的那把金髮，竟再一次變成空虛！

「決鬥，其實早分勝負。結果，一直在你身旁。」薩麥爾在我背後笑道：「二千年前那頭『獸』，也要敗在我的極速之下，難道你覺得自己比他還強？」

我看不到薩麥爾的動作，但一陣森冷殺意，在我背後如錐子般，直指我的心。

我知道，那是薩麥爾的劍掌。

我也知道，正在揮拳的我，無論如何也來不及回身格擋，也趕不及閃身躲避。

不過，我沒打算閃避，也沒打算格擋。

我充滿邪魔之氣的拳頭，仍然繼續揮出。

因為當薩麥爾的掌，一碰到我背部的時，他整個人便瞬間出現在我面前。

薩麥爾的掌，最終插不中我。

他只能萬分錯愕，站在他本來站著的位置，吃下他本來該吃中的拳頭！

這一次，薩麥爾的腿再快，也沒可能避開我的一拳！

我早知一般偷襲，對薩麥爾毫無用處，我也知道與之他交手的話，以他高傲的性格，定會務求和二千年殺死撒旦一般，未取我心臟不可。

所以，在離開墮落山前，我便讓伊卡諾斯，在我心房前後位置，以「流淌之瞳」刻印下一對「黑門」。

我自【墨綾】中轉移出來時變成「獸」的狀態，除了想向薩麥爾揮出最強一拳，還想藉著黑暗化的身體，掩蓋黑門。

薩麥爾身法速度雖天下無雙，但我這一奇著，他卻是無論如何，也反應不來。

轟！

我那一拳揮到盡處，剛好擊中薩麥爾的背脊位置，引起一記嘶啞的巨響！

薩麥爾顯然還在錯愕之中，來不及運氣防禦，背部中了我一擊後，竟如斷線紙鳶，直飄進他剛才轟出來的大洞之中！

我雙腿翻飛起，連忙追上，不待薩麥爾著地，提氣一縱，一雙含勁黑拳，朝他渾身要害，連擊猛打！

碰！

碰！

碰！

碰！

碰！

我最初一擊，把薩麥爾直接打成重傷，四肢難動，接著這番連環拳打，更把他周身筋骨，轟得寸斷寸裂！

短短數個呼吸，我已在薩麥爾身上擊下近百拳，最後才以一個翻騰壓下，用雙膝抵住他的胸膛，把他牢牢壓在地上。

「其實你說得不錯，」我看著膝下的薩麥爾，咧嘴邪笑，「我確是一個狡猾的人。」

薩麥爾渾身是血，經脈盡斷，魔氣一時流動不了，只能無力軟癱在地。

「不過……我猜錯了對決的結果……」一向自傲的薩麥爾，竟沒有半點反抗的意思，還對我竭力一笑，道：「別廢話……快殺了我……不然，你會後悔！」

「你一定會死的，一定會！」我收起笑臉，冷冷的道：「但不會，那麼輕鬆！」

說罷，我便閉上雙眼，盡中精神，催動渾身魔氣，同時引動【地獄】的邪氣，然後將兩股力量混合一起，再傳進「鏡花之瞳」當中。

接著，再緊緊壓縮。

然後，又再壓縮。

我雖可以立下殺手，不過當我想起拉哈伯的死，我便不得不先將薩麥爾折磨一番。

因此，我挑了一個，能令他生不如死的方法。

這方法，就是「鏡花之瞳」的極限境界，【地獄】。

薩麥爾看到我的動作，氣若游絲的笑道：「你想對我使出【地獄】？嘿，畢永諾……即便是第十八層的【萬年孤寂】，也不能把我的精神磨滅……你這樣如何將我殺死？」

「我知道。所以，你將會去的不是第十八層。」我閉著眼笑道：「而是第十九層。」

地獄最初十八層，盡皆是撒旦在容器【地獄】遊歷後所創；而這第十九層地獄，乃是我在靈魂世界流浪兩年後，領悟出來的新境界。

「第十九層，【光影疲勞】。」我冷冷的說道：「也許，你會希望你有能力自我了結。」

語畢，我便睜開「鏡花之瞳」！

不過，正當我眼中那股洶湧魔氣，想要朝薩麥爾席捲過去之際，我忽然察覺周遭環境，有些許不妥，因此我頓時把那股魔氣，隱隱勒住。

「明明正值夜深，怎麼四周那麼光亮？」我心下大奇。

薩麥爾似乎也感到奇怪，我們二人不其然同時抬頭，看向洞頂。

這一抬頭，我只見大洞之上的天空，光亮如晝，當中有一個火焰人形，正突破濃厚烏雲，朝大洞飛來。

「神器【火鳥】！」

我心下一奇，頓時如臨大敵。

火人來勢洶洶，速度飛快如箭，轉眼便已來到洞頂。

我還未反應得過來，忽然，有一股無形巨力，自頭頂壓下，把我重重按住！

「發生甚麼事了？」我大感驚奇，但渾身被壓得難以動彈！

此時，我留意他身上火焰，有別於先前錄影中那般，渾身皆在燃燒。

眼下他只有胸部和面部被火焰包裹，手中則握住一支修長「火槍」，腳下又懸浮著一對兩團拳頭大小的火球，如輪子般不斷旋轉。

「漢人有句緣自捕獵的諺語，叫：『螳螂捕蟬，黃雀在後』。」這時，一股蒼涼的男音，突然自頭頂，由遠至近的響起，卻是那火人在說話：「啊，還有一句：『一箭雙鵰』。」

火人說著，同時一手五指張開朝下，似在發出巨力，將我和薩麥爾壓住；另一手握住火槍，架在身後。

看著他的姿勢，我心下了然，知道他想以火槍，一次過把我和薩麥爾刺死！

我心下大急，想要掙脫無形巨力，但渾身魔氣，早已集中在「鏡花之瞳」裡，此刻再無餘力反抗！

火人轉眼已飛到我的頭上，手中長槍，朝我心臟，便是一刺！

眼看火槍正要刺中我的時候，忽然有一道人影，閃到我和火人之間，以自身把那一槍擋下，同時用力將我推到一旁。

我橫飛開去，脫出巨力壓制的範圍，抬頭一看，卻頓時呆在當場，震驚莫名。

只因那個捨身救我的人，竟是薩麥爾！

子

子

第八十七章
——好狩嗜獵

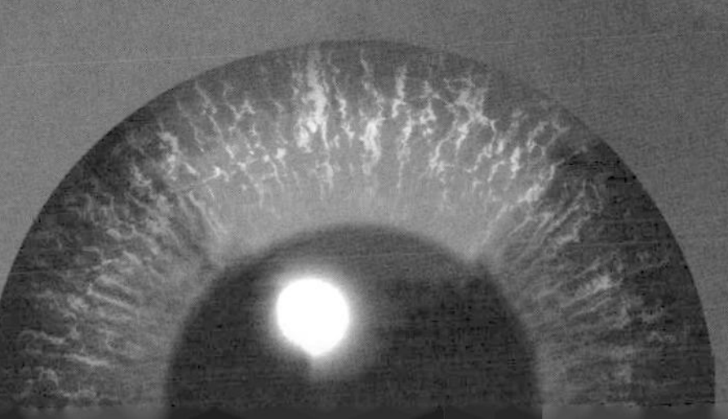

第八十七章　好狩嗜獵

一直想置我於死地的人，竟會在最危急關頭，捨身替我擋這一槍。

我呆在原地，完全不敢相信自己所看到的一切。

火人仍然飄浮於空，手中火槍則掛著薩麥爾的身體。

「多此一舉。」火人低頭看著薩麥爾，冷冷的說了一句。

說罷，他握槍的手用力一揮，薩麥爾便直直的朝我飛來，我沒有多想，立時把他接住。

只見懷中的薩麥爾雙眼緊閉，口中鮮血流過不停，右胸被火槍貫穿了一個大洞，洞邊焦黑異常。

薩麥爾本來已被我打得奄奄一息，火人這一槍，使他傷上加傷。

我伸手一搭，發覺他竟沒了脈搏，轉念便即明白，薩麥爾的心房，天生長於右邊，而這熾熱一槍，已把他心臟毀掉。

雖然一切變化太過突然曲折，但憑著直覺，知道應該先保住他的命，便立時按住薩麥爾的傷口，貫輸了一點魔氣，想嘗試強行打通他散亂的經脈，讓他右胸傷口復原。

「那樣只會白白浪費你的魔力。」空中的火人忽然說道：「被『鸞』態下的【火鳥】所刺，傷口都不可能復原，連魔鬼也不例外。」

我輸送魔氣了好一會兒，但薩麥爾的傷口果真如火人所說，沒有半點復原的跡象。

此時，火人舞了一下手中長槍，說道：「撒旦轉世，你還是先顧一下你自己吧。」

語音未落，火人突然朝我猛衝而至！

只見他一手憑空平伸，一手提槍直刺，顯然想重施故技，果然在他動身一剎，一股巨力再次把我完全壓住，教我動彈不得。

火人腳下一雙火輪激轉，發出刺耳的「滋滋」聲，似乎使他速度加快，一下子便已飛到我前方。

看著那似尖不尖，焰舌吐吞不斷的火槍，我知道若不閃避，定會和薩麥爾一樣被他那火槍貫穿心臟。

不過，我沒有躲開，只是在火人手臂後提，似要發力前刺之際，提氣猛喝一聲！

我這一喝，響徹雲霄，直震得整個密室搖搖晃動！

火人沒為意我會忽然怒喝，不禁一愕，手中火槍也微微停頓。

我乘他此刻分神，不退反進，猛地朝他前衝！

火人見狀一愣，我抓緊他這一點猶豫，凝神聚意，與之眼神交接。

一直在「鏡花之瞳」蘊釀的魔氣，立時向他將湧過去，引發出第十九層地獄，【光影疲勞】！

在火人的意識裡，四周突然如被巨型黑幕濃罩，霎時間漆黑如夜；但半晌之後，遠處忽有一點光，閃爍一下，接著周遭頓時明亮勝晝，刺眼異常；只是不過片刻，光明消逝，復又變回深沉的黑暗。

如此反覆黑亮交替了好幾遍，火人周遭的光線，終於變得溫和，但那種光映照下來，又和平常有點不一樣，有一種說不出的冰冷感覺。

火人此刻的意識，已不再在密室之中，而是身處於古耶路撒冷。

四周車水馬龍，人山人海，但火人面前的路卻平坦如常，周遭的人似乎也在圍觀自己。

火人還在東張西望之際，突然有一記鞭擊，擊中火人的背！

熱騰騰的痛楚，使火人忍不住想痛呼出來。

不過，那記呼聲，並不屬於他。

這時，破風之聲在火人背後響起，他知道又有人揮鞭擊打。

火人想要閃避，但身體卻完全動不了！

「啪！」一聲清脆的鞭撻聲，異常的疼痛在他背後展開那幾要撕裂神經的痛，一直伸延到他的腦海之中，使他揮之不去。

這記鞭擊，其實並不會引發這程度的痛。

不過，作為一個影子，火人所感受到的一切，不論是肉體上還是情感上的，皆比本體強烈十倍。

【光影疲勞】，其實就是使受術者以影子的身份，經歷一遍我在【地獄】遇過的靈魂，臨死前的一切。

【地獄】裡的靈魂，或含恨抱冤，或不歡鬱結，或悲憤不平而終。

我曾以「無我」心態，親身經歷一遍，對他們死前的那種情緒，實是了解至深。

兩年來在【地獄】的浪蕩裡，我不斷沉淪於這種哀寂的氣氛之中，亦因此有所感悟，創出這一層地獄——【光影疲勞】。

火人此刻所體驗的，乃是我第一次魂遊【地獄】所經歷的靈魂，亦即當初與耶穌一同受十字死刑的薩尼。

在【光影疲勞】之中，受術者並不會從頭體會靈魂的人生，只會由他們覺悟自己將死的時候，開始在地上化成黑暗。

作為影子，受術者感受到本體莫名的痛、莫名的懼、莫名的悲。

他們不知道本體即將經歷甚麼，唯一能肯定的，就是結果非死不可。

在走向終結的途上，受術者便只能沉積在靈魂的悲痛與懺悔之中。

每一次人生完結，受術者便立時成為另一人生的影子，同時變得更黑更濃，而且一切感知都會以倍數加劇。

如此無止境的於負面情緒中不斷死亡，受術者就像一個不斷充氣的氣球，感受千種悲、萬種哀，而精神一直被折磨至極致。

作為影子的他們，一直變黑，一直變黑，直到快要極限之際，便會爆開，化成一團黑氣，散發於空間之中。

然後，重新開始一遍。

一直到，受術者意識本能地自我終結為止。

我看著火人，站在原地，身體輕輕顫抖，便知【光影疲勞】成功使出。

這一招幾乎耗掉我大半魔氣，雖然【地獄】能補充不少能量，但我不得不脫離「獸」的狀態，變回原狀。

我沒有讓火人的精神慢慢被折磨，因為此刻情況有變，我決定要速戰速決。

我運起所餘不多的魔氣，左手化成臂粗黑蛇，用力一甩，黑蛇便即朝火人暴長，想把他的頸子一下絞斷！

不過，就在黑蛇飛到火人面前之際，忽然有人冷笑一聲。

「這招不錯，天底下應該沒幾人能擋。」一道聲音，自黃金的火焰面罩中傳出，「可惜，我是那幾人之一。」

語畢，火人突然回復正常，火槍一揮，便把黑蛇從中斬成兩半！

「怎會這樣……」我看著黑蛇掉落地上，大為震驚。

【光影疲勞】畢竟初創不久，也許存有漏洞，所以我早預備有人能從幻覺當中逃出，可是我完全沒想過，竟有人能在這麼短的時間內將之破解！

「撒旦轉世，別太驚訝。」火人笑著說道：「我之所以能破解這一招，並非我的精神力比你強，只是那幻覺中的情況，我經歷過太多太多次了。」

說著，他面上的火焰，忽然全部流竄進他右眼眼窩之中。

我看得明白，他的右眼眼窩，空洞無珠，只有一團小火焰，甚是詭異。

火焰面罩解除後，火人終於露出本來面貌。

火人閉上右眼，單睜左眼，臉容清臞，相貌平庸之極，頭頂無半點毛髮，但開著的左眼卻滿是睿智。

雖然其貌不揚，沒有甚麼壓人氣勢，但神秘男子的眼神，透射著一種銳利的目光。

我望向眼前這神秘男子，不敢放鬆半點。

「你剛才的幻覺，確實能最直接地折磨靈魂。」火人看著我，指了指左眼，笑道：「不過，我在【天堂】逗留的時間，應該比你要多上萬倍，這點感覺，動搖不了我！」

「你的左眼……是【天堂】？」我聞言大為震驚，忍不住問道：「你究竟是誰？」

「我有一個名字，亦有不少外號。有人稱我作世上第一個王，有人說我是英雄之首，亦有人說我是天底下最厲害的獵人。」火人單眼看著我，笑道：「現下流傳的基督宗教聖經之中，則稱我作，『寧錄』！」

「你是……寧錄？」我聽到他自報名號，不禁一愕。

我記得聖經之中，確實曾提過這個名字。據聖經所言，寧錄是挪亞的曾孫，驍勇善射，是名極厲害的獵人，更是傳說中的大洪水後，第一個建立王國的人。

不過，寧錄最出名的事蹟，乃是率眾建立一座能通天的塔子。

而那座通天塔，名日「巴別」。

聖經說到，巴別塔還未建成，便被上帝所毀，人類也因為這件事，被上天強行變成了不同人種，說著不同語言，以防有人再嘗試作那登天之舉。

我知這些說法並不正確，不過，儘管聖經沒有記載寧錄的下場，他就算能在巴別塔事件中保住性命，也不可能生存至今。

除非，他在那時候，便已得到【天堂】。

這時，我便想起塞伯拉斯曾說過，正是挪亞意外開啟了「方舟」，解放當中的【天堂】，引發洪水，方才吸引了各方魔鬼的注意，撒旦亦因此決意得到【地獄】。

「在大洪水後，沒有任何魔鬼知道【天堂】的下落，」我看著寧錄，說道：「似乎，是你的祖父得到了它，然後又傳了給你。」

「不錯。」寧錄單眼看著我，咧嘴笑道：「若不是【天堂】，也許我和你……應該說是撒旦，不會有這麼多的恩怨。」

「你和撒旦的恩怨？」我皺起眉頭。

「看來他除了血緣以外，並沒有留給你太多。」寧錄冷笑一聲，「不過不要緊，反正你知道得再多，也難逃一死！」

寧錄一聲未止，手一揮，火槍無聲無息地朝我刺出一槍。

我和他說話之際，便已一直留上了神，他一動手，我便抱住薩麥爾，往後急躍！

只見寧錄出槍同時，腳下火球再次旋動，使他身子如箭，一直向我飛來。

我雙腿沒有停下片刻，不住後跑，但手中抱了一人，身法不免有礙；反觀寧錄有火球加速，手中火槍又長，如此追逐片刻，我忽覺面前火光大作，卻是火槍已然刺到我面前！

面對熊熊烈火，我不慌不忙，只是猛地運氣，接著一團黑漆漆的東西倏地出現，在我和火槍之間，卻是神器【墨綾】！

剛才被寧錄破招之後，我便暗地裡以【萬蛇】把【墨綾】收回。

雖然我不知道以往凡事皆能阻隔的【墨綾】，能否把無堅不催的火槍擋下，但危急關頭，我只能冒險一試。

「封火截焰！」我催動魔氣，【墨綾】頓時在我面前，極速交織成一面黑色的盾。

「以最強之盾，擋下最強之矛，確是一個難以預測的結果。」出槍之時，寧錄忽然笑道：「不過撒旦轉世，我感覺到你的【地獄】，並不完整啊！」

寧錄說罷，我只感到面前的墨盾猛地一震，接著盾的正中，透著一團紅光，然後整個黑盾竟熾烈地燃燒起來！

【火鳥】的黃金火焰瞬間便把黑盾燒掉，我只能愕然地看著手中剩下短小一截的【墨綾】！

「矛勝。」寧錄冷笑一聲，側身一推，火槍便要朝我心胸刺去！

不過，火槍正要刺出之際，寧錄身後忽然閃出一人，向他偷襲！

「誰！」寧錄冷喝一聲，及時回身揮，火槍頓時把施襲擊攔腰斬成兩半！

那人中槍墮地後，躺在地上一動也不動，我看得清楚，那人竟是先前被孫悟空殺死的殺神小隊隊員，艾歷斯！

寧錄疑惑地看著艾歷斯的屍首，此時洞頂忽有十多名殺神戰士躍下來，各執不同兵器，同時攻向寧錄！

寧錄抬頭一看，冷冷一笑，腳下火球急轉，忽然拔地飛起，迎向那些殺神戰士。

半空之中，只見那十多人各以刁鑽的角度，攻擊寧錄身體各處弱點，但寧錄雙腿一擺，火球轉動，身體竟極其靈活的扭動，遊走在眾人之間，妙到顛毫的避開所有攻擊。

一波刀光劍影，那十幾名戰士始終沒由傷到寧錄半分，只能繼續向下墜，而寧錄身懷【火鳥】，此時已飛到眾人頭上。

「你們本是人類，卻甘願成為魔鬼的爪牙……」

寧錄那張瘦削的臉，忽現殺意，接著他雙手握火槍末端，朝下劃了一個圓圈。

還在半空中的十多人，全部突然被肢解成碎！

不過，當那十多人被分解之際，一道黑色人影，忽然自上而下，衝破血肉，殺向寧錄！

那黑影以十多人的肢體作掩護，寧錄察覺到的時候，那黑影的拳，已揮到寧錄面前！

寧錄才剛才十多人斬成碎片，來不及回槍格擋，但見他雙腳一併，火球再次急轉，發出刺耳之聲，寧錄整個人便憑空上昇一米有餘，恰恰避過那一拳。

此時，我藉著【火鳥】的光，看得清楚，那襲擊寧錄的人，渾身肌膚漆黑，頭頂一雙巨角，面目可怕猙獰，竟是失蹤多時的龐拿！

其實剛才我看到艾歷斯無故復活，已隱約猜到是龐拿在暗中以「傀儡之瞳」操縱屍首，只是想不到在我和寧錄之間，他會選擇向寧錄發難。

寧錄看著身下的龐拿，冷笑一聲，手中火槍筆直一劃，朝龐拿的頭顱斬去！

龐拿此時躍勢已盡，正自不自由主的下墜，眼看火槍來勢洶湧，他只能雙手交疊，護住臉頭。

不過，烈火長槍，其鋒無堅不摧，寧錄這一劃，竟就此把龐拿斬成兩截！

我看著分成兩半的龐拿，還未反應得來，卻赫然發覺，寧錄的頭頂不遠處，又有一團黑影，憑空出現。

「除了我，誰也不可奪那廢物的性命！」那黑影沉聲喝道。

月光映照下，只見那道黑影，竟也是「獸」化了的龐拿！

「怎麼回事？」我微微一愕，旋即看得清楚，剛才被寧錄一分為二的「龐拿」，左胸有一個拳頭大小的洞，原來是撒旦的遺體！

我頓時明白，龐拿其實一直身處大洞之上，以「傀儡之瞳」，遙控那些殺神戰士及撒旦遺體去攻擊寧錄，直到此刻才真正現身。

龐拿無聲無息地出現，教寧錄始料不及。

只見他雙手緊握成球，對準寧錄猛砸下；此刻寧錄正在向上飛，剛好迎上，只能硬吃這一記！

碰！

寧錄受了龐拿重重的一拳，筆直下墜，在地面上轟然塌陷出一個洞來。

他著地之處，剛好是剛才那些殺殺戰士的碎屍所在，只見仍在半空的龐拿，輕輕說了一句：

「爆。」

接著，那些在寧錄周遭的屍頭，突然統統爆炸！

一時之間，密室中央變成火海，「獸」化了的龐拿這時著陸其中，那一身黑膚能抵尋常猛火兵器，使他完全不怕會被燒傷。

我遙遙看去，只見龐拿站在原地，似在等待甚麼。

「喂，廢物，我知道你還未死的。」龐拿冷冷笑著，掃視四周燒得正烈的火，「出來吧，讓我親手把你毀掉。」

「誰是獵人，誰是獵物，還未可知！」寧錄的聲音忽然響起。

接著，龐拿身旁忽然有一團大火，猛烈燃燒，足有人高！

不過，寧錄卻是在龐拿身後火堆之中，突然出現！

我只見寧錄此刻又變成那個渾身被火焰包裹的狀態，在火海當中，實難察覺。

寧錄向龐拿撲殺過去，卻見龐拿不知是否反應不來，竟不閃不避。

眼看寧錄的拳便要擊中龐拿，怎料寧錄整個人，竟就詭異地此穿過了龐拿！

「嘿，謝謝你提供的『穿透之瞳』啊。」龐拿冷笑一聲，向著身前的寧錄便是一拳！

龐拿這一擊結實地打中寧錄，但有【火鳥】金焰護身，寧錄似乎並沒有受太大傷害，他只是向前踉蹌幾步，便即站住身子，同時迴身，側踢龐拿！

龐拿絲毫不動，任由寧錄這一腿再次穿過自身，但當他伸手想要抓住寧錄的腿時，只見寧錄一雙手忽然往前憑空一推，接著龐拿整個人，便突然被無形巨力擊中，往後急飛，直撞至旁邊的儀器堆中！

「看來你還未能同時防禦我的力與火啊，第二名撒旦轉世。」寧錄看著陷入牆中的龐拿嘲笑道。

「我不是甚麼第二名轉世，我是天下唯一！」聽到寧錄的嘲笑，龐拿怒不可遏，「我叫，龐拿！」

龐拿放聲狂吼，渾身魔氣暴發，帶著濃濃殺意，快步衝向寧錄！

寧錄見狀，雙手再次平推，發出無形巨力，但這次龐拿沒被巨力所止，轉眼已奔至寧錄面前。

寧錄應變甚快，雙掌急化作拳，一拳擊向龐拿臉目，另一拳轟向他的胸口！

龐拿沒有由任寧錄的拳頭擊向自己，而是出手卸開，顯然他真的如寧錄所言，難以同時讓巨力與火焰，穿透己身。

霎時間，二人便即短兵相接，在火海之中使盡渾身解數。

寧錄有【火鳥】之助，在火焰中戰鬥大大有利，不論攻擊還是防守，都藉著金焰而有倍效；反觀龐拿，雖只有一雙魔瞳，但他使出的招數狂亂霸道，逼得寧錄必須半攻半守，難以放開，而且他活用那顆「穿透之瞳」，每每在危急關頭，皆能化險為夷。

龐拿黑黝的身影在火海中不斷遊走，渾身是火的寧錄則隱沒其中，不時明攻暗襲。

二人互有攻守，一時間難分軒輊。

正當我看得出神之際，懷中的薩麥爾，忽然氣若遊絲的問道：「是……龐拿嗎？」

「對，是他。」我點頭說道。

「沒死……就好了……」薩麥爾氣息斷續的道。

我低頭看了看薩麥爾的傷口，只見仍然沒有任何起色。

我嘗試把他傷口週邊燒焦了的部分挖掉，可是當他的血肉重生時，去到那個部分便會自動停止增長。

「沒有用的，『鸞』所刺下的傷口……沒有可能復原……」薩麥爾看著我，強笑道。

「你早知道這一槍會要了你的命……為甚麼還要救我？」我看著薩麥爾，忍不住問道，「一直以來，你多次想殺我，為甚麼這次要救我？」

「我救你的原因……和我二千年前，殺撒旦的原因一樣……」薩麥爾看著我，淡然笑道。

那個笑容，沒有怨沒有恨，我看在眼裡，一時不明薩麥爾所意。

薩麥爾在二千年前背叛撒旦，將他殺死。

當中原因，除了撒旦本人和孔明外，無人知曉，我和他倆雖曾見面數次，但兩者偏偏沒有時間，向我說明清楚。

魔界一直流傳，薩麥爾是因為不滿撒旦，想自己當上魔鬼之皇，才會狠下殺手，但現在聽到薩麥爾的語氣，似乎箇中另有因由。

這時，薩麥爾抬起，看著大洞上的夜空。

天空依舊烏雲滿佈，黯淡無光，但薩麥爾疲乏的蔚藍雙眸，似是看透了那片厚厚的灰。

因為，他臉上竟有微微的笑意。

「在天地初開之時，天上唯一……創造了一眾天使……當中包括了最初誕生的十二位……我是其一……」薩麥爾看著烏黑的天，說道：「祂說，我們都是祂親手所造，完美無瑕……也是以後每一名天使的典範。」

我默言不語，仔細地聽著薩麥爾的話。

「我們十二人奉祂的話作金科玉律，他說出口的，我們便視作世間絕對的定律……」薩麥爾說到這兒，頓了一頓，才續道：「一直到祂以自身作藍本，創造天地第一對人類，情況便開始有轉變……因為那對人兒的出現，亦同時令一種事物誕生……」

「你說的……是『罪』？」我問道。

「哈哈……咳……不，不是罪，罪是後來才出現的。」薩麥爾雙眼依舊凝視天空，笑道：「那對人兒的出現，帶來的，是『愛』。」

「『愛』？」我小聲喃喃。

「在他倆出現之前，我們知道必須敬愛天上那位，但那對人兒出現，使『愛』這東西，變得奇怪。他倆雖然也對祂懷有敬愛，可是那一男一女相互之間，又含有另一種『愛』……」薩麥爾憶述道：「那兩名初人，居於伊甸中央，當中只有路斯化看守，我們其他天使，則在園外生活……不過，路斯化不時向我們描述他們之間的生活。我們自那時起，才知道世界其實有另一種『愛』……」

「我開始對這『愛』充滿好奇……不時向路斯化詢問，那對初人之間的事，想弄清楚，『愛』是甚麼……」薩麥爾說到這兒，忽然身體一震，「後來，我終於知道，那種感覺……」

說到這兒，薩麥爾忽然閉上雙眼，沉默半晌後，才道：「祂說過……我們是完美無瑕，但當我學懂『愛』的那刻，我才知道自己，在祂眼中再也稱不上是完美……」

「我擁有天下無雙的速度……擁有天使中最俊美的臉孔，比例最完美的體態……擁有如金子的髮，如白雲的膚，如深海的眼……」薩麥爾顫著聲子，說道：「但祂默許的『愛』，只可以讓男愛著女，或女愛著男……而我偏偏、偏偏……領悟到『愛』的時候，心裡浮現的……卻是『他』……」

說著，薩麥爾緩緩舉起手，顫抖著的食指，遙指火中一物。

我順勢一看，只見薩麥爾指著的，是跪在地上，只剩一半的撒旦屍首。

「『愛』，**就是我當天殺他，今天救你的原因。」**

薩麥爾淒然說著。

兩行清淚，流過俊秀、但滿是悲涼的臉龐。

薩麥爾的話，使我震驚萬分，張口無言。

我曾多番推想過薩麥爾下手的原因，卻萬萬想不到是「愛」，是薩麥爾對撒旦的愛，殺死了地獄之皇。

我看著懷中的薩麥爾，思緒一片混亂。

直到這天之前，我一直只視薩麥爾作殺死撒旦和拉哈伯的仇人，但適才他捨身相救，又說了這一番說，使我一時之間，不知該對他抱有何種態度。

是恨？是怒？是恕？是憐？

我只覺薩麥爾的身份，突然變得無比複雜。

「我一直把這件事，藏在心底……並沒有向他、或任何人透露過，」薩麥爾淚還在流，但仍努力勾起嘴角，看著我強笑道：「後來他發動天使大戰，又被貶到地上，我也只是默默留在他身邊，成為他最強而有力的副手……他要我做甚麼，我便做甚麼……」

「但你既然愛撒旦……為甚麼要殺死他？」我不解的問道。

「因為，他愛上了一個不該愛的人……」薩麥爾忽地語氣一沉。

「撒旦……愛上誰？」我追問下去。

薩麥爾深深呼吸一下，然後說出了一個讓我意外的名字：「瑪利亞。」

「瑪利亞！」我忍不住驚呼。

我雖然大感意外，但想起自己打從第一次看到瑪利亞，心底便對她產生莫名的好感，現在回想，似乎是因為我思想中那三分一的撒旦靈魂影響所致。

不過，我實在想不到作為魔鬼之首，撒旦竟然會戀上一個和天使軍有關的重要人物。

「你也覺得很驚訝吧？」薩麥爾強笑道：「二千年前，第二次天使大戰在地球上展開……瑪利亞的兒子耶穌，亦是天使軍的主帥……那時魔仙兩軍，鬥得難分難解，但當我知道撒旦愛上了瑪利亞時，我便知道戰鬥將會出現變數……果不期然，後來他便約耶穌一決生死，以定天下命運……」

「但最後這場決戰沒有實現，因為你把兩邊的人都殺死了。」我接著道。

「不錯……我熟知撒旦的本性，即便他喜歡瑪利亞，和耶穌決鬥也不會留手……但我同時也知道……『愛』可以讓很多不可能的事，變成可能……」薩麥爾說道：「我不能讓魔鬼軍落敗……我不能讓那些天使，奪走我們生活已久的地球……所以我便使計，殺死了耶穌，也殺了撒旦，打算取而代之……不過，當我的手，挖穿了撒旦的胸膛，捧住那個猶自跳動，帶有餘溫的心臟，我便後悔了……」

「那一刻，我真正認清自己心意……」薩麥爾閉上眼睛，淚勢加劇，語帶悔恨：「其實我作這一切，主要原因是妒忌瑪利亞……恨撒旦愛的不是自己……」

說到這兒，薩麥爾忽地住聲，眼睛瞪得老大，然後猛地吐出一口鮮血！

我一時之間手足無措，但看到薩麥爾的唇，被鮮血染得赤艷時，我忽地想起，當初我被撒旦教擒下，於囚牢中半昏半醒時，曾於朦朧間感覺到被一名金髮女子吻過。

現在看來，那個吻我的人，似乎是薩麥爾。

正當我想起這件事時，一道粗豪的聲音，忽然打斷我的思緒：「他每說一句話，氣息便會薄弱一分。」

我抬頭一看，只見本在大洞上的塞伯拉斯，此刻正站在我們身邊。

塞伯拉斯定然聽到我和薩麥爾剛才的對話，只見他臉色陰沉，雙手握持【靈簫】，直指著我懷中的薩麥爾！

「動手吧……三頭犬，」薩麥爾勉力睜開眼睛，看著塞伯拉斯，笑道：「這一天，你等了好久吧？」

塞伯拉斯沒有作聲，一雙虎目牢牢瞪著薩麥爾，眼神不斷變化，教人難以猜測他正打著甚麼主意。

我屏息以待，看著塞伯拉斯肅穆的臉，又看了看那銅色的簫，思潮反覆。

若然三頭犬真的下手，我也不知該擋該撥，還是任由他把薩麥爾殺死。

如此對峙半晌，塞伯拉斯的手，終於緩緩放下【靈簫】，冷冷的說道：「不，不用老納動手，你沒了心臟，熬不了多久。」

「嘿……殺了我……」薩麥爾瞪了塞伯拉斯一眼，道：「我不要……你看著我慢慢死去……」

「老納本來沒有這個打算，但聽到你的提議，倒有興趣看你痛苦氣絕的樣子。」塞伯拉斯對薩麥爾冷笑，「不過，老納看咱們沒有這般閒情逸致。」

說著，他向身後一指。

密室正中的戰況原來已經稍稍改變，原本二人鬥成均勢，但我只見龐拿此刻，竟棄攻全守，不斷抵擋住寧錄的攻擊。

火海的範圍不知不覺已經變大，寧錄則穿梭其中，時顯時隱，不過他對龐拿的攻擊卻源源不絕，或以火拳近擊，或以巨力遠攻。

龐拿顯然還不能完全靈活地使用「穿透之瞳」去無視寧錄的金火與念力，而且寧錄不像其他魔鬼，出招時總會洩露一點魔氣，他顯然以【天堂】的能量去維持神器的攻擊，因此更為神出鬼沒，教龐拿只能全神貫注的防備，寸步難移。

燃燒不斷的火海，此刻彷彿成了一個囚牢，把渾身漆黑的龐拿，困在其中。

「這個神秘的傢伙，顯然越戰越勇，【火鳥】和他本身念力之間交替使用的手法，在戰鬥中極速成熟。那小子抵擋不了多久。」塞伯拉斯看著火焰中的兩道身影，說罷，忽又轉頭看著我，道：「小子，你現在的情況怎樣？」

「剛使用【地獄】不久，還在回復當中。」我答道。

「還能變成『獸』嗎？」塞伯拉斯又問。

我稍稍提勁，運動魔氣，但最終只能朝他搖搖頭。

塞伯拉斯冷笑一聲，道：「嘿，到最後還是要老納親自動手。」

「你有甚麼打算？」

「拖住那廝，讓你和嘯天盡早離開這兒。」塞伯拉斯笑道，眼神卻無比認真。

我聞言連忙說道：「和尚，寧錄他非同小可，你和他單打獨鬥的話，恐怕……」

「恐怕會要了老納的命吧？」塞伯拉斯笑道：「老納知道，但老納的命，本來也是到今天為止了。」

「為甚麼？」我不解的問道。

「你想，臭猴子為甚麼會幫助老納？」此時，塞伯拉斯指了指遠處，躲在一角的孫悟空，道：「只因，老納與他立了血契，無論十二羽翼最終有沒有被我殺死，老納的命，也不活過今天。」

「你……真的和他立了血契？」我如此問道，只因塞伯拉斯向來狡詐，粗獷的外表下滿是計謀。

「如假包換的血契。畢永諾，老納知你在想甚麼，你在想，為甚麼老納會這麼容易和臭猴子立這種約？」說著，塞伯拉斯忽然轉過頭，看著我道：「老納，實在是累了。這二千年來，老納唯一生存的目標，就是要殺死他，替撒旦報仇。」

塞伯拉斯此時看著呼氣多入氣少的薩麥爾，說道：「在老納眼中看來，他已經和死人無異，所以，老納再也沒有存活下去的理由。」

「不，和尚，你還可以幫助我啊！」我說道：「現在【天堂】出世，末日轉眼便至，我需要你的幫助啊！」

「小子，老納打從一開始便跟你說得明白。撒旦，天地間只有一個。」塞伯拉斯忽然看著我，笑道：「老納不像小明，不像拉哈伯，把你視作甚麼撒旦轉世。不論再有多少個複製人，甚至你們把撒旦的屍首弄活也好，老納心目中，那個無懼天地萬物，縱橫人間魔界的地獄之皇，早在二千年前便死了。」

塞伯拉斯臉上掛著笑容，但言辭卻說得絕情。

我知道塞伯拉斯是一個言出必行的人，並沒有多說甚麼。

「老納現在還關心的，也只有兒子和四位義子。但有沒有我，他們也會作他們認為正確的事。」

塞伯拉斯看著我說道：「龐拿那傢伙，是薩麥爾的人，老納不會管他死活；至於你，老納是看在小明和拉哈伯的份上，才盡力把你的命留下。」

說罷，塞伯拉斯忽然伸指，在頸中挖出一點東西，拋了給我。

我接過一看，只見是一個若有指頭大小的圓形金屬儀器。

「這是個通訊器，能與蘭斯洛特直接通話。」塞伯拉斯解釋道：「他們一直在海上與撒旦軍糾纏，但剛才老納似乎聽到那邊出了一些奇特的狀況。」

「奇特狀況？」我聞言皺眉。

「好像是出現了一頭兇猛的巨怪，但不論是殲魔軍還是撒旦軍也一併攻擊。」塞伯拉斯頓了頓，道：「好像，是頭蛇形的怪物。」

「難道是寧錄搞的鬼？」我奇道。

「無論是或否，你也該去看看。」塞伯拉斯說道，忽然站起身子，朝火海走去。

「和尚……」我看著塞伯拉斯，一時無語。

面對洪洪烈火，我只覺三頭犬的背影，頓時變得更為陰暗沉重。

此時，一道哀怨的低嗚之聲自我頭頂響起，我抬頭一看，只見是伏在洞邊的嘯天犬。

「走吧，老納也不能拖住那傢伙太久。」塞伯拉斯背著我，淡然說道。

我知道眼下分秒必爭，需盡快離開，但我低頭看了看懷中，神志開始模糊的薩麥爾，不知該怎樣處理他。

「小子，別多費心思了，像老納所說，他現在與死人無異。」塞伯拉斯說道：「即便你以【約櫃】將他封印住，也只是暫保他的性命，你也沒有方法可以治好他。」

聽到塞伯拉斯的話，我立時醒悟道：「對，【約櫃】！」

我連忙四處張望，很快便找到了【約櫃】所在。

我抱著薩麥爾，走到【約櫃】前，只見這個櫃子，此刻內裡空空如也，而且積了一點灰土塵埃，看來久沒人碰。

看來自從瑪利亞自【約櫃】重新現世後，【約櫃】便再沒有人理會，一直隨意放在這個半廢棄的密室之中。

瑪利亞沒有任何力量支持，也能在【約櫃】中存活二千年，這個神秘的櫃子，似乎能使物件在裡頭完全靜止。

我把薩麥爾輕輕放在【約櫃】之中，然後提起蓋子，正想把【約櫃】闔上之際，薩麥爾忽然說道：「畢永諾，你……為甚麼要救我？我可是殺了……殺了拉哈伯啊……」

「別誤會，我不是救你，只是暫時留住你的命。」我看著他，認真的說道：「我實在有太多疑惑未解。」

「嘿……好吧……就看看你，能不能保住我的性命……」薩麥爾閉上雙目，勉強笑道：「不過，為免我再醒不過來，我有句話要先跟你說……」

「甚麼話？」我奇道。

「記住，你始終是魔鬼……是眾魔之首……」薩麥爾氣息虛弱，但語氣無比堅定，「無論如何，人類和與我們，都是異類……別太信任他們……」

薩麥爾說著，氣息漸漸粗重，竟自昏迷過去。

我知道薩麥爾其實命懸一線，便立時把蓋子封好。

我雖未曾使用過【約櫃】，但想起先前撒旦教解使用一瓶血液，灑在其上，將之解開，我便猜想封印的方法，該是一樣。

那瓶血液，該是龐拿的血，因為當初把瑪利亞封印的，便是撒旦。

於是，我便以指甲作刃，在手臂筆直劃了一條極長極深的傷口，然後高舉在【約櫃】上。

鮮血自我的傷口噴湧如泉，全都灑落在【約櫃】之上。

當血液流到【約櫃】表面的坑紋時，那些鮮血彷彿比一股無形的力量，牢牢吸住，更漸漸變少，似是被【約櫃】所吸收。

原本色澤暗啞的【約櫃】，吸進了我的鮮血後，顏色漸變光亮新鮮。

我的血很快便流遍櫃上紋路，此時，【約櫃】突然發出一絲「喀嗦」的上鎖之聲，接著只見整個【約櫃】，變得光亮新煥，更隱隱散發一股淡淡的金光。

我確認【約櫃】鎖好以後，便把它高舉高肩，想要提著離開。

臨走之前，我忍不住回頭，再看了塞伯拉斯一眼。

剛才他的話，顯然是故意提示。

我不知他這番話，是希望我保住薩麥爾的性命，還是確實認為薩麥爾沒有存活的可能。

我對三頭犬的認識並不深，雖然曾經與之交手，又並肩而戰，但我由始至終，都摸不透他的想法，猜不到他的去路。

不過，此刻回想我與他之間的經歷，至少可以肯定我對他而言，是友非敵。

「和尚，謝謝。」我對著他說道：「希望你的靈魂，能下【地獄】。」

「小子，真要答謝的話，找一天，把孔明的骨灰，灑在這兒吧。」塞伯拉斯沒有回頭，繼續說道：「我們生時各分東西，死後……能在一起也不錯……」

我聽後先是一呆，旋即點頭示意明白。

拉哈伯在這兒比我殺死；撒旦的屍首此時就在火海之中；而三頭犬如無意外，也會殞命於此。

他的意思，就是希望他們三人與撒旦的屍體，能同葬此樹森之下。

這時，塞伯拉斯忽然揮手，【靈簫】如箭激射，射向一直躲在角落的孫悟空。

三頭犬這一揮勁力十足，卻並非要取孫悟空的命，但見神器最終，「啪」的一聲，把孫悟空右手手腕上插著的銀支，整個撞斷。

沒了銀支貫穿，孫悟空有了一隻手能夠發力，自然便能把身上其他地方的銀支拔走。

塞伯拉斯只是對孫悟空說了一句「簫子還你」，便繼續他的步伐。

三頭犬已然走到火海周邊，不像龐拿擁有「獸」的肌膚，能抵火焰，三頭犬只能運氣，硬抗炙熱的火。

這時，寧錄似乎察覺到我快要離去，竟拋下龐拿，轉身便想向我衝來！

不過，三頭犬卻一掌，把寧錄推回原地！

更正確的說，是一隻巨掌。

「最強獵人？讓老納會一會吧！」

變回巨形凶猛三頭犬狀態的塞伯拉斯，對著寧錄猛喝一聲，一雙如火車頭的巨大拳頭，輪環朝寧錄搥打！

塞伯拉斯變回原型，速度不減，一番連擊，教寧錄避無可避！

整個大洞，被三頭犬擊得動晃不絕，有如地震，我乘此機會，提著【約櫃】，躍到大洞之外。

回到地面，只見嘯天犬早已變成兩層樓高的巨獸，我見狀立時跳到牠背上。

但在此時，我身後的大洞裡，突然傳來猛烈的爆響，接著，更傳來塞伯拉斯的高聲痛呼！

我聞聲回頭，恰好在此時見到寧錄，帶著傷勢，飛離大洞！

「撒旦轉世，別想走！」寧錄飄浮於空，朝我怒目而視。

不過，他正想向我飛來之際，一隻毛茸茸的巨手，自大洞裡伸出來，一下子把寧錄抓住！

「嘿，人類，別目中無魔啊！」塞伯拉斯豪邁的笑聲，自洞內傳出。

我看著寧錄憤怒大叫，但最終還是無奈被塞伯拉斯拉回地底。

「撒旦轉世，別以為你逃得了！」寧錄把拖拉之下，猶自高聲大呼，「這不是我與你的戰鬥，而是人與魔之間的戰爭。整個地球，就是戰場！

寧錄的聲音在大洞中不斷迴響，使我聽得清楚明白。

我聞言心下一沉，但知不能久留，便回頭跟嘯天犬說道：「快走！」

嘯天犬朝大洞，不捨的嚎叫數聲，最終還是展開腳步，離青木原樹森，往南邊奔馳。

第八十八章——邪龍三角

第八十八章 邪龍三角

蘊釀多時的雨水，終於灑落大地。

迎著凜冽的風，嘯天犬背著我高速奔走。

嘯天犬四腿翻飛，早已帶著我脫離青木原樹海所屬的山梨縣。

我們選擇荒路而行，以免驚動他人，如此冒雨而馳，過了數個小時已然跨過了大半個日本。

滂沱不息的大雨，猛烈地擊打著我的臉龐，也拍打著我身後的四方盒子。

我抓住嘯天犬的毛，回頭看了被牠以毛髮包住四角的【約櫃】，心中略感茫然。

雖然我把薩麥爾封印在【約櫃】之內，但他被【火鳥】刺出來的傷口，我也不知該如何治好。

我眼下唯一想到有可能成功的方法，就是利用瑪利亞的治療能力。

有別於魔瞳的自我治療，瑪利亞的治癒之術幾乎能把受了再重的傷，但尚存氣息的人治好。

在封進【約櫃】之前，薩麥爾的情況極懷，幾要氣絕，若然把他放出來後，瑪利亞又治不好的話，薩麥爾只能就此歸天。

現在我只能孤注一擲，不過想到要請瑪利亞出手，我心中不禁生起其他疑惑。

第一個疑惑，就是撒旦和她的關係。

若然薩麥爾沒有說謊，二千年前撒旦曾經愛上過她，這件事除了薩麥爾以外，還不知有誰知曉，但這消息若傳出去，定會影響眾魔對撒旦的印象。

而兩年不見，我不知瑪利亞回復了多少記憶，若她記起這件事，作為撒旦複製人的我，與她的關係便頓時變得複雜起來。

想到這兒，我內心忽然對瑪利亞，產生一種莫名的異樣感覺。

第二個疑惑，就是瑪利亞和太陽神教的關係。

在梵蒂岡時瑪利亞說過，太陽神教的創教人，就是耶穌的生父，而這創教教主的身份，由始至終都無人得知。

程若辰在烈日島上的錄影中曾提及過，太陽神教是世上第一個宗教，而創教教主把太陽神教定居在烈日島後，臨離開前，留下了一件朱金火焰袍，作為後代教主的標誌衣物。

我曾見過這件以金紅兩色線編列的火袍，那時只視之為一件手工精細的衣物，但直到和寧錄相見時，我心裡忽有一個想法，就是那件朱金火焰袍，也許是模仿那創教教主被【火鳥】包裹全身時的模樣！

根據太陽神教的典籍描述，那教主是從烈日來，自天而降，自稱是神的使者。

他首次出現時，渾身被火焰所包住，正好和寧錄使用【火鳥】時，其中一個狀態的模樣，不謀而合。

我又想起程若辰提及到太陽神教是大約在二千年前遷到烈日島，時間上剛好就是在二次天使大戰左右。

也許，令他們整教遷居荒島的人，就是撒旦。

想到寧錄對我的態度，他的過去以及他所擁有的【火鳥】，寧錄很大機會就是創立太陽神教的人。

若然推測屬實，以瑪利亞和他的關係，我擔心的不單是瑪利亞會否出手治療薩麥爾，還有她和我會否變成敵人。

「不過，這一切也得先見到瑪利亞，才能再作打算。」我心中暗道。

雨勢越下越大，四方八面頓成一片迷離煙霧，但這無阻嘯天犬的步伐。

嘯天犬的腳程極快，如此又跑了一個多小時，我們已差不多來到日本的海岸。

一路上，我曾多次嘗試使用塞伯拉斯給我的通訊器，可是另一邊一直沒有反應；我這時又按了按，對著儀器叫了幾聲，卻始終得不到任何回應。

「看來海上真的出了狀況。」我看著那通訊器，不禁皺起眉頭。

此時，一道男聲音忽然傳進我的腦海裡：「畢永諾，前方有人在戰鬥。」

那聲音溫柔敦厚，教人聽著舒服，卻是我底下嘯天犬以「傳音入密」跟我說話。

在這之前，我一直也只是透過楊戩或塞伯拉斯與嘯天犬溝通，但眼下只有我和他，不能口吐人言的他便以這方法和我交流。

聽到嘯天犬的話，我立時打開「鏡花之瞳」，提升耳力，果真聽到前頭遠方，傳來一陣又一陣的槍火炮擊聲。

「看來是我們的人在搶灘，我嗅到一些熟悉的魔氣。」嘯天犬一邊奔走，濕潤的鼻頭微微一動，

「其中一個，是你的朋友。」

我也感應到那些魔氣，其中一股，不是別人，卻是屬於莫夫！

此時，嘯天犬已帶著我來到海邊，我只見到前方港口，火光密集，槍響不絕於耳。

我凝神遠眺，只見一大批臂上綁住六角星的殲魔戰士，由海中蜂擁上岸，朝守護著海岸的殺神戰士，猛烈開火轟擊！

撒旦軍駐守於此已久，既又地勢之利，火力充沛，該能應付有餘，但我細心一看，只見海面沒有任何殲魔協會的艦隻，那些戴住六角星臂章的士兵，卻隨著每一次浪濤拍岸，一波又一波的自海底湧現！

撒旦軍顯然知道這防線一失，後患無窮，所有士兵都一邊嘶叫，一邊開火；但另一邊的殲魔戰士也不是等閒之輩，雖然死傷不斷，但他們全部人的眼神，都有著如岩般堅實，無懼面前炮火！

整個港口，猶如張開了一張捕獵人命的網，每一刻都有人倒下。

在火光與銀彈編成的網之內，我不時看到有點點紅光，快速地穿梭其中，卻是雙方的魔鬼在近攻交手，於槍火的戰場中，又建立了另一層次的戰鬥。

雖然我憑著莫夫的魔氣，大概抓住了他位置所在，但前頭陷入混戰，我要尋上他也不容易，而且相比起眼前的攻堅戰，我比較擔心海上另一戰場的狀況。

「嘯天，我們去吧。」我說了一聲，嘯天犬四腿一翻，便突然蹤身朝戰場一躍！

嘯天犬和我猶在半空之時，兩軍已察覺到頭上有異，待見到那橫空而入的龐然巨物乃是嘯天犬，雙方反應正是一喜一愕。

撒旦軍顯然沒想到，殲魔協會的獨目將會在背後出現，無不驚愕當場。不過他們畢竟是軍中精銳，反應極快，瞬間便作出反應，半數繼續攻擊海岸的殲魔軍，半數則舉起手中武器，想朝我們開火。

可是，他們的指頭還未扣下，嘯天犬喉頭已動，一聲貫徹天際的咆嘯自他體內發出，使場上眾人心神猛震，手上動作停頓，甚或有人被這巨嘯嚇得失手丟下武器。

我早作準備，這一嘯雖也令我神志一震，但很快便平伏下來。

沒有等到嘯天犬完全著陸，我甩出左手，整條手臂突然滿佈黑鱗，化成數以百計的臂粗黑蛇，劃破空中雨滴，張著獠牙，撲向還未來得及反應得撒旦軍！

【萬蛇】靈動之極，密而不亂，每個分身皆有各自目標，一剎那間所有殺神戰士周邊都突然冒出一頭黑蛇。

他們才驚覺有異，黑蛇已滑溜纏住他們，或臂或腿，甚或捲曲全身。

接著，黑蛇群用力一絞，絞裂了那些士兵體內骨頭！

「啊！」

一時之間，痛呼嚎哭之聲此起彼落，因為我故意留下活口，所以黑蛇只是將他們重創。在場的魔鬼，有些反應較快，閃避過了蛇群的第一擊，但我在高空俯視一切，見狀立時控制【萬蛇】，分裂再縛。

嘯天犬終於著陸在兩軍之間，引起地面一陣搖晃，我也在此時恰好制伏了所有撒旦軍。

海邊的殲魔軍見狀，全都大聲歡呼，最前排的更是舉槍，想要對著那些已束手被縛的撒旦軍開火。

不過，他們正想扣下機板的手指，卻早已被我鱗化控制住。

「我既然沒下殺手，自然也不用你們代勞。」我看著那些臉露驚愕的殲魔軍，笑道：「明白了嗎？」

說罷，我從嘯天犬的背上跳了下來，同時讓他們的手指回復原狀。

本來殺意大盛的士兵，只懂呆站原地，臉上猶有餘悸。

「主人！」

此時，一道略帶稚氣的聲音在前頭響起，接著一道黑影自人群中跳出，正是莫夫。

「主人，真的……真的是你！」莫夫奔到我面前，神色興奮，一雙手伸出想要捉住我，但伸到半途又似驚覺不妥，立時收回。

我拍了拍他的肩，笑道：「莫夫，好久不見了。」

「對，兩年了。」莫夫微垂下頭，靦腆的道。

兩年不見，莫夫看起來成熟了不少，體型也比以往壯碩，只是眼神仍流露著點點的天真。

我掃視了場上殲魔軍的魔鬼們，發覺都是些不認識的傢伙，憑著剛才所感應到的魔氣，似乎場內實力，要數莫夫最強。

「你是這一隊的領頭？」我問道：「那幾位目將呢？」

「對，是楊戬先生他讓我帶著這批殲魔軍作突襲的。」莫夫點了點頭，道：「他們四人知道撒旦軍定會重兵駐守在海上，而且不容易攻破，於是便派我帶著這些人，由海底潛行過來，以避過偵察，他們四人則繼續在海上與撒旦軍交戰。」

「在海底潛行？」我聞言一奇，「你們這些人都是由潛水過來？」

「可以說也，也可以說只有我一人在潛。」莫夫解釋道：「除了我以外，這些人都是蘭斯洛特先生，以他的『捲軸之瞳』，預先捲縮起來，然後由我一人拖著，游到這裡才回復原狀，突襲撒旦教的軍港。」

「若然用潛艇運載，一來載不了這麼多兵力，二來很容易被雷達探測得到，這方法倒是讓兩道難題一併解決，大施突襲奇效。」我拍手稱妙，又問道：「是楊戬想的計謀吧？」

「不錯，是楊戬先生提出的。」莫夫點點頭道：「自從塞伯拉斯先生不見了，他便暫代了殲魔協會會長一職。」

聽到塞伯拉斯的名字，我身旁的嘯天犬立時垂下了首，神情哀傷。

莫夫察覺到有些異樣，卻沒有立時詢問。

我想三頭犬的事，還是由楊戬向他們的人交待比較適合，便先把這事情按下，轉了話題問道：「那麼你們下一步打算怎樣？」

「楊戬先生的指令，是讓我們先佔據了撒旦軍在這附近城市的據點，穩固了海岸防線，讓他們的艦隊能安全登陸，等待大軍才逐步推進。」莫夫說道。

「嗯，那你就繼續依照指示去做吧。」我說道：「對了，太陽神教的教眾，有加入殲魔協會的軍隊嗎？」

「有，但為數不多。」莫夫說道：「雖然殲魔協會這兩年來都有和太陽神教交流，但由於信仰不同，所以始終沒有實質的合作，而且塞伯拉斯先生好像對太陽神教有所顧忌，只有少量的青年因為想離開烈日島生活，才加入了殲魔協會。」

我摸著下巴，心中想道：「看來兩年前寧錄的出現，已令塞伯拉斯起了戒心。」

我猶自細想之際，遠方的海上忽地傳來一聲如雷般的爆響，似乎有艦隻發生爆炸！

「我得快點趕過去才行。」我看著遠方燃起的一點火光，同時問莫夫道：「你知道瑪利亞眼下在哪兒嗎？」

「她應該還在香港，照顧著協會的傷兵。」莫夫說道。

「嘯天犬，拜託你把【約櫃】送去給她。」我對著嘯天犬說道：「我去看看你幾位義兄弟的狀況，希望你隨後來到，事情已解決吧！」

前來海港途中，藉著【地獄】的力量我已回復了九成狀態，能再作戰鬥。

嘯天犬知我底蘊，沒有多說，低吼一聲，便逕自出發。

和莫夫分道揚鑣後，我獨自駕著一艘撒旦軍的小型快艇，乘風破浪，前往爆炸所在。

如此高速航行了一段時間，海面上的火光越來越亮，我漸漸聽到一些瘋狂的叫喊聲和連密的槍聲。

我站了起來眺望，又駛了一陣子，我終於接近現場，卻被眼前景象嚇了一跳。

只見海面之上，數十支兩軍艦隊，本應是混戰之態，但此刻每一艘艦的大炮，艦上士兵的槍支，統統都不是向敵方發射。

不論是殲魔協會的，還是撒旦教的，這時都只有一個目標，就是一尾身體比戰艦還要粗大，白鱗青目的凶猛巨蛇！

白蛇不單體型巨大，而且擁有十多個頭，還和【萬蛇】，一模一樣！

巨蛇伸著十幾個頭顱，左穿右插於戰艦群之間，不斷攻擊艦上的人，半隱沒於海裡的修長蛇身，則盤繞交纏，阻止艦隻移動。

艦上的士兵不斷朝它開火，但巨蛇十多副樣子依舊凶猛，這種火力似乎對它不痛不癢。

這時，忽然有人控制其中一艘戰艦的艦炮，瞄準了巨蛇其中一個頭顱，猛地發射！

只聽得「轟隆」一聲巨響，海面蕩起一陣波浪，白蛇被擊中之處，頓時煙霧瀰漫。

不過，雨水很快把灰煙沖刷，被擊中的白蛇蛇頭再次顯露人前，卻是完好無缺！

那個被擊中的蛇頭張開血盆大口，怒嘶一聲，直衝往剛才朝它發炮的艦隻！

那艘戰艦再次發炮，稍稍阻擋了蛇首的衝勢，但這時又另有兩個蛇頭，分自左右襲向艦艇！

兩頭可怕的白蛇，一下子便捲住了整艘戰艦，接著竟扭動蛇身，不斷收縮！

艦上的士兵見狀，想要棄船逃生，那巨蛇蛇身忽然分裂出一些較小的白蛇，把正在躍往海中的戰士統統捲住，塞回艦上。

艦上響起無數慘叫聲，只是片刻即止，因為巨蛇只分了短短時間，便把整艘戰艦，連同當中士兵，壓縮成一團巨型廢鐵！

這時，我注意到有些紅光在那滲白的蛇身上流竄，卻是殲魔協會的幾名目將施以高強身法，走在蛇身上攻擊。

我仔細一看，找到了蘭斯洛特、楊戩和宮本武藏的身影，唯獨欠項羽一人。

不過，我又看了幾眼，發覺殲魔協會的三位目將，竟也不能在巨蛇身上，留下半點傷痕！

此時，我已接近戰場，正在思索該怎樣出手之際，左手忽然傳來一陣異樣。

我低頭一看，只見手臂自動鱗化，卻是【萬蛇】在沒有我的驅動之下，自我現身。

「臭蛇。」我看著【萬蛇】，問道：「你認識這傢伙吧？它可是和你長得一模一樣。」

「嘿，我怎麼會不認識？」【萬蛇】吐著殷紅蛇舌，看著不遠處的白蛇，冷笑一聲，「它和我，本是一體！」

「本是一體？」我奇道，旋即醒悟道：「對，這白蛇是你的另一半！」

我想起在撒旦記憶之中，曾提及過我手中的【萬蛇】，並非完整。

此刻我左手的黑蛇，僅能同化有機物，不過根據我吸收了的撒旦記憶，最初始的【萬蛇】，並沒有物質融合限制，只是後來不知何故，剩下了如今這條黑蛇。

這時快艇又駛近了點，我再次凝神眺視，發覺那艦上士兵對巨蛇發射的子彈，有些射中了蛇鱗以後，竟就此沒入了蛇身之中！

「我明白了，這白色巨蛇亦是【萬蛇】，而它能把無機物同化！」我見狀說道。

「老大，我不懂你說甚麼有機無機物。」黑蛇瞪著巨蛇說道：「但我感覺到，它能做的，我做不到；我做到的，它不能做。」

「臭蛇，為甚麼你會和它一分為二？」我看著黑蛇問道。

「我也記不清楚了。」黑蛇皺了皺眉，道：「好像，是被一個……被一個使用雷電的傢伙，將我……劈成兩半。」

「用雷電的？」我聞言大奇。

我還想追問下去，忽然，我感覺到小艇駛得有點不穩。

接著，海底沒由來伸出一個猙獰的白蛇蛇頭，張牙向我襲來！

白蛇的偷襲雖然無聲無息，但我在千鈞一髮之際，連忙向上一躍，剛好躲過了白蛇的撲咬。

一咬落空，白蛇立時捲住了快艇，一下子將之絞爛！

沒了座駕，若然我就此跌落水中，戰鬥起來定然不便；幸好此時我已離戰艦群極近，我看準方向，左手一揮，【萬蛇】立時暴長，捲住了其中一艘戰艦邊沿，然後把我急拉過去。

我這才站穩，忽然感到後頭又有異樣。

我沒有猶豫，立時又往旁一躍，接著只聽得一陣嘶啞的金屬破裂之聲，我回首一看，剛才所站立的地方，已被一條粗大的白蛇所貫穿。

一擊剛過，我只感遠方又有兩頭巨大白蛇對我虎視眈眈，如此對視不過半晌，兩頭白蛇張著大口，又攻過來！

「老大，我和它能夠互相感應得到。」在我閃避之間，左手【萬蛇】忽然吐舌說道：「它似乎無人控制，自我行動。」

「無人控制？」我聞言奇道：「那它怎會不斷向我攻擊？」

「這傢伙要攻擊的不是你。」黑蛇看著遠方，一個最巨大的白蛇蛇頭，「它的目標，似乎是我。」

「是你？」我一邊閃避源源不絕的攻擊，一邊問道：「這白蛇想重新和你融合？」

「嘿，看來如此，因為我體內也有一股禁不住的慾望，要吞下它呢！」黑蛇冷冷笑道。

兩蛇本為一體，因為聽到它們互相吸引，我並沒感到奇怪，而且，為了能使【萬蛇】完整，我也希望兩蛇合一。

「嘿，老大，我知道你心意。」黑蛇忽然笑道：「只是不知和它融合後，我還能不能保留現在的意志。」

黑蛇長期附身在拉哈伯身上，它的意志乃是拉哈伯殘留的記憶構成，而觀乎此刻白蛇的各種舉動，也像擁有一定智力。

兩蛇結合，會有甚麼效果，實在難料，不過為了能完整神器，怎樣也得一試。

就在我盤算該如何制伏白蛇之際，我感忽然到腳下傳來的質感有異。

我立時低頭，赫然發覺原本踏著的金屬地板，竟變成了一片雪白蛇鱗，卻是我此刻正站在一頭巨型白蛇之上！

「對，它能融合無機物！」我心下醒悟。

我剛反應過來，白鱗之中忽然彈出如粗繩般的白蛇，把我雙腿緊緊纏住！

我沒有慌忙，只輸了一股魔氣進黑蛇之中，接著我原本被白蛇盤住的腿，突然蛇化成絲，脫開了白蛇的糾纏；本已化成臂粗黑蛇的左手，則向上伸展，捲住了戰艦的一支旗杆，把我整個人拉到半空之上。

騰空之際，我看著底下狀況，發覺白蛇不知不覺間已改變策略，竟已吞噬了許多融合艦隻，壯大自身，成了一隻極巨型的海怪！

不斷變大的白蛇，雖然威力倍增，可是它沒再理會海上其他人，數以千計的大大小小白蛇，此刻全都昂首吐舌，殺氣騰騰的看著我。

我知道只要一著地，這群白蛇便會空湧齊上！

白蛇不能融合有機物，所以只能向我施以物理攻擊，一時之間也難對我造成威脅，但若放任它不斷合併海上這些數十巨艦，我便會盡處劣勢，其時更難將之收伏。

所以，我眼下定要反守為攻！

「它是神器，尋常物理攻擊對它無用，精神傷害更加沒有可能成效。」我暗自盤算，思緒飛轉，「如今之計，唯有『以彼之道，還施彼身』！」

我心中有了計劃，便立時將心意傳給黑蛇，黑蛇接收以後，邪笑一聲：「也唯有如此了。」

「你別亂玩花樣。」我看著它笑道：「不然，以後有更多苦頭讓你吃！」

「嘿，先把這條大白蛇吃下再算吧！」黑蛇咧嘴應道。

猶自下墜之際，我突然一把將左手，齊臂撕斷，連同藏身於臂中的【萬蛇】，擲到下方，與此同時，我則催動體內每一分魔氣，變成「獸」的形態！

斷臂筆直下垂，還在半途，海面上的白蛇群已然起哄，紛紛咧嘴露出尖銳的獠牙！

蛇群中最為巨大的一個蛇首，似乎感應到手臂當中藏有黑蛇，昂首嘶叫一聲，像是下了命令，它旁邊那些大大小小的白蛇便突然朝天暴長，撲向半空中的中斷臂！

白蛇一動，斷臂表面突然佈滿黑鱗，然後詭異的扭動數下，接著整條手臂便化作一條長長的黑蛇。

白蛇群看到手臂化作黑蛇，殺意更盛，數千條白蛇速度加快，以螺旋之姿上衝，想要夾擊黑蛇！面對一片雪白蛇海，黑蛇卻沒慌忙，只見它直挺挺的迎向白蛇們，快要交接之際，突然蛇身一抖，散化成絲，沒入白蛇堆中。

這時，我將身上【墨綾】交織成帆，然後運動魔氣，使之阻隔空氣，藉此乘風在空中滑翔不下。我人在半空，看不清當中情況，只看到那群白蛇全都回頭，向內湧去。

如此過了半晌，白蛇群中忽起騷動，接著一團巨物自白蛇群中衝了出來。

那巨物黑黝暗啞，正是巨化了的黑蛇！

白蛇本是神器，一般攻擊對它無用，唯一之法，只有以蛇制蛇，因此我便放任黑蛇，任由它與另一個自己交手。

不過，白蛇此刻已壯大成一巨獸，兩蛇體形懸殊，難以一戰，因此黑蛇剛才沒入白蛇群中，其實是伺機穿隙過縫，滑溜到底，好吞噬海上屍體，融為己軀。

兩軍在此激烈交戰多時，不論是死人還是活人都有很多，而白蛇只能融合無機物，故此這些大多由有機物組成的人類，便恰好成了黑蛇的糧食。

黑蛇猛地爆出，靈動的繞了一圈，瞬間絞斷了不少體型較幼的白蛇，被斷開的白蛇便突然變回原本模樣，成了一堆扭曲金屬！

「這法子果然奏效！」我在半空中見狀暗道。

除了向白蛇攻擊，黑蛇蛇身同時分裂出分身，一直吞食著周邊或生或死的戰士。

白蛇不甘示弱，沉嘶一聲，大大小小的分身如蛆蟲附體，不斷纏咬黑蛇，但黑蛇除了分裂出來吸食有機物的小蛇，其餘部分盡匯一起，成一巨蛇，那些小白蛇對它的攻擊根本無多大效用。

白蛇如此攻擊一會兒，似是看出當中端倪，突然不再吸食金屬，它身體本來分散的小蛇，忽地與附近分身，糾結一起，變成較大的白蛇，那些白蛇之後又繼續與周邊的分身融合。

黑蛇像是感到異樣，也收回分身，停止吞食，一臉戒備的看著白蛇變異。

轉眼之間，我只見白蛇凝聚成一，與黑蛇一般，成了獨有一頭，但無比巨形的怪獸。

此刻它倆體形異常龐大，如此盤踞海面，像要把烏雲撐破。

兩獸一黑一白，搖首吐舌，相互對峙，與其說是蛇，它們眼下模樣，更像一雙邪龍，正準備捨命廝殺！

我在半空盤旋俯視，發覺兩蛇相較之下，黑蛇的體形明顯較小，想是因為在這戰場上，有機物的數量比無機物少之故。

兩頭巨獸眼神滿是敵意，但仍然謹慎的對峙著，誰也沒有打算先進攻，只是不斷的發出嘶嘶聲。

不過，僵局維持了沒多久，白蛇終於按捺不住，瞳孔突然急縮成線，張口便往黑蛇猛撲過去！

面對白蛇的攻擊，黑蛇選擇先避其鋒，只見它扭動蛇身，靈巧的躲過了白蛇撲咬後，巨大漆黑的身軀，靈活的自白蛇左側撲下，想要把白蛇壓住。

眼看黑蛇便要擒住白蛇時，卻見白蛇的身軀，突然從中斷開，後身仍盤於海，前身則順著撲擊之勢繼續前衝！

我見狀大奇，凝神一看，便發現原來白蛇頭尾兩截身軀之間，看似一刀兩斷，實際上仍有一條幼身連接住。

黑蛇所撲下之處，恰好就是兩段身軀之間的空檔，黑蛇才把當中連接的小白蛇壓斷，兩截雪白蛇身的邊沿早已滿是小蛇，那些小蛇如觸手暴長，互相交頭融洽，使白蛇的身軀倏地二合為一，變回一體，如此奇著，使黑蛇反被白蛇壓在其下！

白蛇頓時回頭，那透射著凌厲殺意的蛇目牢牢瞪著黑蛇蛇頭，張口又是一咬！

黑蛇被壓在下，動彈不得，白蛇的尖銳獠牙轉眼已來到它面前，卻見它不閃不，任由白蛇把自己整個頭顱吞下！

白蛇一擊得手，立即鬆開頸部肌肉，寸吞寸進，竭力把黑蛇龐大的身軀吞在腹中。

我看著黑蛇失手被噬，卻沒感意外，因為這是我們早定好的計劃！

「到我出手了！」我邪笑一聲，收回魔力，頭頂的帆突然散開，只如披風般在我身後飄揚。

沒了風力乘托，我挾著身子，朝白蛇所在急墜過去。

白蛇似乎察覺頭頂有異，可是它此刻正在全力吞下黑蛇，一時分身不暇，我乘此空隙，立時即催動魔氣，盡貫於【墨綾】之中。

【墨綾】沾了魔氣後，頓時像活了起來，化成一條布龍，飛往白蛇的尾部！

【墨綾】一接觸到白蛇，便即散開成無數小束，接著沿蛇鱗急速伸延，同時交疊互纏起來，織成一塊透薄卻堅韌無比的皮！

轉眼間，白蛇由尾部開始，便被鋪上了如此的一層黑皮。

白蛇驚覺狀況有異，想要放棄黑蛇，但此時已有大半在它腹中的黑蛇，便即自內部反向白蛇進攻，逼得白蛇不得不繼續將之吞下，任由【墨綾】所編織的皮，在它身上極速蔓延。

【墨綾】在我意念策動下，很快便已把白蛇和黑蛇包住。

那兩蛇被困在如此密不透風的空間之中，浮於海上，猶如一顆黑色巨繭。

白蛇和黑蛇本為一體，眼下雖然互有吞噬對方之意，但不論是誰把誰吞掉，物理上的融合應該不會有所差別。

兩蛇合併，唯一有影響的，該就是融合後意念上的主導。

假若【萬蛇】回復原狀後，對我存有敵意，那麼我便得重施故技，以【墨綾】將之束縛；而此刻白蛇已經如此巨大，若然和黑蛇合併後，體形倍增，我便更難把其收伏。

為防萬一，我斷臂捨蛇，目的除了讓黑蛇故意被白蛇吞下，好讓能內外夾擊外，還因為我始終不能同時運用兩具神器，所以非棄【萬蛇】不可。

我站在巨繭之上，雙手緊握此繭唯一的結，正要運氣之際，我忽然感覺到底下兩蛇的氣息消失無蹤，半晌以後，卻又散發一股全新、但更為澎湃的氣勁！

「終於融合了嗎？」我冷笑一聲，連忙運起【地獄】邪力，開始將【墨綾】收縮。

繭中的巨蛇此有所感，開始掙扎，它體形奇巨，如此晃動，直搖得四周翻起一波又一波的巨浪。

我聚力於腿，牢牢站住，魔氣不斷自雙手輸到【墨綾】之中。

相比起剛才延展交織，此刻把黑布收縮，難度大大增加，我費盡力氣，才能把【墨綾】收緊一點半星。

「別再作無謂反抗！」我咬牙切齒的道，把魔瞳和地獄的力量，完全激發出來！

巨蛇一邊掙扎，一邊放聲怒叫，其聲音比起先前未融合時有所差異，聽起來更為高亢震撼。

不過，【萬蛇】雖有靈性，又壯大至斯，但【墨綾】也是件堅韌無比的神器，加之又我不斷輸進力量，究竟還是佔了一點優勢。

如此僵持良久，我腳下的巨繭已經只有原先一半大小，困在裡頭的巨蛇，已經不再怒叫，反而開始痛苦的哀號起來。

雖然仍有掙扎，不過收縮的速度已經越來越快，巨蛇的身體亦被我榨壓得越來越少。

到了最後【萬蛇】終於放棄掙扎，靜止不動，但此時的它，竟只剩下一個巴掌大了的圓形。

「臭蛇？」我看著手中那團事物，喊了收聲，可是沒有得到任何回應。

我小心翼翼地解開【墨綾】的結，只見薄薄的黑布攤開以後，內裡有一條若手指粗的蛇，安靜躺著。

小蛇色呈深灰，暗啞如玄岩，閉著目的蛇首咬著蛇尾，成一環形。

「這就是【萬蛇】原本的形態嗎？」

我提起【萬蛇】，仔細地看了一會兒，便向它輸入了一點魔氣，接著，只見【萬蛇】渾身蛇鱗一抖，然後猛地睜開雙眼。

【萬蛇】吐出蛇尾，在我掌中昂首以酒紅色的蛇目瞪著我。

我暗中運勁以備，卻見小蛇吐著舌頭，邪笑道：「老大放心，我還是我！」

「想不到你還真能保持自己的意識。」我看著【萬蛇】笑道，「而且，還變了一個模樣。」

「這要多虧老大的幫助，內外夾擊才會成功。」【萬蛇】咧著寬闊的嘴巴，陰陰笑了一聲，神情忽然一正，道：「不過，白蛇的意識，我也一併吸收掉了。」

「你得到了它所有回憶？」我問道。

「其實只是些不完整的片段。」【萬蛇】吐著深紅色的舌頭，道：「它與我不同，我該是因為長時間與拉哈伯連接一起，又被他不斷以魔力封印，而且在他死時吸收了他一部分，才會產生意識。但白蛇那傢伙，一直獨自流落，只擁有單純的本能，零散地吸收魔力千年，才慢慢培養了一股不完整的神志。」

我聞言略感驚訝，因我原先以為白蛇是寧錄用以攻擊兩軍的武器，便即問道：「那麼，白蛇為甚會突然在這裡出現？」

「依它的記憶看來，它似乎在遠古之時，在這附近的大陸上，生活過一段日子，只是不論去到哪兒，因為嚇人形相，皆被人視為邪物。」【萬蛇】說道：「後來，它不知是被人趕走還是自我決定，便深潛下海。至於今天的出現，是因為這裡殺氣衝天，又有大量魔氣鼓動，才刺激到在附近海中深睡多年的它，將其喚醒。」

聽到【萬蛇】的話，我不期然聯想到亞洲一帶國家，皆有許多關於多頭蛇的傳說，像是離這兒甚近的日本，神話中就有像「八岐大蛇」這種傳說，當中記載的，很有可能便是白蛇。

「大海茫茫，想不到會這麼巧合，兩軍開戰。」我看著周遭散落殘敗的艦群，說道：「白蛇冒現，倒弄了個兩敗俱傷。」

「不，這並非巧合。」忽然，一道粗豪的聲音自我背後響起。

我聞聲回頭，只見一道黑影自遠處躍到我正站著的浮物上，竟是先前一直不見蹤影的項羽。

項羽正穿著一身啞黑色的鐵甲，甲上沾滿，一臉疲態。只見他一手握槍，另一手提著一個昏迷過去的人，我定神一看，只見那人卻是韓信！

「好久不見了，小子。」項羽對我微微一笑後，便指了指韓信，「白蛇出現，是他計劃之一。撒旦軍這兩年來節節退敗，一直被我們逼近日本總部。韓信這次故意把戰場控制在這兒，想是萬一要擊退不了我們，便借助廝殺的血腥和殺意，誘發巨蛇，將殲魔軍盡量攔截於日本外。」

「但他怎知道白蛇就在此處？」我奇道。

「也許他一早便知，也許他只是胡亂一試。」項羽頓了頓，問道：「這片海洋叫福爾摩沙三角，因為長期天氣飄忽不定，許多船隻航過這附近範圍時都會出意外，更不時有船隻沉沒深海之中。由於多年來這海域製造了不少死傷，因此這航海者皆稱這兒為『魔鬼海』，或是『龍三角』。」

「龍三角？」我聞言恍然，道「那些船隻，其實是被白蛇所襲而沉沒！」

「從今天的情況看來，實情該是如此。」項羽點點頭。

「連失蹤千年的神器也在他盤算，韓信的計謀實在慎密無比。」我看著昏迷中的韓信嘆道。

「論軍事謀略，他確是項某見過的人之中，最為厲害。要不是你突然殺出，咱們定然全軍覆沒。」項羽看了看四周，無奈的道：「雖然，眼下生還的人數也不多。」

「我也沒想到會有此機會，令【萬蛇】完整。」我看著手中灰蛇說道，接著向項羽略略提及黑白兩蛇的過去。

「也許，這不是巧合，而是有而為之。」項羽正容說道：「畢竟像撒旦、孔明之流的大人物，怎會沒想過去尋找【萬蛇】以及將之完整？也許他們在千年以前，已計算到這一天。為防有人得到神器，才會故意把白蛇遺留至此，待你去取得。」

項羽的分析雖無實據支持，但想起孔明和撒旦的作風，實情或許真的如此。

言談及此，我便生起一些手中完整【萬蛇】的念頭。

我微微運勁，把一股魔氣注入掌上【萬蛇】體裡。

魔氣一生，即如泥牛入海，瞬間被灰蛇吸收，只見灰蛇眨一眨眼後，忽在我掌心遊走一圈，然後自腕脈處沒入我體內。

接著，我只感到手掌一陣涼意，彷彿每條經脈都被流水沖過。

我凝神一看，發覺手掌表面，本是青藍色的血管，此刻皆呈現深灰。

就在涼快之感傳遍我整條手臂時，灰蛇突然又從腕脈中冒出小頭，然後繞了我手腕一圈後，咬住它自己的身軀，便靜止不動。

乍看之下，灰蛇在我的手腕上，彷彿成了一個手環。

我再次催動魔氣，只見左手頓時鋪滿一層深灰色的蛇鱗，接著手一甩，五指瞬間變成五頭小蛇，蛇身暴長，以迅雷不及掩耳的速度，把遠方一片老大的鐵塊咬住。

我腦海裡念頭甫動，卻見遠處那鐵塊，竟立時散開，分成無數小蛇！

「不錯。」我見狀不禁笑道，隨即收回灰蛇，讓左手變回原狀。

雖然操縱方式不變，但現在不論有機無機物，都能以【萬蛇】蛇化；而且剛才一試，我發覺起動【萬蛇】所需要的時間，比先前快了不少。

「那是因為我現在已經完整，能與老大你的左手連接更好。」腕上的小灰蛇突然睜目，昂首向我笑道。

「嘿，看來你變得有點用處了。」我笑道。

灰蛇眼睛瞪得老大，想要反駁，但此時身後忽有聲響，我回頭一看，卻是另外三名目將，也都跳到浮板之上了。

三名目將也穿著黑色戰甲，只是樣式不同，各自穿著他們本身成名年代的款式。

「你終於自那地洞走出來了。」楊戩看到我，率先笑道。

「睡了整整兩年，得看看這世界變成怎個樣子。」我笑道。

「世界？還不是老樣子，權力、信念、生命，不斷交替。」楊戩無奈苦笑。

「但至少，你們殲魔軍是佔優的一方。」

「佔優？或者應該說，佔地較多的一方吧！」楊戩搖搖頭，嘆道：「這次兩教之戰，牽涉的人與國家實在太多，我隨義父經歷過無數戰爭，但這一仗可說得上最為慘烈。這兩年間所流的血，也許足以把死海染紅，我們縱然最終獲勝，付出的也並不會少。」

三名目將，沒有作聲，只是彼此看了數眼，似是認同。

「本以為這次海上一戰，多少能終結這場戰爭，但不料我們把撒旦軍幾乎滅掉時，又會殺出一條無人能損的巨蟒，使我們兵力被滅大半，這下攻日的計劃，又得暫緩。」楊戩說道：「希望登陸了的弟兄，能夠支持到支援的時候。」

這時，宮本武藏看到項羽提著韓信，便問道：「怎麼不殺？」

「因為，他也沒有殺項某。」項羽看了韓信一眼。

武藏聞言一奇，問道：「他不是對你恨之入骨的嗎？」

「對，他確是非常憎恨項某，但他也始終沒有決心親下殺手。」項羽嘆了一口氣，道：「遠古之時，他選擇把我活埋；楚漢之爭，他逼我在烏江自刎；而這次，我在他面前任其宰割，到了下手一刻，他那一劍，卻刺偏了。」

說著，項羽以手點了點左胸。

我遁他所指一看，只見那啞黑色的胸甲上，有一道破口，狀似被劍所貫穿。

那一劍雖然目標是項羽心臟，但我和另外三名目將的眼光也看得出，這本應奪命的一劍，終究沒有刺準。

「一劍殺項某不死，項某本能性的把他轟飛，不過他受了這一掌，也不知為何，竟就此昏迷過去。」項羽說道：「本來，項某打算乘機下殺手，但頭腦稍稍冷靜，想到他所刺出的一劍，臨時偏了，便理解到他的心情。」

雖然項羽的話我並不完全明白，可是我隱約猜到，他和韓信之間的關係，比我所知道的楚漢歷史，要複雜得多。

「另外幾名『七罪』呢？」我向楊戩問道，「他們有參與這一戰嗎？」

「有，還替我們添了不少麻煩，連特洛伊戰爭的士兵都給弄出來。」楊戩無奈笑道：「本來我們已經快要把他們擒下，但在白蛇出現後，他們便立時徹退，似是早有共識一般。」

「那麼你們現在都先徹回香港？」我問道。

「不，剛才白蛇現身，我便讓子誠帶著傷兵，乘最外圍的一艘戰艦離開。我同時吩咐香港指揮處的人，把瑪利亞帶來，畢竟多爭一秒，便多救一人。」楊戩說道：「現在他們應該匯合了，我們先到那兒，再作打算吧！」

第八十九章

起死回心

第八十九章　起死回心

在楊戩整頓好僅餘的戰力，齊集起還能運作的艦隻後，我們便朝香港出發，打算匯合先前的部隊再作打算。

十餘艘大小艦艇，乘風破浪而行，離開了福爾摩沙海域，雨勢終於停止，但天空烏雲依舊濃密，沒有透露半點星空。

一路上，我並沒有提到自己剛剛在青木原所遇到的事情，因為我想等嘯天犬在場，才道明一切。

那艘戰艦並沒有駛離戰場太遠，航行了大概一個小時，我們便趕上了。

我們甫登上戰艦，只見一人早已在甲板上守候著，那人身披輕便戰服，周身掛了幾把大小不一的利刃，卻是子誠。

「諾，好久不見了。」子誠看到我，便即笑道。

子誠看著我的笑容，略帶拘謹，也不知是因為與我兩年沒見，還是因為太久沒笑的原故。

我稍稍觀察，只見他的臉上多了一層風霜，亦隱隱散發一股殺氣，顯然這段日子，他手下添了不少亡魂。

「嘿，足有兩年沒見。」我拍了拍他的背，並肩走向船艙，一邊笑道：「你似乎實力大增，我聽他們現在稱呼你作『七刃』呢！」

「只是得到幾位目將指點，對於戰鬥有多一點的認識，多攜了幾把兵器自保而已。」子誠搖搖頭說罷，忽然神色一黯，「不過實力再長又如何？還不是報不了若濡的仇！」

接著，子誠便跟我說，他先前原來在香港遇見了李鴻威，本來已有了下殺手的機會，但在正要出手之際，忽然有人從後襲擊他，然後把李鴻威救走。

聽到這兒，我便問道：「那麼是誰救了你？」

「是純。」子誠答道。

「啊，是林源純？她成了魔鬼嗎？」我奇道。

「對，在大概一年多以前，她因為在戰場上受了重傷，不得不以魔瞳作靈藥保命。現在她擁有的魔瞳，就是先前『妒』的『笑笑之瞳』。」

「嗯，似乎她運用得不錯。」我說道。

「對，要不是純臨時把我救走，也許我此刻早已命喪黃泉。」子誠神色苦澀，強笑道：「真不知她救我一命，是好還是不好。」

「別胡思亂想太多，李鴻威剩下的時間，不會太多。」我安慰道，但聽到子誠的話後，心下略微狐疑。

雖然子誠專注去擊殺李鴻威，大有可能忽略四周狀況，但對方若然施襲，怎麼不順手把子誠也殺死？

再說，我和林源純相處過一段時間，實在看不到她有潛力在一年之間，能修練出把子誠從至少兩名魔鬼手中救出的實力。

我覺得事情隱隱有些不妥，只是眼前我最關注的，還是薩麥爾的性命，想念及此，便問道：「對了，嘯天在這艦上嗎？」

「嗯，牠比你們早一點來到，眼下正在休息中。」子誠頓了一頓，道：「牠還把【約櫃】帶來了。」

我聞言笑道：「我知道，我先前其實是跟牠在一塊兒。」

我還想再說下去，身後的蘭斯特洛忽然把我的話打斷，道：「好了，今天就到此為止，大家都先休息一下，一切明天再談吧。」

我知道戰事雖然暫告一段落，但對於幾名協會的最高領導人，還有許多工作要處理，便點頭告辭，打算和子誠繼續邊走邊談。

不過，此時蘭斯特洛忽然以「傳音入密」，跟我說道：「畢先生，其實你的通訊器沒有壞掉，只是我的被白蛇襲擊弄得只能接收，不能發射。你和義父的事情我都知道個大概，但關於薩麥爾封印在【約櫃】一事，請你先不要向任何人說，不然我怕會惹起騷動。」

我依舊和子誠談笑著，暗中以「傳音入密」回道：「明白。」

蘭斯洛特沒再說話，只是向我報一個感謝的眼神。

我和子誠多聊一會兒，便逕自來到戰艦的中層。

中層除了休息艙，還有醫療室，本來我打算先找個房間休息一會兒，但我才踏進這一層，只見走廊上早已擠滿受傷的士兵。

這些士兵整齊排列成隊，一直沿伸至盡頭，顯然醫療室就在那兒，而瑪利亞正在為傷者施救。

想起瑪利亞，我心頭泛起一種異樣的感覺，便改變主意，步伐不停，一直走到醫療室前。

醫療室面積不少，但經歷過了無數傷兵出入，此刻早已周遭鮮血，雖然有兩名士兵不斷拭擦，不過腥紅難散，那一股濃濃的血氣亦刺鼻之極。

不過，室中那名全神貫注，正閉目以奇能治療傷者的女人，卻把一切血腥淡化。

躺在病牀上，幾已奄奄一息的士兵，在瑪利亞以雙手按住好一陣子後，身上傷口突然快速癒合，快將斷掉的氣息，漸漸緩和下來，最後變得平穩如常。

「好了。」瑪利亞睜開雙眼，拭了拭額角的汗，便溫言說道：「你的傷已經沒有大礙了。」

那士兵難以置信地看了看自己完好的身軀，便激動地向瑪利亞道：「感謝聖母！」

瑪利亞只是微微一笑，然後便轉過頭，打算召另一位傷者進房，如此別頭，剛好和我打了一個照面。

瑪利亞看到我，先是臉現錯愕，隨即向我溫柔一笑，然後指了指我旁邊的人龍。

我明白她的意思，也沒說話，只是側過身子，讓救護員把傷兵扶進去，然後倚在門邊，細心看著她再次施行神蹟。

不見兩年，瑪利亞看起來沒有多大變化，唯獨是眼神好像比先前堅定了，沒有流露出以往那種迷茫。

「不知道，這是因為她在治療病者，還是，因為她的記憶復了呢？」我暗地裡胡思亂想，「若然她回復記憶，她便會記起撒旦……她剛剛的笑容，似乎和兩年前，好像有點不同……」

我默默看著瑪利亞，心裡思緒如潮，心頭那異樣感覺，又再浮現。

薩麥爾的話若然不假，這平和恬靜、卻又充滿神秘的女人，正是撒旦所愛之人。

我作為他的複製體，又擁有他三分一的靈魂，此刻心頭之感，究竟是真還是假？是我和她相處過後，所產生的好感？還是撒旦靈魂所遺留的愛意？

不過，我真的知道甚麼是「愛」嗎？

想著想著，我腦海中忽然浮現出一個女子的模樣。

那人不是瑪利亞，卻是煙兒。

煙兒瘦削的身影在我腦中出現，教我心頭生出一陣溫暖。

雖然和她相處時間並不多，我倆經歷的可不少，而且煙兒是少數能使我與之相處時，心情能放鬆的人。

自從兩年前在青木原一戰後，我便沒再見過煙兒和妲己。

以後我東奔西走各地，雖然偶爾還是會想起，但礙於煙兒乃妲己和薩麥爾的女兒，身份尷尬，我並沒有借助殲魔協會的資源去打探她倆下落。

不過，現在得知了薩麥爾的心聲，我與煙兒間的處境又有一些微妙變化。

也許我並不清楚愛為何物，但相比瑪利亞，煙兒在我心頭所佔份量，必定更多。

「不知小妮子現在狀況怎樣呢？」我心下暗嘆一聲。

看著一個女子，腦中想著另一女子，似乎有一點不妥，我看到身後傷兵還有不少，瑪利亞定要再花不少時間在醫療室，之後也需要休息一番，便決定先離開，明天再來找她。

休息室並不大，只放了四張單板牀，除了我以外還有另外三名殲魔協會的士兵，但似乎楊戩他們早已打了招呼，三人看到我只是點點頭，便繼續幹自己的事。

我的牀在下層靠窗位置，我躺在牀上，閉目調息。

雖然此刻我應該繼續讓神志遊走地獄，繼續尋找撒旦碎片，但走了一趟青木原後，解決了一些不解，又有更多疑惑盤繞腦中。

心中思索著這許多事情，我雖難以入睡，時間卻不知不覺地流走。

一直至艦外一聲鷹號響起，把我的思緒拉回，我才悠悠睜開眼睛。

我往圓窗外一看，只見天空仍有烏雲，但天色已見光亮，不遠處有一座座高樓大廈，矗立岸邊，卻是戰艦已經駛近香港港口。

我先梳洗一下，然後便打算先到會議室，看一下【約櫃】的情況。

不過，當我來到上層，只見有一人早已坐在會議室的大門前。

那人，卻是宮本武藏。

宮本武藏雙目緊閉，盤膝交手而座，一雙大小太刀，分放身旁左右地上，狀似入定。

看到宮本武藏在此，我略為一訝，還未開口，他卻率先閉目說道：「你，來看【約櫃】？」

「對。」我笑了笑，問道：「嘯天已經把事情都告訴你了嗎？」

「沒有。他甚麼都不肯說。」宮本武藏淡淡說道。

「那就等他們都來了，才把一切說個明白吧。」我笑道，便想步入會議室。

不過，我才踏前一步，宮本武藏原本收斂若無的氣勢，突然一下子湧現出來！

「抱歉，在下不可以讓你進去。」宮本武藏睜開一雙凌厲虎目，看著我冷冷的道：「畢永諾，在下建議，你還是先離開好了。」

宮本武藏說著，緩緩站起，一雙大小刀太刀，再次插回腰間兩旁。

「為甚麼呢？」我笑道：「我不過是想進去看一眼。」

「雖然嘯天沒說，但在下先前在海上與撒旦軍交鋒時，因為打開了魔瞳，又一直與蘭斯洛特聯手抗敵，他收藏耳中那個傳訊器的話，在下雖非全部聽到，但有一件事，在下卻聽得一清二楚，」宮本武藏說著，語氣越來越響，「那就是，【約櫃】裡此刻藏著一人，乃是薩、麥、爾！」

宮本武藏一臉怒相，雙目滿是紅筋，似欲噴出火來。

「你先別動氣。」我看著宮本武藏，微微笑道：「即便約櫃裡的是薩麥爾又如何？」

「若然內裡是他，自然放不得！」宮本武藏厲聲道：「那廝把我整村過百人命屠掉，單單是為了神器！這些年來，在下隨協會征戰，就是為了要報這血海深仇！」

「那不正好？」我笑道：「薩麥爾被人以【火鳥】刺中胸口，傷口癒合不了，現在把他放出來，他便九死一生了。」

「嘿，別多作詭辯。」宮本武藏冷冷說道：「在下知道，你想以瑪利亞的能力治好他胸口的傷。」

「宮本武藏，我並非要救薩麥爾。」我收起笑容，正容說道：「我留他性命，單純只是想問他一些問題，一些只有他才能解答的問道。」

「多說無用，世上疑惑萬千，並非需要一一解釋。不然，在下村人過百，何以需受這魔頭毒手？」宮本武藏聞言冷哼一聲，道：「你要留保他性命？行，就讓他永遠封印在約櫃當中吧！」

「你的意思是，我們談不成了？」我冷笑一聲，問道。

「在下嘴巴能吐出的，皆已說完。」宮本武藏直視著我，沉聲說道：「接下若你要再談，在下只能以雙刀作答。」

說著，他輕輕吁了一口氣，一雙手虛放在刀柄上，本來張狂的怒意，消失無蹤，他的身軀更有些搖晃，彷彿隨艦外的波浪節奏微微搖動。

宮本武藏不再作聲，雙眼微微下垂，卻是瞪著我的雙腳。

沒有驚人氣勢，但我知道若然踏前一步，情況便會完全不同。

我看著眼前的宮本武藏，一時躊躇難決。

塞伯拉斯有義子四人，性格特質各異。

項羽霸氣凌人，領軍能力古今無人能出奇右，在戰爭時一馬當先，不論敵方寡眾，也能所向披靡；蘭斯洛特勇而不莽，頭腦靈活非常，若項羽帶頭，他隨後支援最好不過；楊戩心思細膩，處事百密而不疏，居中策應指揮，行軍處政皆井井有條。

這三人在軍政上的能力非凡，亦可見塞伯拉斯收他們作義子，用意何在，唯獨是宮本武藏，偏偏和另外幾位義兄相反。

沒有卓絕的軍事政治能力，這位成魔不足五百年的東瀛劍豪，若論獨戰武力，卻是四子中最高。

塞伯拉斯之所以把他收作義子，正是看中他的過人武功，以及和薩麥爾的恩怨。

只是世事難料，宮本武藏成了我眼下的一個難題。

此刻，宮本武藏縱然沒打開魔瞳，那雙佈滿厚繭的手、那雙沒有滲入銀質的大小太刀，已足夠將我重傷。

我沒有和宮本武藏為敵的意思，不過【約櫃】中的薩麥爾。

我還是要放他出來。

我沒再開口，只是右腳，輕輕踏前一步。

腳掌還懸於空中，本若山淵沉寂的宮本武藏，瞬間化作駭浪驚濤，無匹殺意一下子爆發出來，朝我席捲！

我只見面前銀光一閃，空氣似被凝固起來，使我呼吸一緊，接著才聽到兩記兵刃出鞘之聲！

我不慌不亂，在踏步之前，我早作準備，一直蘊釀的魔氣頓發，雙手衣袖倏地飛出數道黑布，想趁宮本武藏的太刀還未完全發力，將之捲住。

宮本武藏見狀，立馬止步，還未待【墨綾】捲至，猛地急速自旋，有了旋轉之力，太刀所含的勁道大增，竟然把【墨綾】生生撥開！

我心下略一錯愕，但雙手一振，想再次飛射布束，制住一雙太刀，怎料宮本武藏膽識過人，才把綾布撥走，忽地朝我踏前一步，左手小太刀閃電般砍來！

宮本武藏出手極快，小太刀的鋒刃瞬間已砍至我的咽喉前，我及時御起【墨綾】一擋，卻被震退一步！

宮本武藏一擊得手，後腳立時滑前，右手反握大太刀，身形一扭，又向我橫揮一刀。

他正握短刀，反握長刃，使兩刀的起手時間相約，每次揮出一刀，宮本武藏便會同時向我逼進一步，再迴身出刀，速度一刀快似一刀，完全沒有給我喘息的機會！

一雙太刀，在宮本武藏手中化成兩頭默契十足的猛獸，我才避過一頭，另一頭又已張爪噬至，我全力舞動神器，才能不失。

宮本武藏攻擊勢道越來越猛，雙眼亦漸變兇狠，彷似想殺了我一般！

他雙刀交替不絕，速度勁力不斷提升，逼得我只能守，無瑕攻，且節節後退。

宮本武藏如此連環快砍，終於把我逼至牆角，再無退路！

「誰，也不能救那廝！」

宮本武藏怒吼一聲，右手斬擊剛過，左手旋即揮出，只是這一次小太刀忽地脫手，朝我咽喉激射！

這記飛刀快如流星，我一眨眼已感到一股銳利的殺意在我喉前！

不過，當小太刀飛到半途，一團事物突然橫空而至，將其盪開！

只聽得「錚、錚」的兩聲，那事物和小太刀飛，分別插進我身旁左右的鋼牆之中。

我偏頭一看，只見把小太刀擊開的，是一柄三尖兩刃戟。

「武藏，夠了。」楊戩的身影出現在梯間，神情肅然。

「戩，連你也要阻止我？」宮本武藏難以置信的看著楊戩，道：「你應該知道，那廝與我的仇恨有多深！」

「我就是知道，所以才會阻止你。」楊戩淡淡說道。

「誰，也不能救那廝！」宮本武藏怒吼一聲，平舉大太刀，直指著楊戩的臉，「即便是你，也不可以！」

面對利刃，楊戩眼也沒眨一下，仍是正視著宮本武藏。

「血債血償，我這有甚麼錯？」宮本武藏說著，語氣隱隱透著淒意，「那可是……那可是百多條無辜的人命！」

「你要替村人報仇，這一點我明白，亦不反對。」楊戩說罷，頓了一頓，深吸一口氣後才續道：「不過，這筆血帳你不應該找薩麥爾去算。」

「你在胡說甚麼啊？」宮本武藏瞪大了眼，激動的道。

「當日屠村的真兇，不是薩麥爾，那人此刻已經不在人世。」楊戩看著宮本武藏，正容沉聲道：「如果你想知道兇手的名字，我會告訴你，但是否要知道真相，你得想清楚。」

聽到這兒，我已隱約猜到楊戩口中的人是誰，至於宮本武藏聽了這番話，持刀的手，竟忍不住微微一震。

宮本武藏看著楊戩的眼神，變得複雜難測，他沉默良久，才開口問道：「誰？」

楊戩閉目半晌，然後說出一個，令人驚訝，卻不感意外的名字：「塞伯拉斯，我們的義父。」

楊戩說出三頭犬的名字後，宮本武藏的手反而不再顫抖，更緩緩垂下。

「是……他？」宮本武藏呆在當場，喃喃自語。

楊戩還想再說，宮本武藏突然舉手阻止他。

那張虎臉，此刻只是一臉呆板，沒有悲傷，殺有殺意，忽然，宮本武藏的左眼，一下子變得赤紅如血。

接著，他再次舉起了大太刀。

只是這次刀尖，對著的不是別人，而是他自己。

那一顆，鮮紅的魔瞳。

宮本武藏以刀尖撥開自己的下眼皮，鋒利的刀刃慢慢滑進眼窩，插入數分以後，突然用力一挑，竟把瞳色猶紅的眼球連根挑出！

帶血的魔瞳，朝楊戩直飛，楊戩見狀一愕，連忙伸手將其接住。

缺了一目的宮本武藏，以空洞的眼窩看了看楊戩，又看了看我。

他依然木無表情，只是眼窩流出來的血，在他蒼桑的臉上劃落，像極一道血淚痕，使他看起來格外悲慘。

宮本武藏腳步不移，卻突然反手向背後揮出一刀，只聽得一記像枯木折斷之聲響起，他身後鋼牆已多了道足夠讓一人出入的破口。

看到那道破口，楊戩的神變開始變得悲傷。

宮本武藏慢慢轉身，踏著似是沉重的步伐，走向破口。

來到破口前時，他忽然停了腳步，我注意到楊戩那一刻的眼神略有喜色，但接著宮本武藏一個動作，使他再次失落。

卻見宮本武藏背對我們，提起大太刀，輕輕一抖，然後「啪」的一聲，大太刀立時斷成兩截。前半截刀刃掉在地上，發出清脆的碰撞聲，餘下帶柄的刀身依然被宮本武藏緊握。

然後，宮本武藏頭也沒回，便自缺口中離開戰艦。

那道寂寞悲涼的身影消失後，我和楊戩站在缺口前，任由帶著鹹味的海風吹打，二人一時無語。

過了良久，我才打破沉默，說道：「他走了。」

「嗯，他走了」楊戩語氣略帶無奈，苦笑道：「也許，我們此生再無相見之日」

「其實，宮本和你義父之間，是怎麼的一回事？」我雖然隱約猜到大概，還是得向楊戩求證。

「一切，得從五百年前說起。」楊戩透過那道裂縫看去，看著艦外起伏的波濤，「那個時候，殲魔協會和撒旦教早操縱著世界各地勢力，兩教之爭鬥，或明或暗，但一直僵持不下，誰也沒有壓倒誰。」

「這千百年來，兩教其實同時明查暗訪，找尋流落各地的神器，希望藉著神兵，能夠一反僵局。然後直到五百年前某天，我們得到線報，說日本傳說中的『八咫鏡』，原來一直在日本山野的某一個村落裡，世代被一族人所守護。」

「那村落，就是宮本村？」我問道：「至於那『八咫鏡』，我看就是【明鏡】吧？」

「你猜對了。」楊戩點點頭道：「【明鏡】在人世流落，不知如何輾轉落入宮本一族手上。宮本族的祖先知道這塊鏡子定非凡物，便立下族規，讓世代守護神器，同時又保守秘密，只是這消息守密多年，終究還是洩漏出來。當消息傳出以後，義父連忙帶上我趕去，不過當找們尋到宮本村時，本應供奉著神器的神社已被打開，內裡的【明鏡】不翼而飛，卻是薩麥爾捷足先登。」

「可是薩麥爾沒有殺人？」我想了想，問道。

「不，他有。我們來到現場時，神社大門前早躺了二人，一人是神杜的僧人，被薩麥爾一掌斃命，另一人倒在草堆之中，服飾看來似是普通村民，卻始終保留一口氣息，一時未死。」楊戩說著，看著地上半截斷刀，道：「那人，就是宮本。」

我沒有感到意外，便默默繼續聽著楊戩解說下去。

「原本失落神器，我和義父皆氣急敗壞，沒打算理會武藏便走，不過，正要離開之際，義父卻忽然止住腳步，回頭看了看浴血的武藏。」楊戩看著破口外的遠方，說道，「最後，義父決定以一顆『博奕之瞳』，救回武藏的性命。」

「那是因為，武藏抵住薩麥爾一擊卻能不死？」我摸了摸下巴。

「不錯。雖然薩麥爾該只是隨便發了一掌，但那一掌非同小可，一般凡人的血肉之軀根本沒可能中掌後而不死。以薩麥爾之能，定然知道武藏一擊未斃，但他生性高傲，不屑對一個凡人出手兩次，這倒讓武藏苟延殘喘，留住一口氣息。」楊戩說道：「義父看中武藏非凡的潛力，便決定救他一命……」

「……然後，把宮本武藏鍛造成一柄利刃，好等他能替撒旦復仇。」我把話接了下來。

楊戩聞言點頭，又嘆了口氣，道：「義父說一條人命，未必足成血海深仇，因此在武藏甦醒之前，他模仿薩麥爾的手法，把整條宮本村屠殺乾淨。」

「這個『鍛劍』的方法，所耗人命可不少。」我忍不住呼一口氣，道「三頭犬，真是夠狠。」

「那是因為他對撒旦的感情太重，對薩麥爾的恨太深。修武多年，武藏最終確是成了一名絕世強手，只是那一刀始終未能刺中薩麥爾。」楊戩看著鋼牆上的破口，嘆道：「這事只有我和義父知曉，這些年我一直把事情藏於心底，也是難受。雖然我知早晚要告訴武藏，但今天揭破真相，想不到原來是如此難受……」

楊戩說著，再次黯然神傷，我一時也不知如何安慰，只好默默站在一旁。

尋仇一生，含恨而活，怎料最後發現真正兇手，卻是自己救命恩人，更無奈的是此恩仇難算的人物，卻已不在人世，要原諒要報復皆不可能。

得知真相的的宮本武藏定然百感交雜，我也明白到剛才他如此呆板，應該是因為不懂如何反應。恩怨愛恨完全顛倒，真相謊話混亂難分，換了我是他，也許只能破牆離去。

海風又吹過幾趟，我和楊戩沒再說話，只是默默注視波濤，心裡思想也跟著起伏。

過了沒久，項羽、蘭斯洛特和嘯天犬都來了會議室。

三人知道武藏斷劍而別，並無太大錯愕，想是楊戩早已向他們告知宮本村被屠真相，三人早料到會有此情況。

不過，他們和楊戩一般，也是站在破口面前，默默看了外面的風波一會，這才回過神來。

我和他們四名目將進了會議室，只見大門一開，【約櫃】正安放在中央的會議長桌上。

我見此刻要員皆在，便把昨日在青木原的一戰，詳細告知，不過他們聽後沒有太大意外。

原來昨夜蘭斯洛特不讓我把事情說出，就是因為他猜到以宮本武藏的性格，得知【約櫃】中藏著薩麥爾的話，定會出手阻攔。

他私下把事情一五一十告訴楊戩，楊戩盤算一番，便把項羽也找來，將宮本村的真相告訴二人，打算想辦法瞞過宮本，誰不知宮本早已知悉。

不過，三人一犬和塞伯拉斯畢竟共處至少千年，感情深厚，我再次提起他的死，這幾名魔鬼的臉上，還是忍不住流露傷悲，花一陣子才能平伏。

「你現在打算打開【約櫃】，救回薩麥爾嗎？」蘭斯洛特朝我問道

「對，我有太多話要問他。」我頓了頓，狐疑的看著蘭斯洛特，「你們該不會想阻止我吧？」

「我們和武藏不同，加入殲魔協會，是因為義父對我們有救命之恩，對於薩麥爾倒沒有多大的恨怨。」楊戩把話接過。

「那麼，你們會放過撒旦教嗎？」我問道。

「那可不同，撒旦教和殲魔協會的積怨太深，只有一方滅亡，紛爭才能停止。」楊戩正容說道：「不然戰火只會再次或明或暗的持續千百年。」

我聽著楊戩的解釋，心裡卻不置可否。

打從知道薩麥爾對撒旦的感情後，我便一直在猜想他成立撒旦教以及複製撒旦的目的。

我隱約覺得，他所作的事，其實對我有利，只是眼下撒旦教群龍無首，又是大勢已去，我只能靜觀事情的發展。

我們如此又聊了一會兒，忽地有人輕輕叩門，推門而進，正是瑪利亞。

瑪利亞身穿一身雪白的寬身長袍，顯得甚是整潔，只是她進來會議室後，我立時便嗅到一絲淡淡血腥，而且她看起來神情有點疲憊，似乎花了一整夜去救治傷兵。

瑪利亞面對幾名目將，神情害羞的走了進來，但看到我時，卻眼前一亮，溫柔笑道：「諾，好久不見了。」

「對，真的好久不見。」我對她報以一笑，可是心裡不期然想起撒旦對她的感情。

想起那層複雜的關係，我便試探性的問道：「兩年不見，你的記憶可有回復？」

「偶爾見到一些事物，會想起一些。」瑪利亞略帶氣餒的道：「不過，我記起的多是些零碎片段，作用不大。」

「那對關於撒旦的記憶呢？」我問道，瑪利亞皺眉想了想，最終還是搖搖頭。

我見狀略感放心，此時瑪利亞便問道：「對了，你們把我叫來，是有病人需要我治理嗎？」

「對，又要麻煩你使出那能力。」我笑著，然後讓開一步，指了指身後會議桌上的約櫃，「病人就在裡面。」

瑪利亞先前進來，顯然沒見到【約櫃】，現在當她看清楚了，那柔弱身軀忽然一震，看來她還未抹去被困在當中多年的陰霾。

「別怕，我在。」我輕輕拍了拍她的肩，柔聲安慰，「你永遠也不會再回去了。」

我連聲溫柔開解，瑪利亞瞪著約櫃好一陣子，這才慢慢強自鎮定下來，問道：「現在裡面的人是誰？」

「是薩麥爾。」

「薩麥爾？」瑪利亞驚訝的問道：「為甚麼你要把他困在裡面？」

「因為他受的傷實在太重。」我看著瑪利亞說道：「昨日，薩麥爾被寧錄刺了一槍，傷口癒合不了，所以我非把他封印起來不可。」

我說罷「寧錄」二字，便留神觀看瑪利亞的表情，可是她只是秀眉輕蹙，一臉疑惑的道：「寧錄？」

「你對這名字有印象嗎？」我問道。

「嗯……沒甚麼印象。」瑪利亞搖搖頭。

我看她神情不似作假，便把話題止住，這時瑪利亞看著【約櫃】，向我問道：「可是，諾你不是與他有仇嗎？怎麼……」

「嘿，我與他的恩仇，此刻實在難說。我這次留他一命，實是因為有些問題定要問他。」我無奈苦笑，看著瑪利亞問道：「你願意幫我治好他嗎？」

瑪利亞沒有猶豫，便即點點頭，朝我柔然一笑。

我著人找來一些軍醫存血液用的容器，把自己的血先輸出一些存起來，以備不時之需。

以防萬一，四名目將仍然留在會議室內，提防薩麥爾突然發難。

「記住，薩麥爾現在真的離死不遠，待會兒你不要理會其他事，只要全力治他就行，因為我們實在沒有時間可浪費。」一切準備妥當後，我便向瑪利亞問道：「你準備好了嗎？」

瑪利亞把一雙衣袖和長髮束起後，便點頭示意可以。

我和瑪利亞雙雙走到【約櫃】前，接著我平舉右手，左手四指合攏成掌，然後在右手手腕上用力一劃，劃出一個深入的傷口！

鮮血自我傷口如泉噴湧，盡數灑在【約櫃】上。

當血流充塞住【約櫃】上每一道刻紋後，【約櫃】突然光華盡退，黯淡失色，然後「喀」的一聲，蓋子微微升起，【約櫃】已然打開了！

「瑪利亞！」我立時喊了一聲，同時左手平推，把蓋子推開。

櫃中的薩麥爾，赤裸身子，臉如白紙，昏迷不醒，胸前那個被【火鳥】燒穿的傷口，仍然流淌著血，狀甚可怕。

四名目將見狀，無不神色一詫，偏偏瑪利亞眼神澄明，在我推開頂蓋後，便即快步走前，然後伸出一雙纖手，按住薩麥爾傷口周遭，閉目用神。

我站在一旁靜看，心情頗為緊張，因為薩麥爾早氣息幾絕，若然瑪利亞失敗了，那就幾乎可以判他死刑。

瑪利亞雙手按住薩麥爾後，只見他胸膛傷口有了一點起色，原本燒焦的部分開始脫落，血管亦慢慢重新生長起來。

我見狀一喜，心想薩麥爾命不該絕，怎料此時瑪利亞突然緊緊皺眉，渾身一震。

我低頭一看，只見傷口周邊的血管，不再增生，而且竟再次變得焦黑，像是被無形的火燒過一般！

「不行……他的傷勢很奇怪。」瑪利亞閉著雙眼，神色痛苦的道：「我的力量，去到那些血管末端便被硬生生阻隔住……」

我見到瑪利亞竭力發功，但薩麥麥爾的傷口毫無寸進，他氣息卻越來越弱，猶如風中殘燭。

眼看薩麥爾快要氣絕，我連忙向瑪利亞說道：「夠了！」

瑪利亞聞言急忙鬆手，我立時把蓋子闔上，然後再以預備好的鮮血，灑在其上，將其封印起來。

又是「喀」的一聲，【約櫃】光彩重生，薩麥爾卻再次被隔絕起來。

「媽的，這傷口怎地如此怪異！」我雙手按住【約櫃】，恨恨的道。

「對不起，是我不好……」瑪利亞在我身旁，垂首歉疚道。

雖然只是施治了短短的一會兒，但瑪利亞的臉上已經疲態盡現，我看在眼內，心中頓生憐惜之意。

「這不是你的錯，只是……」我朝她勉強一笑後，頹然說道：「只是連你的治癒能力也治不好的傷口，我實在想不出還有甚麼方法能使之復原。」

我正感苦惱，一旁的楊戩忽然說道：「也許，我們不用把傷口治好，但也能保住薩麥爾的命。」

「你有別的方法？」我連忙追問。

「在我年青時，亦即中原商朝末代，統治中原的君主乃是紂。紂有一名叔父，亦是該朝的丞相，其名比干。」楊戩看著我說道。

「比干？」我聞言一奇，「難道你說的方法，是『七竅玲瓏心』？」

比干的事蹟有不少流傳下來，但當中最為人熟悉的，卻是他那顆「七竅玲瓏心」。

「不錯！」楊戩笑道：「眼下唯一還有可能保住薩麥爾性命的方法，就是替他安上『七竅玲瓏心』？」

「可是……這『七竅玲瓏心』可真的存在？」我疑惑的看著楊戩，「我還一直以為只是以訛傳訛下的神怪傳說。」

「雖然比干剖胸取心時，我並不在場，但朝庭百官當中卻有義父的手下，親眼目睹這一幕，後來將之詳細轉述給義父聽。」楊戩說道：「義父以後曾跟我提過此事，他說比干胸口裡的所謂『七竅玲瓏心』，其實是十二神器之一的【弱水】！」

「【弱水】？那是一個怎樣的神器？」

「其實我亦沒有見狀實物，只是聽義父說過，【弱水】是一顆圓球，能控制液體，不論是酒水還是鮮血，皆能操縱。」楊戩頓了頓，道：「我想比干之所以能依靠它而存活，就是這個原因！」

我想著楊戩的推測，覺得頗有道理，而且連瑪利亞的特異治癒能力也失敗後，眼下唯有朝此方向一試，方能有機會保住薩麥爾的性命。

「好吧，那就去找楊氏姐妹，叫她們以『先見之瞳』，替我看看這神器在哪兒。」我打了一個響指，說道。

「很可惜，她們和老姜自你進入密室後，已離開了那小島，不知所蹤。」楊戩搖頭說道，「你只能靠自己去找了。」

「嘿，這對孔明傳人，也是如此神龍見首不見尾。」我聽罷，皺眉說道：「天大地大，要找一顆小小的圓球，談何容易？你們兩教千百年來也找不著這顆【弱水】，現在我也是無從入手。」

「這可不一定。」楊戩說道：「我們有一隊百人殲魔師在數個月前，曾於埃及一漁村被襲，受襲者像被電擊過一般，無一生還，全都成了焦屍。我們後來調查現場，發現有一道焦痕，自海邊向漁村伸延，及後又分散開來，延至每一具屍體所踏之處，以及一條露出破口的電纜。」

「你意思是，有人以海水作導電體，使百名殲魔師和電纜連接起來，觸電致死？」我摸著下巴問道。

「情況看來是這樣。」楊戩點點頭，又道：「那時我便推測，【弱水】很有可能已重現人世，只是一直查不到行兇者的去向。」

「你派了那麼多人去查也毫無頭緒，我又怎可能找到【弱水】呢？」我無奈苦笑。

「不，其實有一個人，應該能幫助你尋找【弱水】，因為此人可曾擁有過它，應該認得出它的氣味。」楊戩笑道：「你可要記得，當日忠臣比干庭前剖心，全因為朝歌王座旁的一名女子……」

楊戩的話還未說完，我便脫口說出，那傾國傾城的名字：「妲己！」

待續

魔瞳

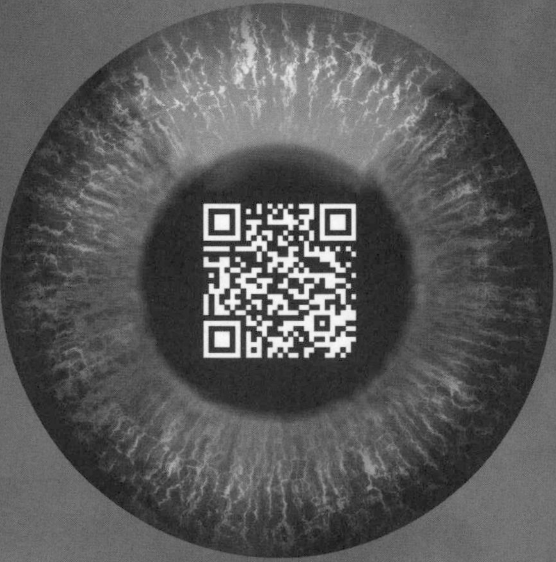

https://dreamakers.hk/devilseye08extra

聖光閃爍的伯利恆之章

後記

這一年世界最流行的東西是ＡＩ，當中尤以一款名為ChatGPT的智能軟件最為觸目。幾乎任何問題，它都能給出一個詳細的答案（是否精確就需要另行cross check）。軟件厲害之處，是連小說也懂得寫。隨便給幾個關鍵字，它便能在十秒之內給生成一個有條理的作品。當然，這些作品都很明顯的欠缺靈魂，只要看多了便能感覺到裡頭的公式化，所以至少現在我是不需要擔心被ＡＩ搶走讀者。

畢竟，ChatGPT（或其他ＡＩ軟件）都只是面世了一段短日子，宏觀來說它只是一名嬰兒，可是卻已能做出許多厲害的事，所以我還真期待它成熟時，會否創造出一些令人mind blown的作品。

希望在那天來臨前，《魔瞳》已經寫好結局吧（笑）。

邦拿

二零二三．夏

魔瞳

The Devil's Eye 8

作　　者　邦拿　　責任編輯　賜民
出版經理　Venus　　設　　計　joe@purebookdesign

出　　版　夢繪文創 dreamakers
網　　站　https://dreamakers.hk
電　　郵　hello@dreamakers.hk
facebook & instagram　@dreamakers.hk

香港發行　春華發行代理有限公司
香港九龍觀塘海濱道 171 號申新證券大廈 8 樓
電話　2775-0388　　傳真　2690-3898
電郵　admin@springsino.com.hk

台灣發行　永盈出版行銷有限公司
台灣 231 新北市新店區中正路 499 號 4 樓
電話　(02)2218-0701　　傳真　(02)2218-0704
電郵　rphsale@gmail.com

承　　印　美雅印刷製本有限公司
香港初版一刷　2023 年 7 月
ISBN: 978-988-76303-4-0
Published and Printed in Hong Kong

定價 | HK$108 / TW$540
上架建議 | 魔幻小說